离歌

李广畅 著

敦煌文艺出版社

图书在版编目（ＣＩＰ）数据

离歌 / 李广畅著. -- 兰州 ：敦煌文艺出版社，2024.10
ISBN 978-7-5468-2469-7

Ⅰ．①离… Ⅱ．①李… Ⅲ．①长篇小说－中国－当代 Ⅳ．①I247.5

中国国家版本馆CIP数据核字(2023)第229803号

离歌

李广畅 著

责任编辑：王 倩
封面设计：新梦渡

敦煌文艺出版社出版、发行
地址：（730030）兰州市城关区曹家巷1号
邮箱：dunhuangwenyi1958@126.com
0931-2131556（编辑部）
0931-2131387（发行部）

武汉鑫佳捷印务有限公司印刷
开本 787 毫米 ×1092 毫米 1/16 印张 14.75 插页 2 字数 250 千
2025 年 1 月第 1 版 2025 年 1 月第 1 次印刷

978-7-5468-2469-7
定价：88.00 元

如发现印装质量问题，影响阅读，请与印刷厂联系调换。
本书所有内容经作者同意授权，并许可使用。
未经同意，不得以任何形式复制转载。

自序

时下，"网络"一词，已经成为人们日常生活、工作、学习、购物、营销、休闲娱乐当中不可或缺而又时常挂在嘴边的一句时髦用语。随着信息时代的不断发展，人们愈来愈离不开网络。我平时是不太爱上网的，由于工作需要，我也不得不时常坐在办公桌前打开电脑，按下键盘敲打几下。我主要是上网看看法律和文学方面的东西，更关注时事政治。有时候我和我的律师在网上远程交流办案情况，主要是为了和当事人沟通，建立起密切的联系渠道，宣传我们服务群众的理念。

至于上网找陌生的网上朋友聊天，我以前是没有接触过的。一次偶然发现，我的电脑桌面上出现了一个很像以前女朋友的头像，于是我的心底荡起了层层涟漪，引燃了我青春岁月那美好而又苦涩的爱情回忆……

我揉了揉惺忪且略带倦意的眼睛，驱走了一天工作劳累的乏意，伸展了一下双臂，从办公桌前站了起来，捶了捶腰，下意识地走到朝东的窗前。推开窗户，我把头和身子探出窗外，面向东天，深情地眺望着……

东天上，蓝色的夜幕下，繁星点点像无数的眼睛眨着，一弯新月冷冷地挂在天边，让我思绪万千，喟叹不已。

唉，岁月的年轮已经悄然爬上了我的额头，青春不再，我已是五十有三的人了！回想往事，几番惬意，几番懊恼。我从咿呀学语的孩童时代，一直回想到我所走过的路，尤其想到了那个已经走了的她。她带走了我们最好的轿车，带走了我们账户上所有的钱。临走时她还撂下一句："我还会回来的！这段时间，我们都给对方一个余地，好好想一想，冷静地思考思考吧！"

她走得是那样决绝，带走了我对她的依恋，也带走了我对她的怜悯和愧疚。同时，她的出走也使我如释重负。正是因为她，我忍痛割舍了那位年轻貌美、才华横溢的法大毕业生……

罢罢罢！往事随风，来日可追！一切又要从头开始！我陡然返回到办公桌前，按下了键盘，敲出了两个汉字：离歌。

目录

第一部
　　我和梅子 …………………… 001

第二部
　　白牡丹和秀竹 …………………… 071

第三部
　　吴萍与净慈 …………………… 143

第一部 我和梅子

1

网上一个你，网上一个我
网上你的温柔，我就犯了错
网上的情缘，也轻轻问我
爱一场梦一场，谁能躲得过

网上一个你，网上一个我
网上我们没有过一句承诺
点击你的名字，发送我的快乐
接受吧，接受吧，爱的花朵
轻轻地告诉你，我是真的爱过
你曾经真真切切闯进我的生活
不见你的时候，我情绪低落
只有你能刷新我的寂寞
……
轻轻地告诉你，我是真的爱过
你的哭你的笑深深牵动着我
你总说着真真假假难以捉摸
我喊着爱人呀别想太多
……

  我的电脑里一首《网络情缘》的歌曲正在播放着，那舒缓悠扬甜美的歌声，让我沉醉。

  哦！这首《网络情缘》被女歌手刘紫玲演唱得扣人心扉。我此刻的心情，就像这歌词唱的那样难以捉摸。我把它作为背景音乐，植入了我的小说《离歌》里。

  我在网上注册的资料十分简单。考虑再三，我还是没有上传我的照片，也没有把我的真实情况传到网上。

我在我们这个不大不小的地方，也算是个名人，可不敢冒冒失失地在网上露脸，否则，不知道要衍生出多少个版本的传说呢。

怀着矛盾的心理，我写下了这样的内心独白：

找个爱我的和我爱的。为了实现事业的目标，你在哪里，我的事业就发展到哪里。当然，你必须是有文化素质的好帮手。

我的个性描述是这样写的：

正直善良且疾恶如仇是我的秉性！我的性格是非常外向豪放的，初次见面我很会活跃气氛，同时我做事儿有条理，很少出纰漏。我也是积极乐观的，凡事都会看到好的一面，遇事不会钻牛角尖。

其他的，我填写的是身高 170 厘米，大学本科文化，O 型血……

2

三天没有上网，我埋头于我的事业之中，天天忙得团团转，一会儿要接电话，与电话那头的当事人解释案情；一会儿又要给来签合同的人草拟合同文本，没有时间歇息。

送走了最后一批客人，已是掌灯时分。员工们也都陆陆续续地下班走了，整座办公楼只剩下了我一个人。

我跑到楼上，准时打开了公司的霓虹灯：百姓法律咨询，帮你垫钱打官司，打不赢官司不要钱！闪烁的霓虹灯，那一串字发出缤纷的色彩。五彩灯光，折射着社会的多彩。美好的生活啊，让人尽享她的绚丽！

这个城市车水马龙，熙熙攘攘的路人来回奔波着。生活在继续，社会就像一条生生不息涌动的河流……

我的办公楼位于繁华闹市，面朝大街，毗邻医院，直对着汽车客运总站，人流如梭，处在城市的黄金地段。

"帮你垫钱打官司，打不赢官司不要钱。"

这个广告词，是我最早在1993年初下海时看到老百姓因无钱打官司以致损失连连而立下的承诺。后来，我又看到，武汉的一个外行老者仅凭他帮着亲戚朋友打赢了几场官司就干了这个行业，但他毕竟不是内行啊。俗话说得好，外行领导不了内行。借用单田芳的评书《封神演义》中的一句话说，"没有三把神沙，不敢倒反西岐"。这么多年来，我从一无所有起步，发展到如今，这中间真是一步三折，经历的风风雨雨唯有我自己心里清楚。

3

我的办公楼上，闪烁的广告词新颖别致、独具一格，吸引着无数的过往行人驻足观望，甚至有人发出啧啧的感叹！看到那一闪一闪的霓虹灯，让我心中生了些许慰藉。它冲淡了我多年以来官场挫败、情场失意和怀才不遇的悲凉心境。

改革开放的新时代，让所有有才华的人尽显本领，在追求自我发展的同时，为社会多作贡献。

走下楼梯，我又回到了办公桌前，先是打开视频监控，巡视一番我另外两个经营场所的情况。

处在郊外的"百姓庄户城"饭店的双套霓虹灯都在正常闪烁着，门前停放的车辆颇多，昭示着今晚的生意还不错。

另一处远在我老家的百姓庄园，看场的护卫已经关上了大门，远处的防护林依稀可见。荷塘中间那个古香古色的小凉亭子上的星星灯也被护卫人员接通了电源，在视频中看上去像无数颗微小的繁星……

办公楼下，依次停靠的166号、277号、388号车，视频中清晰可见。外出办理事务的699号车的位置空置着，说明司机老刘还没有回来。

4

看完这些，我又打开了平时用的办公电脑，习惯性地打开了某网，留言页面上一串长长的留言映入我的眼帘：

文哥，你好。你的资料挺有意思的，引发了我的兴趣。你是个很有能力的山东男人，我很欣赏你。我很庆幸，我一上网就遇到了你。我叫梅子，来自湖北黄冈，大专文化，今年39岁。我是第一次打开这个网站，想来找个靠谱的男人做老公。虽然我没有倾国倾城的美貌，但我自信，还是个上得厅堂下得厨房的女人。不过我要告诉你，我是个未婚妈妈。目前，我在深圳居住，经商做买卖。我以前是学医的。由于刚毕业时，满怀对深圳这个改革开放前沿城市的向往，便不顾一切地来到这座城市。这次有缘能结识你，愿与你交流，加深了解。谢谢！顺祝你事业兴旺，工作顺利，身体健康。

呵，这是个有眼光的女人啊！

她的一番留言，让我顿时对这个未婚妈妈的身世有了许多的联想。哦，她肯定是个有故事的女人！

我拿起手机，按照她留言中提供的手机号码拨通了她的电话。

"喂，你好！你是梅子吗？我是文哥！"我用温情的语调向远在深圳的她传递了我的问候。

"哦！你是文哥啊？"对方的语气充满了惊喜。

"请你打开你的QQ，我们视频聊天好吗？"我继续试探性地问她。

"好呀，好呀。"对方欣喜地答道。

我的电脑屏幕上立即出现了一个陌生的头像。它像一簇攒动的火苗，欢快地跳跃着。

我移动鼠标，轻轻地一点，把她加上了好友。神奇的网络连接起了南北两个人的缘分。

"你好，文哥！很幸运有缘与你相识。"我的电脑荧屏上出现了一串让我倍感亲切的话语。

"哦，梅子！我也一样，很高兴认识你。"我立刻回复了她。

"我给你留言是看到了你简介中的资料，非常诚恳朴实，且有典型的山东男人的气概。"

"过奖了，你们湖北人也很好，不是有句俗话这样说，天上九头鸟，地下湖北佬。"

"我是湖北人不假，但我是个好人啊。只是我没有受过高等教育，也没有什么心眼儿，被人给骗了。现在自己还带着个孩子，生活非常辛苦。"

"哦，你理解错了。我没有揶揄你们湖北人的意思，我是在夸你们湖北人聪明呢！"

"呵呵！"

"谢谢你给我留言。茫茫人海之中，能够遇见实属有缘，你的坦诚给我留下了很深的印象。听你说你是个未婚妈妈，我心里对你很敬重。虽然我们处在一个开放自由的时代，但你仍然是非常勇敢有担当的女人。"我给她回复了这样一段话。

"谢谢文哥理解我。"

"你一个人自己带孩子吗？即使是未婚妈妈，孩子的爸爸也应该在生活上履行职责呀，再说你一个女人家怎么能养活得了自己和孩子！"

"我的故事很长，如果你想听，请容我慢慢道来。"

5

我点击了视频按钮，随着一声"嘟嘟"，荧屏上传来对方接受视频邀请的讯息。

荧屏上，一个美丽的倩影呼之而出。呵，这是一个多么娴静、美丽的女人啊！一张瓜子脸煞是好看。

随着摄像头的晃动，镜头慢慢稳定了下来。随即，她的面容清晰地出现在了荧屏上。

清瘦的脸庞，光洁的额头，白皙的皮肤，一双美丽的大眼睛透露出精明坚毅的光。小巧玲珑的鼻子高耸着，显得是那样的挺拔秀气。略带性感的嘴唇，让人更是着迷。一头乌黑亮丽的头发像黑色的锦缎柔软顺滑地披散在肩上。

她极其严肃的神情，让我感到她年轻外表下的稳重。我极力想逗她一笑，看她笑的模样。

"你好好漂亮哦！"我学着用闽南腔夸赞她。

"谢谢！"她仍然没有笑，嘴角只是微微地扬起。

"噢，南国的美人啊，北国的红豆正相思呢！"我继续逗她道。

她嫣然一笑，但是笑得还是那样拘谨。

面对这样一个看似忧伤的女人，我的心里生出了些许怜悯。

"你能移动一下摄像头吗？"那头的梅子说。

"咋啦？看不清我？"我随即将摄像头对准了我的脸庞。

"呵呵，你好大气哦，让我想起了一个电影演员！"对面的她在屏幕上绽开了美丽的笑靥。

6

一连几天，我们每晚都准时地上网，开始视频聊天。一周下来，我们已经成为无话不谈的好朋友。她向我敞开了心扉，向我诉说了她的故事。想不到，她的故事是那样动人。

梅子是湖北黄冈人。那年，她从医学院毕业，被分配到当地的一家乡村医院工作。过年的时候，她家一个在深圳打工的远房亲戚，向她描述了深圳的都市生活，她的心便蠢蠢欲动，晚上做梦都是那繁华的大都市鳞次栉比的高楼大厦和绚丽多彩的霓虹灯。

这和她的家乡相比，那可真是天上人间。

她的家乡是一个地处偏远的山村，虽然她的父母都是从事医疗工作的，但也只不过是乡镇医生。由于受父母的影响，她也选择了从医。

她在家里排行老幺，上有一个哥哥，还有两个姐姐。父母呵护着，哥哥姐姐也对她这个最小的妹妹宠爱有加。

在武汉上学的那两年时间里，她对大都市的向往与日俱增。她盼望着能够跳出大山，留在武汉这样的省会城市工作生活。可命运的安排让她的美梦成了泡影。

她的家庭既无关系又无经济实力，像她这样一个出身低微的小女孩，要想实现自己的理想，真可谓比登天还难……

7

梅子的故事还没有听完,因为工作的需要,我带着一名律师去了古城西安。那里有一个工伤赔偿案子等着我去办。

一个民工在陕西铜川的一家煤矿下煤井时被砸断了双腿。因为是农村的,他家庭经济条件十分困难,从山东的鲁中山区到遥远的西北,几千里的路程,别说请律师的费用,就是连来回的差旅费也负担不起。几经周折,他80多岁的老父亲颤巍巍地找到了我们,希望我们能帮忙打赢官司。

接下来的几天,我们在铜川的大山里,帮着这位受伤的农民工兄弟讨回了60万元的赔偿。这个案子,我们没有通过诉讼程序,单凭我们和矿方的交涉,就把钱追了回来。

8

回到公司,我才又想起那个远在南国的梅子。这次是我主动发起的谈话。

"梅子,在吗?"我连续抖动了几下窗口,她都没有回应。她的QQ头像是灰暗的。我见她不在,也就没有兴致跟其他的网友聊天了。我开始浏览时政新闻。

又有一位位高权重的官员被查办了……

看完报道,我不禁感慨万千。人生啊,无论繁华还是落寞,到头来都是一捧黄沙……

当我的鼠标正在新闻网页上游走着,突然,荧屏上一个熟悉的头像闪动了起来。

哦,梅子上线了!我赶紧打开了与她的对话框。

"文哥,我刚从医院回来,这几天女儿发烧,我在医院陪护了几天。"

"哦,女儿好些了吗?"

"没事的，南方的天气阴晴不定，前几天突然刮了台风，气温骤然下降，孩子受了点风寒，现在已经好了。"

"我这几天跑了趟陕西办了个案子，刚回来。"

"哦，案子办得顺利吗？"

"挺顺利的，把钱都给受害人要回来了！"

"啊，你尽为老百姓做好事啊！"

"没什么，为老百姓解决点实际困难，我们也有钱可赚，既积德行善，又为自己谋利，两全其美的事，何乐而不为呢？"

"哦，你既然能为人家打官司，那我也有个案子，想请你帮忙，不知可否？"她向我发出了求助。

"你讲吧！"我欣然允诺。

"我这样在QQ上一时半会儿也说不清楚，你能来我这儿一趟吗？"她向我发出了邀请。

"你先把你的资料通过QQ给我转发过来，我看一下再决定，好吗？"

"好的，我这就把资料给你传过去。"她高兴地答应了。

"传到我QQ邮箱吧。"我回答她。

不一会儿，我的邮箱就收到了邮件。我点击打开一看，哦，原来是一宗网络诈骗案啊！他们采取电子汇款的形式向指定银行账号打款，以三千元到几十万元不等的费用加盟，取得不同等级的代理资格，享受不同价格的折扣。梅子正是这众多上当受骗者中的一个。她缴纳了五万元的会费，刚开始享受了不到两万元的六五折购物折扣，突然，网站就被注销，再也打不开了，而那些网站的工作人员也销声匿迹了。

我立刻意识到，这是一个典型的网络诈骗案件，应当向公安机关报案。

"梅子，资料我看过了，这是一起典型的利用网络进行金融诈骗的案件，你应当召集你的同伴一同到公安机关报案。"我立刻告诉她我的想法。

"好的，文哥，谢谢你的提醒。不过，我到哪个公安机关报案呢？"梅子疑惑地问我。

"你到案发地公安机关报案！"

"我们有打到武汉工商银行的款项，也有打到珠海和汕头的银行的款项。这些款项都是他们给我们指定的账号。"

"这些账号是以个人名义还是以公司名义开设的？"我又问道。

"都是个人账号！"她回答说。

"哦，那你们就分别到所有打款地的公安机关去报案。"我告诉她。

"哦，原来这么麻烦啊！我们深圳和珠海连同汕头的加盟商有好几百人呢，我有给他们讲起你的，他们都央求我请你亲自来一趟。"梅子恳求道。

"这样啊，我现在的工作太忙了，等我安排一下，把手头上的急案分派给律师们处理一下，再和你联系，好吗？"我这样回复她。

"好吧，静候你的佳音。"梅子高兴地说。

9

接下来的几天里，我召集了我的律师团队，分配了一下工作，并挑选了精明能干的张律师陪同我一同前往，又让我的总务秘书大李给我预订了机票和酒店。

"这个住处交通便利，服务也不错，性价比很高。"秘书告诉我说。

随后，安排公司车队的老刘队长亲自驾车送行。

老刘是公司的老员工，开车技术娴熟稳妥，一般我出差都是带上这个老司机开车。

一切准备妥当，我拨通了梅子的电话：

"梅子，我已经准备启程，15点55分的飞机，大约三个小时的飞行旅程。请你安排接机。"

"好的，文哥！梅子亲自到机场迎接你。祝你一路顺风！"梅子欢快地说道。

放下电话，秘书已经把行李箱以及资料放到了车上。司机老刘早已经等候在车上，准备启程。我的助手小张也早已坐在车里等候。临行前，我将这几天急办的几个案子交给了法律事务秘书小王，让她抓紧督促办理。我又把手头刚接的几个材料的写作任务交给了我的商务秘书大王去完成。其他的事务，我都交代给了我的总务秘书大李全权负责处理，我还把其他的律师和司机会计等工作人员召集开了个小会。一切都安排妥当，我才放心地离开总部。

老刘发动了车，我和小张律师乘车驶出了总部办公楼前的停车场，沿着城区往发展大道缓缓驶去。

沿途的风景，让我耳目一新。我已经好久没有走出办公楼了。这段时间，我所在的这个城市经过创卫达标，城市的面貌已经发生了巨大变化，一切都焕然一新。

多少年来，没有修通的路修通了，没有搬走的车站搬走了，而且乡乡镇镇开通了公交车，城市角落建上了厕所和垃圾回收站……

宽阔的街道，干净的马路，停放整齐的车辆，都给人一种井然有序的感觉。路边的小商小贩不见了，他们都被安置在了小区的店铺里，一个个显得是那样卫生整洁。

路边的绿化，又增添了不少。那青青的草，一丛丛长得是那样青翠欲滴；那红红的花，一朵朵开得是那样娇艳。我仿佛走进了美丽的大花园。

啊，多美的城市啊！这真要感谢我们这个城市的建设者，短短几年，这座城市就发生了翻天覆地的变化。

我感慨万千，极目远眺，巍巍泰山出现在我的眼前。

啊，泰山，这个承载着中华文明几千年的历史名山在我的视野里愈来愈高大雄伟。

10

车在疾驰前进，家乡的山山水水亦在车镜里渐行渐远，我对家乡的眷恋也愈来愈深切。

车驶向了通往济南的高速公路，现代化的多车道柏油马路让人坐在车上真个爽快。

三十四年前，也是沿着这条道，为了实现少年就萌生的那个有所作为的作家梦，我辞别了家乡的民办教师的工作，乘坐着敞篷货车走进了济南的军营，但那时的路是崎岖不平的单行土道。我还记得，在一个叫界首的地方，我们这些穿着绿色军装但还没有佩戴上领章帽徽且未正式入伍的军人下车撒了一泡尿……

半个小时后，我们的车又飞速行驶在通往遥墙机场的路上。沿途的风景我尽收眼底。到达遥墙机场，候机厅里人头攒动，飞往世界各地不同肤色的人默默等待。哦，高挑美丽的金发碧眼美女比比皆是，大腹便便的外国佬儿边说英语边比比画画，叽里呱啦地讲些什么。一个黑人女子还友好地向我微笑。她那棕色的皮肤闪着黑黝黝的光泽，一双深邃的眼眸流转着，露出的牙齿格外洁白。飞机误点带来的闲暇，让我有时间环顾四周，耐心地等候着广播中的女中音告诉旅客登机的时间……

"飞往深圳宝安国际机场的旅客朋友们，飞机晚点二十分钟后将到达济南遥墙机场，请你们做好登机前的安检准备。对这次飞机晚点，我们表示深深的歉意！"广播里传来女播音员圆润甜美的声音，随后是一连串的英语广播。

十几分钟后，旅客们通过了安检，依次登上了准备飞往深圳的客机。

我和小张律师坐在了自己的位子上，漂亮的空姐帮助我们系上了安全带，并嘱咐乘客关掉手机。

经过一段广播告知后，飞机终于在跑道上缓缓行驶，慢慢地由缓到急。随着几下剧烈颠簸，飞机飞离了地面，向天际冲去。我稍有不适，就闭上了眼睛，不一会儿，不适减轻，睁开眼睛一看，哦，飞机已经升到了半空的云里。此刻，白云环绕，真像朵朵的棉絮，是那么灿烂饱满，映衬着蓝天格外纯净。低头再看，高低不平的山河绵延逶迤，高楼大厦就像小小的沙盘，地上的芸芸众生显得是那么渺小！

飞机颠簸了一下，机上人员一阵慌乱。空姐用甜美的声音说："请大家不要紧张，这是气流产生的反应。"

随后空姐推出了食物车，给每个乘客免费发放了果汁。

现代科学是多么的空前发展啊！人们在远古时代，就梦想着能飞到天上去，《封神演义》的作者许仲琳把雷震子幻化成带有翅膀的战神，在天空中自由地飞来飞去；《西游记》的作者吴承恩，那富有想象力的翅膀为世人描绘了孙悟空乘坐筋斗云一跃十万八千里……

那不仅是神话中的传说啊，更是古人对天空的向往。而现在，一切都成为现实。人们上天入地，自由翱翔，不仅乘坐飞机周游世界，而且能乘坐宇宙飞船飞向月球，甚至更遥远的银河……

飞机已经飞过了好几个省份，空中的云海翻腾着像一座座大山，往后退去……

"女士们，先生们：飞机已经降落在深圳宝安国际机场，外面温度22℃，飞机正在滑行，为了您和他人的安全，请先不要站起或打开行李架。等飞机完全停稳后，请您再解开安全，整理好手提物品准备下飞机。从行李架里取物品时，请注意安全。您托运的行李请到行李提取处领取。需要在本站转乘飞机到其他地方的旅客，请到候机室中转柜办理，感谢您选择海南航空公司班机！下次路途再会。"

随着广播中传来的声音，飞机已经到达了终点站。

走下旋梯，我和小张律师提上行李，直奔出口。

出了安检，熙熙攘攘的人群，让我们不知所措。从何找起？梅子又在哪里？

11

突然，一张醒目的大牌子出现在远处，上面写着几个大字：文哥，欢迎你！

小张兴奋地对我说："文总，你看，你的名字！"

我顺着小张指着的方向抬眼望去，可不，好大的一块接机牌啊！随即，我看到了远处俊俏的梅子。

"文哥！我在这里！"梅子雀跃欢呼着向我扑来。

今天的梅子，没有了视频当中的忧愁，有的尽是欢笑，浑身散发着青春的力量！看她的身材和貌相一点也不像是一个已经生育过十四岁女儿的妈妈。她扎着俏丽的马尾辫，穿着时髦的裙装，打扮得格外得体：清雅的淡妆，显得她的五官格外动人；一米六五的身材，分外窈窕；还有那深潭般的眸子里，充盈着兴奋的泪光；那迷人的唇线，更使得她那张性感的嘴唇夺人心魄。我耐不住激动的心情，张开双臂，迎接她扑来的身躯！热烈的拥抱，让我感觉到她那怦怦的心跳。突然间，一张热烈的嘴唇印到我的脸上。环顾身边的小张，我感觉到很不好意思，下意识地推开了她。梅子也注意到了小张的存在，她有点害羞地冲小张微微一笑，算是打过了招呼。

我们坐上了梅子早已叫来的出租车，出了停机坪，奔向南山区南新路的大道而去。

窗外，都市的喧哗充斥着我们的耳膜。一座座现代化的建筑拔地而起，伫立在天地之间。琳琅满目的广告牌，无形地外现着这座城市的繁华。

视觉带给我的冲击，让我发出无限的感慨，使我对生活更加充满了信心！

感慨之中，车子已经抵达了我们下榻的酒店。

梅子替我拿着行李包，小张到前台去办理入住手续。随即，我们就坐上电梯，到了我们预订的房间。

房间装饰得金碧辉煌，装饰物都很考究。阳台上，举目远眺，整个城市的面貌一览无余。我们似乎来到了人间另一个世界。

12

夜幕降临，天空中弥漫着灰蒙蒙的夜色，早已褪去的夕阳没了踪迹。华灯初上，美丽的街灯都在璀璨绽放，整个城市沉浸在五彩斑斓中。

远处，是灯的海洋，楼下，大道上，一辆辆开着车灯飞奔的车风驰电掣，像一条涌动的银河延伸到天的尽头。此情此景，我仿佛进入了文学中描述的天上街灯的意境。哦，现实的灯景啊远比文学写的还要美。

"文哥，我约的当事人都到齐了！"我的耳畔响起了梅子那甜美的声音。

"哦，他们来了？"我的思绪被唤回到现实中。

"早已经等候你多时了，就等你开宴啦！"梅子愉快地说。

"好吧，那我们就入席吧。"我的话还没有说完，梅子就挽起我的胳膊。

"走吧！"梅子小鸟般依偎在我的怀里，我也顺势扶着梅子的肩膀一同走进了餐厅。

我们住的酒店位于福田商务区，毗邻竹子林地铁站，交通方便，服务一流。它豪华大气的外表，给人一种身份尊贵的感觉。我初识梅子小姐，自然要考虑到她对我的感受，不能让她小瞧我们北方人。

漂亮的大餐厅里，豪华的大餐桌上，早已坐满了二十几位南方的老板，他们自然都是我的当事人。尽管他们是驰骋商场的精英，但都对我表现出很热情的谦恭，纷纷站起来向我打招呼。我一一跟他们握过手后就坐回了原处，梅子也顺势坐到我的旁边。她表现出来的姿态，俨然像是我居家女主人的身份。我没有介意，南方人嘛，骨子里要比我们北方人开放。我呢，虽然是个法律人，但我更是个充满浪漫主义情怀的文人。有时候，我也会放浪形骸，但我还是很注意场合的。

随从的小张律师也被安排坐在了我的另一侧。小张随即将我们带来的名片和我们自己出的《百姓信息》发给了在座的朋友们。

"哇，文老板还是个作家啊！"朋友们发出了惊叹的声音。

大家都落座在各自的座位上。随后，酒店服务生进来问我们要不要放点音乐。

"要不来点轻音乐吧！"梅子为了烘托气氛说道。

即刻，餐厅里响起了悠扬的略带欢快的迎宾乐曲。

穿着时尚、打扮精致的女服务员，站在了房间两侧。不一会儿，传菜生逐一将菜品端到了桌上。

桌子上陆续摆满了琳琅满目的菜肴，大多是我叫不上名字的菜品。梅子向我介绍：

"文哥，为了迎接你的到来，我们略表地主之谊，考虑到你是北方人，可能吃不惯我们南方菜，特意为你准备了南北大菜。有你们北方人爱吃的北京烤鸭、口水鸡，也有我们南方的特色菜，脆皮乳猪、松鼠鳜鱼、各式卤水和叉烧，还特意为你要了双头鲍。"

"哇，太丰盛啦。你们太客气了！谢谢！"我寒暄了一番。

女服务员轻轻地走过来，给我斟了满满的一杯红酒。随即，为各位宾朋都斟满了红酒。

梅子显得特别激动，她站了起来，说："首先，感谢文哥不远千里来到了我们南国深圳，同时感谢随同文哥一起来的小张律师！我代表我们这些深圳、珠海、汕头的老表们，向文哥和小张律师敬上一杯美酒，祝你们在这里度过愉快的时光！来，就像你们豪爽的北方人一样，先干为敬。"梅子一仰脖，一杯红酒随即见底。其他的人也相继举杯喝干。我和小张律师先是品了品红酒，然后，也像他们一样一口气儿喝干了。

浓郁甘醇的红酒，让人回味无穷。此刻，让我联想到1984年我采访过一个威海籍的战地英雄的故事。他被炸断了双腿，他的女朋友毅然决然地来到了他的身边，与他坚持完婚。他家乡的人，为这对忠贞爱情的英雄夫妻举办了一次盛大的结婚典礼。我作为战地记者，有幸在邀请之中。当我举过红酒把那杯象征着爱情的红酒一饮而尽的时候，我突发灵感，哦，爱情的美酒！我就用这个题目，为他们抒写了一篇《爱情的美酒》的报告文学。那篇怀有对美好爱情深情赞美的文章，让我抒写得情真意切、柔美无比、荡气回肠。那充满激越旋律的《血染的风采》，至今在我的耳畔回响……

"来，文哥，吃菜。尝尝这道脆皮乳猪，这可是我们南方招待贵宾的一道特色菜哟！"梅子的话让我的思绪又从那个青春荡漾的年代回到了现实中来。也许是我固有的一种习惯吧，总是爱浮想联翩，对过去在大家的礼让下，有着一种不舍的缅怀！

梅子将一块色泽鲜亮的乳猪肉夹到了我的碟盘里，我拿起双筷送入口中，轻轻咀嚼于唇齿之间，瞬间感觉香气扑鼻，果然是风味与众不同啊！梅子随即侃侃介绍：

据史料所记，烧乳猪原来是北方菜，早在西周时代已列为"八珍"之一，称为"炮豚"（即烤乳猪），南北朝时已在齐鲁一带盛行。贾思勰的《齐民要术》曾对烧乳猪的色、香、味极为夸赞："色如琥珀，又类真金，入口则削，状若凌雪，含浆膏润，特异凡常也。"据袁枚《随园食单》记载，到了清代，烧乳猪已传遍大江南北，烧烤之法各式各样。每逢婚嫁祭祖或开张大吉，甚至于电影电视的开镜仪式，无一不用到烧乳猪，所以广东的烧乳猪就烧得特别好。在婚礼上，头盘一般都是一只烧得油亮亮似乎还在咧着嘴笑的乳猪，先整只端上来，大伙把它脆脆的皮吃了，服务员又端下去再斩成一小块一小块地上来，散席时把没啃过的猪骨和乳猪头带回家去煲粥，那粥绝对正点。老人家说，挑选烧猪作为祭品，有着"红皮赤壮"的寓意。如今祭祖的烧猪，已经从以前的脆皮烧猪，改用成为港式做法的麻皮烧乳猪。

梅子的介绍，使我在这道美食里，深深地感到他们一行东道主的热情。

"呵呵，想不到，你还是个美食家呢，竟对这道菜品研究得如此精到！"梅子渊博的知识让我对她有了新的认识，我由衷地夸赞她道。

"文老板，来来来，您这次特意为我们远道而来，我们结识您这样的豪情义士十分荣幸。鄙人复姓司马，是司马懿的后代，目前是珠海的温州商会的副会长，专做房地产生意。年轻时，也是个文学迷哦，对您这种文人雅士格外敬重。我借着梅子小姐的光，敬您一杯薄酒，算是我们从今结下友好兄弟的开始吧！"这是一个长得微胖，个头不算太高的秃顶中年人。从气相上看，虽算不上是个气宇轩昂的大丈夫，但从他凌厉的眼神中，看得出这是一个十分精明的房地产大佬。

美酒佳肴，声乐悠扬，碰杯交盏，灯光影里，红尘摇曳。人生，能有几多这样的生活？

桌上的人已经有了几许醉意。也许是我们的到来给他们带来了希望，酒桌上欢声笑语，冲淡了他们受到网络诈骗的满腹忧愁；酒桌上，我们没有谈及案子，天南地北地畅谈起来。

最后，梅子起身，略带醉意地说："酒逢知己千杯少，千里朋友相聚首。今天，我们大家已然尽兴！现在，天色已晚，文哥他们一路奔波，还没有来得及休息，咱们今天就先到这里吧！"

13

曲终人散，南方的朋友们寒暄过后，一个个都陆续走了。剩下梅子挽着我和小张回到了客房。

小张独自回到了他自己的房间。

房间里只剩下我和梅子。梅子将壁灯打开，柔和的灯光下，更显得梅子温婉可人。由于红酒的缘故，梅子的脸庞粉扑扑的，像一朵绽放的牡丹；水汪汪的大眼睛在昏暗的灯光下显得更加的幽怨深邃，看上去让我顿生怜惜。

"累吗，文哥？"梅子柔声问道。

"没事，从济南到深圳也不算太远。坐吧，喝点什么？"我问道。

酒店里的配置很周全，各式饮料都摆在酒柜上。

梅子走到酒柜前，拿起里面的一个翡翠色的茶盒说：

"喝点绿茶吧，顺便解解酒。"说着梅子拿出酒柜里的骨瓷茶具，娴熟地泡起茶来。

"你还懂茶艺？"我吃惊地问道。

"这几年，为了女儿有更好的生活，我什么工作都做过。在茶室干过一段时间，因为当时工作的地方拆迁就离开了那里。"梅子委婉地说道。

我又不禁对梅子浮想联翩：这是一个经历过多少风雨的女人啊，虽然生活带给她了许多艰难和无助，但她依然如此坚韧，丝毫没有颓废的情绪。

"来，品品我们这里的茶色吧！"梅子体贴地端过一杯绿茶递给我。

"哦，好清香的茶叶啊！"我品了一口，入口回甘，用舌尖轻轻地咀嚼了一片茶叶。

"你喜欢就好。"梅子说。

"对了梅子，你在这里陪我，这么晚了，你的女儿怎么办？"我忽然想起梅子的女儿，便担心地问道。

"哦，没事，由于你要来，我把女儿放在了学校的托管。"梅子说。

"哦，你真会安排啊。"我说道。

"你先喝茶，我给你放好洗澡水，你先洗个澡吧。"梅子转身走向浴室。

望着她的身影，我内心深处感到她是个多么细心的女人啊！她让我感受到了久违的温情。男人啊，离不开女人，无论他多么强大，都会在一个柔弱的女人面前软弱下来。

"文哥，水放好了，你来洗吧！"梅子喊道。

"好吧！"我起身走向浴室。

浴池里的水不冷不热，恰到好处。我一番浸泡，洗尽了一路的风尘和疲乏！

我披上浴衣，走出浴室。哦，梅子还在等我。不知什么时候，梅子的发型已经由绾起的发髻变成了披肩发。她定定地看着我，深情的眸子里透露着热情的渴望。她那迷离的眼神让我心神荡漾。此刻的她是那样的妩媚诱人。

"文哥……"梅子轻声唤道。

"梅子……"我也颤声唤道。

梅子便情不自禁地扑到了我的怀里。她像一团棉絮，是那样柔软，又像是一团火焰燃烧着我的心房。我轻轻地吻着她那光洁的额头，全部的身心坠入了甜蜜的温柔乡。

久久地，久久地，我们相拥在一起。时间也不知过了多久，只听到两颗心怦怦地跳。

"文哥，不知为什么，我对你有一种似曾相识的感觉。自从网上认识了你，我就感觉到你是我的依靠。"梅子依偎在我的怀里轻声地说。

"是啊，对你我也有相同的感觉。"我附和道。

相拥了良久，我便扶着梅子坐到了床上。

"梅子，关于你，我想听完你的故事。"我对梅子说。

"你真的想听吗？"梅子抬起迷离的眼睛看着我说。

"是的，文哥是作家。对我来说，你是那样神秘，我想探究你内心的秘密。"我认真地说道。

"你是不是想把我的故事写成书啊？"梅子问道。

"不可以吗？"我轻抚着她那柔软的秀发，用下巴抵在了她的头上，嗅着她那发脂的凝香。

"唉……我不光在感情上屡屡不顺，我还是个官司缠身的女人。除了女儿，这几年折磨得我对生活一点兴趣也提不起来。要不是在网上遇见你……"说到这里，梅子不禁潸然泪下。

"那可是一段不堪回首的往事啊，你不介意？"梅子接着说。

"说吧，我不介意。谁没有过去呀！"我顺势紧紧地搂住了她。我想用我的温情鼓励她说出自己心底的故事。

14

"唉，那都是十多年前的事了。"梅子轻轻地叹了一口气。随即，她陷入了深深的回忆之中。

那年她22岁，在一个远房亲戚的帮助下被分配到了乡镇医院做护士。

听了一个在深圳打工的表姐对深圳的描述，她便萌生了奔往深圳去闯一番天下的想法。当她把这个想法告诉她的爸爸妈妈和哥哥姐姐的时候，却遭到了全家人的反对。

"梅子，你可是咱全家人托关系才给你找上的医院正式工啊，深圳那个地方，人生地不熟的，万一有个闪失，可怎么好啊！"妈妈哭着说。

"你要非去，别怪爸不认你这个女儿！"爸爸决绝地说。

"放心，爸爸妈妈，女儿混不出个人样来，决不回来。"年轻气盛的梅子斩钉截铁地说。

临行前，梅子打了一个简单的行李包。

梅子把自己的行李包放在表姐的家里，又偷偷拿走了妈妈藏在衣橱里的300块钱，便给爸妈写下了简短的一封信：

"爸爸、妈妈、哥哥、姐姐：我决定跟着表姐去深圳闯一闯，听说那边的工作很好找，经济很发达。你们别为我担心。——梅子。"

梅子的离家出走，惹恼了爸爸妈妈。

在那个正值青涩、叛逆的年纪，梅子对外面世界的期盼和向往终于让她作出了大胆的选择，跟随表姐去了那个充满诱惑的城市。

初来乍到，深圳这座正在建设中的都市，梅子感到无比的新鲜，很快她在一家私立医院找到了工作。

一连几个月过去了，梅子的工作和往常一样繁忙而充实，直到遇到了他——孩子的父亲，她的内心掀起了巨大波涌。

15

这天晚上，梅子在急诊室值班。忽然，病房外一阵急促的呼喊声惊动了她。

"大夫，大夫，快来看看啊，他肚子疼得厉害，快不行啦！"一个小伙子背着一个年轻的男人在走廊里焦急地喊着。

"怎么啦？怎么啦？"梅子三步并作两步迈到了门外。只见，那个趴在小伙子身上的青年男子疼得满头大汗，嗷嗷地叫着，似乎死神就在他的跟前。

"快，你把他放到病床上去！"梅子上前扶了一把，帮助那个小伙子把生病的男子放到病床上，生病的男子在床上疼得直打滚儿。

梅子喊来了值班的大夫。值班大夫挂上听诊器，把了把生病男子的脉，不一会儿，说："快给他打止疼针，是急性阑尾炎，要马上进行手术。"

梅子赶紧兑上药，给生病的男子注射了止痛药。随即，将生病的男子推进了手术室……

手术进行得很顺利，生病的男子挂着吊瓶被推出了手术室，成了梅子护理的病号。

接下来的几天里，梅子尽职尽责地照顾着这位生病的男子。梅子对他的照顾，既是出于对本职工作的负责，也是出于女性的本能。然而，梅子对工作的热情表现和那充满青春活力的微笑，使得这位生病住院的男子对她逐渐产生了莫名的情愫。他每天都期待着梅子的出现，似乎没有了梅子，他就没有了生活的乐趣。哦，他对梅子产生了依恋！

闲暇间，生病的男子时不时地搭茬儿，有意识地制造一些小插曲让梅子来给他处理，以引起梅子的注意。

这天，梅子休班没有来上班，可急坏了这个生病的男子。住了一周的院，要办理出院手续了，梅子却不在，而且也不知道梅子的联系电话，他想在出院之前，无论如何也要再见上梅子一面，向她要联系方式。经多方打听，他终于从梅子的一个同事那里打听到了梅子住所的地址。

出院后，他回到了自己的公司。

16

他是一家通信公司的经理。在那个全国通信业刚刚起步的年代，这样的公司在当时做得是风生水起。每天面对客户的下单、洽谈，还有在生意场的周旋让他忙得团团转。但即便是这样忙碌的工作，也没有冲淡他对梅子的爱慕，梅子那甜甜的笑容总是在他的脑海里盘旋着。

这天，他处理完手头的一笔业务，再也按捺不住心中的渴望，便驱车按照梅子同事给他的地址找去了。

在一个鲜花店的门口，他停下了车。

"小姐，请给我包上九十九朵玫瑰！"他付了钱，情不自禁地用自己的嘴唇亲了亲这浓郁芬芳的玫瑰花，然后径直去了梅子的住处。

"你好，护士小姐！"他突然出现在梅子的面前。

"啊，你怎么来了？"梅子对眼前出现的这个人感到十分惊讶。

"我特意为你买了九十九朵玫瑰，请你收下！"这个男人很绅士地将花捧在了梅子的面前。

"这……"梅子面对男子突如其来的举动十分诧异，内心也十分慌乱。

"我出院时没有见到你，非常遗憾。为了感谢你在住院期间对我的无微不至的照顾，我特意为你买了这九十九朵玫瑰，请你收下！"这个男子真诚地说道。

"谢谢，你太客气了，那都是我应该做的。"梅子这才缓过神来。

见梅子接受了自己的花，男子非常高兴。

"可以请你吃顿饭吗？"男子紧接着问。

"这……"梅子有点难为情。

"没有别的意思，你不要介意，我主要是想感谢你，也好交个朋友嘛！"男子恳求道。

"那……"梅子迟疑了一下，"要不，你等我一下！"梅子思忖片刻，便答应了男子的请求。她转身进屋，把花放下，然后换了身衣服就跟男子上车了。

奔驰车在夜色中穿行在深圳的大道上，五颜六色的车灯发着刺眼的光芒，一个个被他们甩在后头。

梅子坐在车里，平生第一次感受到了这种急速行驶的惬意。

17

"我带你到85度咖啡厅去吃西餐吧！"驾车的男子话语里透露出男人那种不可反驳的口气。

"随便吧！"梅子不假思索地答道。

车子七拐八拐，拐进了一条花花绿绿的巷子，在一个会馆的门口停了下来。还没等车停稳，门童就跑了上来。

"孟总，好久不见你来啊，这次又带了哪个美女嫂子啊！"那个门童殷勤地说。

"胡说什么呀！这是我请的客人！"被喊作孟总的这个男人不悦地回道。

"你，这是把我带到了什么地方？"梅子露出了疑惑的神情。

"哦，这是老板们常来的会馆，档次挺高的，里面的西餐不错！"这个孟总对梅子说。

"算了吧，不用这么破费了，我们随便到餐馆吃点就可以了。"梅子说。

"你看，来都来了，还是进去吧！"孟总不容分说，便把梅子带进了会馆。

会馆特别豪华，里面装修得非常典雅，大厅中央放着一座假山，假山上一条人工瀑布飞流激溅。影壁墙上，一幅宽大的贵妃醉酒的绣品《仕女图》

更显得整个会馆的格调别具韵味。

"孟总好，好久不见！"前台漂亮妖娆的小姐恭敬地站起来向他打招呼。

孟总很优雅地向她招了招手，什么也没说，就把梅子领进了一个豪华的单间里。

这个单间取了个耐人寻味的名号：月色港湾。

的确，房间里的灯光柔和得像月光一样，墙壁上的激光灯照射出一幅月色港湾的图案，清冷的河面上，一条弯弯的小船载着一对窃窃私语的情侣。旁边的套间，被一道屏风遮掩着，有些神秘。

哦，这是多么美妙的意境啊！

梅子在这奇妙的境遇里感到惊悸。这个涉世未深的女孩，平生第一次走进了一个陌生的世界。

随后，服务生敲了一下门，走了进来。

"请问孟总，今天用什么茶点？这是新增的菜品，请孟总过目。"服务生将一本精致的VIP菜谱单递到孟总手中。

"红酒炖牛肉、菲力牛排、香煎法国鹅肝、泰式咖喱饭，再来一份提拉米苏。这些都是他们这里的招牌菜，你尝尝味道怎么样。"孟总把餐单递到服务生手中，望着梅子说。

这些名称，梅子连听都没有听过，她只能顺从地点点头。

"再开瓶香槟！"孟总不容置疑地说道。

服务生依次把菜肴上齐了，打开了香槟，然后，识趣地退了出去。

"来，喝杯香槟吧！我也刚刚做了手术，就陪你一块儿喝香槟吧！"孟总给梅子斟满香槟，然后又给自己倒满了一杯。

尽管孟总盛情招待的菜肴十分昂贵，但梅子吃得索然无味。因为她这个土生土长的乡下女孩，别说吃了，就连刀叉也没有用过。她感到非常窘迫，只觉得有点甜味的香槟还算可口。但是，那香槟冒出的气味，让她感到不适。她起身去了卫生间。

梅子离开的瞬间，这个叫孟总的男人从随身的口袋里掏出了一粒神秘的药丸，偷偷地放进梅子的酒杯里。瞬间，那颗神秘的药丸就被融化了。

梅子走出卫生间，孟总殷勤地上前扶她入座，并端起自己的酒杯说道：

"来，梅子小姐。在我住院的那段时间，是你无微不至的照顾才使我恢复得这么快，在这里我敬你一杯。我先干为敬了。"孟总说完，就干掉了杯中的香槟。

梅子看孟总这么豪爽,也端起酒杯一饮而尽。

随后,两人就聊起了对方的工作。聊着聊着,梅子就感到头晕沉沉的,不一会儿就什么也不知道了。

18

当她醒来的时候,她发现自己竟然裸露在床上,和那个叫孟总的人躺在了一起。

一切不该发生的事情都发生了。梅子明白了一切,她被这个男人暗下了药……

她呆呆地坐在床上,欲哭无泪。望着身边躺着的这个道貌岸然的男人,被他丑陋的灵魂激怒了。顷刻间,她疯了似的抓住这个男人,朝着这个男人狠狠地咬了一口。还在睡梦中重温着他那浮艳美梦的男人,被这突如其来的疼痛惊得"啊呀"一声,赤条条地蹦了起来。

"你这个畜生!你怎么能这样对我?我恨你!我要告你!"梅子失声喊道。

"啊,梅子、梅子,你先不要激动,你昨晚醉了,不能把你独自留在这里啊,我就把你扶到床上休息了。我是真心喜欢你,爱你,我是情不自禁的!请你相信我!"孟总一个劲儿地求饶解释道。

"骗子,流氓!你不是知道我的住处吗?为什么不把我送回去!"梅子气愤地说。

"呃呃呃呃,我……我……我是真的喜欢上了你,爱上了你。请你无论如何要相信我,我以后会好好对你的,我向天发誓。"孟总扑通一声跪在了梅子的面前,双手抱住了梅子的大腿。

"我该死,你打我一顿吧!"孟总拉过梅子的手,往自己的脸上抽了几下。

"你……你……你……你这样叫我以后可怎么做人啊?我还没有谈过恋爱呢!"梅子捂着脸哭了起来。

"梅子，如果你不介意，让我做你的男朋友吧！我真的喜欢上了你，所以才做了糊涂事。我会用一生一世补偿你的！请你答应我，好吗？"孟总恳求道。

事到如今，木已成舟，一切都于事无补了。梅子在这个举目无亲的陌生城市里，还能有什么选择和指望呢？残酷的现实带给自己的只有伤害和无助。望着眼前孟总诚恳的眼神，梅子的心像一团乱麻，一时也不知所措了。

"啪啪啪"，响亮的耳光声让梅子惊得睁开了眼。孟总跪在那里，使劲儿照着自己的脸抽了起来。

"我混蛋，我不是人。我怎么对我爱慕的人这样呢？"孟总表现得那般真诚，让梅子心软了。此刻的她，也只能无奈地接受了现实……

19

随后的日子里，孟总对梅子真的是体贴入微，渐渐地，梅子心中的那些不快也就随着时间的推移慢慢地淡忘了。随之，对这个事业有成且还算优秀的男人渐渐产生了好感，两人的感情也逐渐建立了起来。

几个月后，梅子在一次上班期间，突然感到恶心乏力，之后又呕吐了起来。她怀疑自己怀孕了，便把身体的不适告诉了她的好友婷婷。

婷婷是她的室友，也是来深圳工作期间认识的第一个闺中密友。她们俩是在一同来深圳的火车上认识的。这个婷婷，是个大大咧咧的山东女孩，她考取了二本，但因为家里穷，又觉得二本不是她理想中的大学，便权衡再三，没有入学。为了给家里多挣点钱，好给那个都三十多岁了还没有说上媳妇的哥哥讨个老婆，便踏上了南下广深打工的旅程。

两个同样怀着梦想的乡下女孩，便有了共同语言。两个人约定终生结为好姐妹。为了相互照顾，也为了省钱，她们俩就在一起合租了一套住房。

"啊！不可能吧？"婷婷这个涉世未深的女孩，惊讶地问道。

"我也不确定，总之，身体的反应都是怀孕的迹象。我自己是护士，再清楚不过了。"梅子说道。

婷婷陪着梅子做了孕情检查，结果呈阳性，梅子怀孕了。

"天啊，这可怎么办啊？"梅子是又惊又愁，一个未婚的女人怀孕了，要让人们知道了，总不是一件光彩的事。

"孟子，我怀孕了。这可怎么办啊？"梅子习惯地称呼孟总为孟子，她把这个让她自以为丢人的消息打电话告诉了他。

"是吗？好啊！是不是个儿子？"那头的孟子听到梅子的消息异常兴奋。

"怎么能知道是男孩女孩啊！"梅子嗔怪地对孟子说。

晚上，孟子开着车带了一大堆的营养品，来到了梅子的住处。

"宝贝，你可为我们老孟家立了大功啦！我家老爷子盼孙子都快盼疯了！"孟子兴高采烈地说。

"看把你高兴的，谁知道是个男孩还是个女孩呢！"梅子又嗔怪地说。

"保准是个儿子！我孟子的良种定是儿子！"孟子自信满满地说，"我以前找过一个算命先生，说我尽生儿子呢！"

"你还是想想怎么办吧！我总不能和你生一个没名没分的私生子吧！"梅子生气地说。

"哦，这好办。我给你租套房子，你先搬到那里去住，也好让我照顾你。等生了孩子，我再求老爷子开恩与你补办结婚手续！"孟子推说。

"我不要，你不和我结婚，我是不会要这个孩子的。万一我生了孩子，你骗我，不要我怎么办？"梅子坚定地说。

"我向你保证，只要你生下男孩，我一定会和你结婚，并和你补办隆重的婚礼！"孟子继续发誓推说。

"不，我不要。你还是赶快陪我去打胎吧！"梅子坚持说。

"看来你是信不过我！这样吧，我给你打上十万块钱，算是我对你的保证。你搬到我给你租的房子里居住，一切生活开销全包在我身上。你看怎么样？"孟子央求道。

十万元，这在当时来说，已是个不小的数目。梅子作为一个从乡下来的姑娘，平生从来没有见过这么多的钱，她有点心动了。梅子哪里知道，区区十万元，对于像孟子这样家庭背景的老板来说，根本不算什么！

"那，你可不要骗我哟！"梅子说。

"我要骗你，天打五雷轰！"孟子把手举起来对天发誓说。

"谁让你发这样的毒誓？只要你真心对我就好！"梅子抬手拉住了孟子那举在半空中发誓的手。

20

　　几天后,梅子跟婷婷简短地道了别。
　　"梅子姐,你可一定要好好照顾自己啊!周末休班的时候,我就去看你。"婷婷拉着梅子的手不舍地说。
　　"放心吧,婷婷,你也要好好照顾自己,多保重。"梅子也不舍地道。
　　"孟子哥,你可要对我梅子姐姐好啊!不然的话,我可饶不了你!"婷婷挥着小拳头,在前来接梅子的孟子面前说。
　　"好的、好的,我一定会好好照顾她!有空,你可要去我们那里玩啊。"孟子对这个山东姑娘的泼辣劲儿有点发怵。
　　就这样,梅子随孟子住进了他为她准备的公寓套房。
　　这是个在城区以外的别墅区,环境十分优雅,周围是一片山林,长满了郁郁葱葱的竹子。
　　三个月后,孟子对梅子说:"咱该去做个检查了吧?"
　　梅子不知孟子的用意,也没有多想,就跟孟子去了一家私立医院。
　　孟子好像跟那个医院的大夫很熟,他在那个做B超的大夫耳朵跟前私语了几句,只见那个大夫咧嘴一笑,便会心地点了点头。
　　梅子躺在B超床上,大夫在她的肚皮上涂上了凉凉的液体,然后又拿过仪器在梅子的肚皮上来回滑动。荧光屏上,忽隐忽现的图案,梅子也看不清楚。随着几声"嘀嘀嘀"的声响,图谱打印机打出了一张B超单。
　　那个B超大夫拿起来看了看,伏在孟子的耳朵边耳语了几下,顿时,孟子的脸变得灰暗起来。
　　梅子下床后,穿戴整齐,便随孟子回到了住处。她问孟子:"检查的结果如何?"
　　"哦,没什么,很正常。"孟子的语气里透露着一丝不悦。
　　梅子似乎感觉到了什么,便抬眼问他:"是个男孩还是女孩?"
　　"女孩!"孟子不耐烦地说。
　　"女孩又怎么了?你不喜欢吗?"梅子天真地问。

"我们家三代单传，就我一个儿子。老爷子非要我生个儿子，好延续香火！唉！这下好了，又没希望了！"孟子叹了一口长气说。

"咋叫又没希望了？难不成你还有个为你生女孩的老婆？"梅子随口说道。

孟子抬头，用复杂的眼神看着梅子，什么也没说。

天真的女人啊！此刻，她哪里知道，自己早已陷入了人家为她设计好的阴谋当中。

21

一个周末的下午，孟子早早地下了班，驱车回到了两人的爱巢。

"梅子，你别做饭了。今晚，咱们一块儿出去吃吧。"孟子说。

"又去哪里吃呀？"梅子问。

"今天换个地方，也好让你改改口味。走吧！"孟子随即拿起了外套。

在一家中餐馆门口，孟子停下了车。他上前扶着已经显怀的梅子，走进了这家餐馆。

"梅子，今天你点菜，你想吃什么就点什么吧。"孟子把餐单递到了梅子面前。

"就来个蚕豆米煮江鲶吧，最近特别想念家乡菜。这是我在老家经常吃的一道菜，又便宜又好吃。"梅子说。

"再来几道吧。既然你想吃家乡菜，那就多点几个！"孟子大方地说。

"那就再来个芋圆和菱角烧肉吧。"梅子开心地说。

不一会儿，店小二就端上了热腾腾的菜。久违的家乡菜啊，香气扑鼻，梅子自怀孕后食欲大增，还多吃了半碗江米饭。

回到家中，孟子还体贴地为梅子热了一杯牛奶，扶梅子坐在沙发上，并顺势把梅子拥在怀中，轻声问："梅子，咱把这个孩子做掉吧？"

"啥？你说啥！"梅子惊讶地瞪大了双眼，旋即从孟子的怀中挣脱开站了起来。

"你先别激动，听我慢慢跟你解释嘛！"孟子随即连忙说道。

"你竟然要我做掉孩子？你安的什么心？你说，你说啊！"梅子气愤地指着孟子的鼻子尖激动地说，她的手指也颤抖着。

孟子一把抱住梅子，说："亲爱的，你别生气嘛！我知道这样跟你说，你肯定接受不了，但我也是没有办法呀！你先坐下、先坐下来……"孟子扶着此刻已经气得浑身无力的梅子坐了下来。

"我之前不是有跟你说过吗，我在家里是三代单传。老爷子一心想抱孙子，其实……其实……我之前已经有过一个女儿，家里面不认啊。这次你怀的又是一个女孩儿，如果生下她，我不可能给你们一个正当的名分，我的家里更不可能接受你们。所以，我想，长痛不如短痛，趁着孩子月份还小，先把她做掉吧。你还年轻，咱们以后还可以再要个儿子嘛！"孟子这短短的几句话，就像晴天霹雳，把梅子给炸晕了。

天哪！这是个多么无耻而又让人恶心的男人啊！他竟然是已经有过一个女儿的爸爸啦！那自己算什么？他的情人，还是小三？难怪，他不跟自己结婚呢！自己还幻想着跟这个男人，有一天能够走进那神圣的婚礼殿堂！能够成为他的妻子，过上衣食无忧的生活，也好让爸爸妈妈对当年反对自己来深圳的想法有所改观。这样的真相，让自己如何面对他们？自己竟然不知不觉沦为了一个让人唾弃的下贱女人。

"孟子，我求求你，不要让我打掉这个孩子好吗？孩子是我们爱情的见证啊！"梅子几乎哀求道。

"不行，孩子不能要。你如果不能为我生个男孩儿，就永远进不了我的家门！"孟子绝情地说。

梅子听了孟子的这番话，心就像沉到了冰点。

"你准备准备吧，我已经联系好医生了！"孟子发出不容置疑的命令。

"不！我不！你没有权利剥夺一个鲜活的生命。我是女儿的妈妈，她是我的第一个孩子，我不能没有她。"梅子无助地哭诉着。

"那，我也无能为力了，你就好自为之吧！"说完，孟子扔下一沓纸钞，头也不回地转身离开了梅子……

22

有道是屋漏偏逢连夜雨。

半个月后的一个黄昏,一个神秘的女人来到了梅子的住处。

"你是梅子吧!"这个穿着时尚的女人摆出一副盛气凌人的架势。

"你,怎么知道我的名字?"梅子吃惊地打量着这个神秘的女人问。

"哈哈哈哈,你们的故事,我早已经听说了!"这个女人发出阴森森的冷笑。

"奇怪,你听说了我们的什么故事?"梅子疑惑不解地问。

"你和孟子的事儿啊,他都向我坦白了!"她看着自己修长的手指上那一颗蓝宝石的戒指不屑一顾地说。

"孟子?他在哪里!你是他什么人?"梅子惊得目瞪口呆。

"你们有半个月没见面了吧?是我不让他出来见你,你也该从这里搬出去了!"那个女人颐指气使地说。

"搬走?你让我从这里搬走!你有什么资格?"梅子质问道。

"我是孟子的合法妻子!连同这套别墅,都是我父亲给我的陪嫁。你说,我有没有资格?"那女人的语气咄咄逼人。

"孟子,这个该千刀万剐的害人精,怪不得这几天跑得连个人影都没有。原来他早有老婆了,这几天一直跟你在一起!"梅子咬着牙气恨恨地说。

"好了,你也别咬牙切齿了。我已经从美国回来了,你也该让位了。这本来就不属于你的地方,你还是识趣点儿吧!"那女人说。

"算你们狠!算我瞎了眼,认识了孟子这个狗男人!走,我这就收拾东西走。用不着你赶我,我还嫌恶心呢!"梅子说着,就开始收拾东西。

"既然你也这么痛快,那你就尽快收拾东西搬走吧。我们都是女人,你也挺不容易的,错就错在你不该认识孟子,他就是这么个东西,我比你了解他。"这个女人说完转身就走了。

梅子望着那个女人远去的背影,感到自己是那样卑微。想起自己的悲惨遭遇,愤懑的情绪无处宣泄,她便一头扑在床上,抱着被子号啕大哭起来……

23

也不知哭了多久，梅子才从痛苦中醒悟过来。她想，这里毕竟是那个女人的家，自己的命运还是要自己来掌握。男人，终究是靠不住的。他连自己那样有钱有势的妻子都敢欺骗，更何况自己是一个身无分文的打工妹！这种男人还有什么值得留恋的呢？她拧开水龙头，冲了冲自己的脸，抬头看着镜子里的自己，一咬牙，把头狠狠地甩了一下。

"走！赶快离开这个带给我耻辱的鬼地方！"梅子下定决心，开始收拾行李，随后拨通了婷婷的电话。

"喂，婷婷吗？我是梅子。你下班了吗？"

"哦，梅子姐啊，我刚下班！你这一段时间过得怎么样啊？我早想去看你的，但为了多挣几个加班费，就没顾得上去看你！"婷婷说。

"婷婷，你来一趟吧！我这里最近发生了许多事，三言两语也和你说不清楚。总之，我想搬回去住！"梅子有气无力地说。

"好呀，好呀！自从你走后，我也没再跟别人合租，一直自己住着呢。是孟哥送你来吗？"单纯的婷婷哪里知道发生了什么变故。

"婷婷，从今往后再也不要提这个龌龊的男人！"梅子气愤地说。

"你们两个到底怎么了？"婷婷被梅子突然的改变感到不解。

"你来了，就一切都明白了！"梅子对电话那头的婷婷说。

一个小时后，婷婷乘坐一辆的士来到了梅子的住处，并把一切告诉了婷婷。

"梅姐，我们不能就这样和他算了！我找他去！"婷婷那山东人爱打抱不平豪爽泼辣的劲儿上来了。

"找他？找他有什么用呢？还是算了吧！"梅子拉住婷婷不让她去。

"我就咽不下这口气，他凭什么欺骗咱！就凭他有两个臭钱，就这样欺负人？他这叫道德败坏，玩弄妇女，重婚罪！非告他不可！"婷婷不知从哪里学来的法律知识。

"告？怎么告？我现在怀着孕，丢不起那个人的。现在我只想平平安安地把孩子生下来。毕竟她是我的亲骨肉，她的爸爸已经不要她了，我不能不要她，我要好好地把孩子抚养成人。我算看透了，男人是靠不住的，只有自己的孩子才能对自己不离不弃。"梅子说。

24

拉着大大的行李箱，扶着稍显笨重的梅子回到家中，婷婷洗了几个苹果，挑了一个大的递给梅子，说："梅姐，吃个苹果吧。听说，苹果的营养价值很高，对肚子里的宝宝很有好处。"

"算了，我没有胃口，还是你吃吧！"梅子把接过来的苹果又递给了婷婷。

"梅姐，你放心，有我婷婷在，你就什么也不用怕！你在这里好好静养，我会帮你把孩子生下来。你说得对，孩子没有错，我们不能剥夺她的生命。等孩子长大了，认我个干妈吧！"婷婷激动地说。

"婷婷……我的好妹妹，姐姐真的是没有看错你！"梅子感动得热泪盈眶。

随后的日子里，婷婷每天下了班就早早地回家照顾梅子。婷婷每天去附近的菜市场买菜，还买来了孕妇食谱，照着书本学着做饭，换着花样做好吃的改善生活。

十月怀胎，一朝分娩。梅子肚子里的孩子快要临产了。婷婷早早地就联系好了待产的医院。梅子很顺利地生下了自己的女儿。

望着襁褓中粉嘟嘟圆乎乎十分可爱的女儿，梅子亲吻着，内心的苦楚被这不该来临的小生命冲淡了。母女连心，女人那种与生俱来的母爱及对孩子特别的呵护之情愈加强烈，梅子的心里有了欢乐！

孩子在一天天长大，慢慢地变得越来越讨人喜爱。婷婷时常抱着她，逗她玩。

"干女儿啊，干女儿，快点长大吧，快让你的两个妈妈省心吧！"婷婷这个大姑娘抱着梅子的女儿就像得了一个宝，天天开心得不得了。

望着一天天长大的女儿，梅子的心情也十分复杂，总有一些酸酸的感觉。

看到女儿那可爱的样子，梅子心底的母爱油然而生，心里生出了一股强大的责任感。

"女儿啊，妈妈为了你舍弃了名声和幸福！你爸爸不要你，但妈妈要你！妈妈绝对不让你受到任何伤害，妈妈要给你争一个稳定的将来！"梅子吻了一下女儿的小脸蛋。女儿也许是听懂了大人的话，咧开小嘴甜甜地笑了。

25

转眼，孩子到了上幼儿园的年龄了，可孩子还没有起个名字。回想这些年带着孩子走过的艰难，还真的多亏了婷婷的帮助。作为孩子的干妈，婷婷是最有资格给孩子起名字的。

"婷婷，你是孩子的干妈，也是你一手把她带大的。你给咱们的女儿起个名字吧！"梅子很真诚地对婷婷说。

"梅姐，要叫我给孩子起名，那就叫梅婷吧！各取咱两个名字中的一个字，寓意我们姐妹一世的情缘延续在咱们的女儿梅婷身上吧！"婷婷非常动情地说。

"哦，梅婷，这个名字好哇！这是我们姐妹情深的见证啊！"梅子听了婷婷给女儿起的名字，眼里噙满了泪花。

"梅婷啊，梅婷！谁说你没人疼，你是两个妈妈的宝啊！"婷婷轻轻地拍打着梅婷的小手高兴地逗她玩。

梅婷上学后，梅子寻思着该找个工作了。自己手头的积蓄也已经花得差不多了，怎么才能给自己的女儿提供更好的生活呢？

梅子以前只在医院工作过，别的什么都不懂，只能从最基础的工作做起。

刚开始，应聘到酒店后厨做洗碗工。但那个厨师老是打她的主意，梅子就辞职了。

后来又到了一家茶艺馆，在那里算是稳定了一段时间，但因为旧城改造，那个地段需要拆迁，梅子就又赋闲在家了。

最后，梅子还是在婷婷的帮助下，去商场做了一名化妆品导购员。

忙碌的工作让梅子的生活过得既充实又满足，梅子也在工作中结识了许多不同行业的朋友。

一天，一个经常来梅子柜台上买高档化妆品的李姓贵妇人跟梅子聊起天来。

"我看你在这里工作的时间也不短了呀，一个月能赚多少钱啊？"那个贵妇问道。

"加上奖金和补助，每月有三千元左右吧。"梅子回答说。

"啊，这么少？还天天站着，不划算啦！"贵妇惊讶地说道。

"我又没有什么本事，就只能干这个了。孩子还得上学，别的工作也不适合我。"梅子轻声说。

"你做了这么多年的化妆品，应该对这个行业很了解啦！这些化妆品的生产厂家和进货渠道，你应该非常熟悉的啦。这样，你跟着我，咱们一起干，我来投资，你直接去厂家拿货，再往各大商场超市里销售。这样，我们赚的差价，那就海海的啦。你的报酬也就不至于是三千元啦！到时候，条件好了，也能让孩子上个更好的学校，是不是？"贵妇的说辞，让梅子怦然心动。

就这样，梅子下定了决心，要跟着这个李姐去开拓市场。

26

梅子把女儿暂时托付给了婷婷照顾。由于这些年她们一直住在一起，梅婷对自己的婷婷干妈也十分依赖，梅子也对婷婷特别放心。

梅子向商场打了辞职报告，打点好一切，就跟这位贵妇李姐去下海创业。

果然，梅子没有跟错人。这位李姐不仅有钱，还很有经济头脑。那几年，国外的各大连锁超市都看好深圳这个特区的发展前景，纷纷在这里落户。她们的化妆品事业做得风生水起。

这个李姐真是梅子生命中的贵人啊。才一年的工夫，梅子就凭着自己的勤劳和智慧，为自己打拼出了一片属于自己的领地，也买上了一套100平方米的住房。眼看日子越过越好，梅婷也长大了，进了好学校。梅子对自己安稳的日子感到非常满足。没想到，就在这时，她生命中的第二个男人出现了。

那是一次出差，梅子跟李姐去上海一家化妆品公司开订货会。在公司的迎宾会上，一位文质彬彬、身材略瘦、面若书生的男人走到了梅子的面前。

"你好，你是来自深圳的客户吧？我叫乔楚，是专门负责接待你们的。"这位自称乔楚的年轻男子殷勤地向梅子伸出了手。

"啊，你好，你好。我是来自深圳的梅子，请多多指教。"梅子礼貌地跟他握了握手。

"你们深圳那边经济发达，消费水平高。看业绩报表，你们总是稳居第一。看来，梅子小姐功不可没哦！"

"哪有，你过奖了，我也只是跟着李总长长见识而已。"多年跟着李姐走南闯北，梅子有听到许多这种客套的话，她谦虚地答道。

"既然在深圳这么好做，有机会我也想去那边看看哦。到时候，还得承蒙梅子小姐多多关照哦。"乔楚又进一步套近乎。

"好的，如果有时间来我们深圳，我非常欢迎！"梅子也客气地说。

梅子和这个乔楚互相交换了联系方式，后来又在迎宾宴会上碰了几杯酒，总之，这个油嘴滑舌的小男人很讨梅子的欢心。

回到深圳的某一天，梅子接到了一个陌生的电话：

"梅子小姐，还记得我吗？我是上海的乔楚，我来深圳了。"对方的声音透着些许兴奋。

"哦，记得记得。你真的来了？欢迎欢迎呀。那，你现在在哪里？"梅子也高兴地说。

就这样，当晚，梅子安排了餐厅，带上女儿梅婷跟这个乔楚一起用餐。

"真看不出来，梅子小姐都有这么大的女儿了？"乔楚透露出不可思议的目光。

"是吗？我是单亲妈妈，我只能带着她，希望你不要介意。"梅子说。

"不介意、不介意。我最喜欢小孩子了，尤其是小女孩儿，我要是有个孩子，希望也是个女孩，我会把她打扮成小公主。"乔楚连忙说道。

"噢？乔先生结婚了吗？"梅子问。

"没有，我现在只是个小职员，又刚刚辞职，没房没车的，谁跟我啊？"乔楚说。

"来，来，来，跟叔叔玩儿。"乔楚抱起梅婷，让她坐在自己的腿上，做起拍手游戏来。

此情此景，触动了梅子心底的痛处，从小到大，梅婷还从没有跟一个男性长辈这样亲昵地玩耍过。

每当梅婷在幼儿园回来问她为什么自己没有爸爸时，梅子也总是支支吾吾说不出话来。这么多年，梅子总是觉得亏欠梅婷太多，而且平日里繁忙的工作也不能让她全身心照顾她。忙起来时，不是把她放在婷婷那里，就是送去托管。虽然，梅子总是想着拼命挣钱，给梅婷吃好的、穿好的、去好的学校、创造最好的条件，但毕竟没有父爱的人生对梅婷来说是残缺的。

看乔楚和梅婷玩得这么开心，面前的菜也没有动一口，梅子不好意思地说："梅婷，别闹了，快让叔叔吃饭吧。"

"没事，我就愿意跟小孩子玩儿。"乔楚不介意地说。

玩了好一会儿，在梅子的催促下，梅婷才恋恋不舍地回到餐桌上。梅子和乔楚聊了起来。

"你这次来深圳有什么打算吗？"梅子问道。

"我从化妆品公司辞职后，也没有什么打算了，就想来深圳见见世面。"乔楚意味深长地看了梅子一眼。

"哦,这样啊,那你打算在这里做什么？你找好住处了吗？"梅子继续问。

"还没呢，我来深圳，第一个就想到了你，就给你打了电话，我想先找个酒店住下来……"乔楚的话还没有说完，梅婷就打岔道："叔叔、叔叔，你别去酒店住，来我家吧！家里就我和妈妈俩，可无聊了！我家很大哦！"

"可以吗？我可以住在你们家吗？"乔楚欣喜地说道。

"这……"梅子面露难色，一时也不好回答。

"妈妈……妈妈……就让乔叔叔住在我们家吧。"梅婷撒着娇恳求着妈妈。

"要不……我就住在你们家，给你们房租？反正我租房子也掏钱，住酒店也掏钱。我对这里也不熟悉，跟你们住在一起彼此也好有个照应。"乔楚的话里透露出了上海男人固有的精打细算和狡猾。

"那……要不，你就先在我家住下。"梅子的语气里带着些许无奈。

"哦，太好了，太好了。叔叔住我家了，有人跟我玩了！"天真童稚的小梅婷甭提心里多乐了。但她哪里知道，正是她的这种天真无邪给她的妈妈带来了另一次伤害。

第一部 我和梅子

27

　　当晚，乔楚拖着自己的行李住进了梅子的家。洗漱过后，小梅婷早早地睡着了。乔楚和梅子坐在客厅沙发上聊起天来。乔楚是个很会讨女人欢喜的上海小男人。

　　"梅子，这是你自己买的房子？你好厉害啊！"乔楚打量着梅子的家，惊叹道。

　　"厉害什么呀，刚来的时候，我也是吃了很多苦头。幸好后来遇到了李姐，给了我机会。这房子买的时候很便宜，只是现在增值了。"梅子谦虚地说。

　　"了不得呀！这么一套房子，在上海我是买不起的。"乔楚说。

　　"你这么年轻，慢慢来就是了。这里有的是机会。"梅子鼓励他道。

　　随后，梅子说："不早了，你洗洗睡吧。你睡客房，平时没有人住，被褥都是新的。"

　　"梅子……"乔楚突然拉住了梅子的手，脸涨得通红。

　　"你……放手。"梅子的脸也瞬间红了，害羞地甩开了他。

　　"其实，在上海见到你的第一眼我就喜欢上了你，这次来深圳，也是为了你。"乔楚真诚地说。

　　"为了我？"梅子不解地问。

　　"我知道你是个很能干的女人，人长得也漂亮，我暂时还配不上你，但我就是从心底里喜欢你。自从上次订货会后，我就对你念念不忘。我下定决心辞职来到这边，就是想跟你在同一个城市，每天只要能看到你，我就……"

　　乔楚这样突如其来的表白，让梅子的心瞬间怦怦直跳。这些年，梅子身边不是没有追求者，但当知道她带着个孩子时，都没有再继续下去。眼前的这个男人，为了自己竟然放弃了工作，而且梅婷也很喜欢他。难道这是老天看她孤独这么多年有意垂怜她？

　　"我……我……我没有结过婚，自己还带着个孩子。你一看就是个小伙子，我们……不合适吧？"梅子试探地问道。

"现在都什么年代了，再说爱情里哪有这么复杂，你有女儿不更好吗？今天，我虽然是第一次见梅婷，就跟认识了很久一样。"乔楚又接着甜甜地说，"我知道，我这样直接，你一时接受不了。你先不用着急答应我，我们先慢慢了解。我明天就去应聘，顺利的话，很快就能找到工作。平日里，我还可以帮着你照顾照顾小梅婷呀！"乔楚瞬间抓住了梅子的心。

乔楚的一番话，在梅子的心里泛起了涟漪。是啊，难得有这么一个不嫌弃自己带着孩子的男人，还那么喜欢自己的女儿，真的是个可遇不可求的男人。

"那……我们先处处看吧。我的条件就是这样，如果你不嫌弃，就在这里住着。"梅子随后又说，"好了，不早了，你先睡吧。"

"好好好，那你就算答应我了？梅子。"乔楚高兴地问。

"睡吧。"梅子羞涩地低下头，笑了笑，随后走进了卧室，搂着女儿睡下了。

躺在床上，梅子辗转反侧，彻夜未眠。想着当年那个男人带给自己的欺骗和伤害，那一段一段的往事就像电影画面一样，在她的脑海中盘旋着。

梅子轻抚着梅婷熟睡的脸庞，自言自语道："也许我真的应该停一停忙碌的脚步，给自己找个值得托付的男人了。这个乔楚，也许就是我的真命天子吧？"

28

接下来的日子，乔楚顺利应聘到一家电子设备公司上班了。梅子还是做着她的化妆品事业。

总之，阳光温润，岁月静好，他们的感情也在与日俱增。乔楚对梅子很体贴，对梅婷的疼爱更是让她看在眼里乐在心里，觉得这个男人真的很适合居家过日子。慢慢地，两个人就顺其自然地住到了一个卧室。

半年后，乔楚和梅子步入了婚姻的殿堂。他们两个到当地的民政部门办理了结婚登记手续，成为合法夫妻。

从此，梅子有了一个可依靠的男人，也沉浸在夫唱妇随的恩爱生活中。

日子像往常一样，太阳早升晚落，他们跟普通的三口之家没什么两样。

只是，由于业绩提不上去，乔楚对朝九晚五的工作渐渐失去了兴趣，有时候也不免流露出一些失落的情绪。

终于有一天，乔楚跟梅子道出了酝酿已久的想法。

"梅子，我想自己开个公司，你会支持我吗？"在两人温存过后，乔楚搂着梅子问道。

"开公司？凭我们现在的条件，可以啊！你想做什么？"

"现在上班才赚几个钱哪，我想还是自己开个公司，干好了，一笔业务就能赚他一笔大钱！如果成功了，我们还能买上一辆好车！"

乔楚天真地憧憬着。

"你决定了？"梅子不假思索地问。

"我已经咨询过了，开个私营公司，专营电子产品。"

"那就试试吧。我手头多少还有点积蓄，你拿去用吧。"

"多少？"乔楚兴奋地问道。

"大概十万吧。"梅子说。

"十万？这点钱哪能够呀！注册资本要五十万呢。"乔楚有点失望。

"我这几年刚还完房贷，梅婷上的贵族学校处处需要花钱，只有这么多呀。你需要多少？"梅子问道。

"在这种地方，如果先做个小规模的公司，起步至少也得五十万元。"乔楚答道。

"啊？差这么多呀！我们没那么多钱，怎么开公司？要不咱们先攒点钱再说吧。"梅子说。

"什么？那可不行！等过几年，人家把这个行业吃透了，我们再起步干就晚了。"乔楚心急地说。

"那怎么办呀？咱在深圳又没有亲戚朋友可借。"梅子也着急起来。

"要不这样吧，咱们也贷款。"乔楚说。

"怎么个贷法啊？"梅子问。

"你不是有套房子吗？我早看过了，是大产权的，可以抵押贷款的。如果评估一下，按照现值，怎么也能评个一百多万元，按照房贷三七比例，怎么也能给贷个七八十万元的。"乔楚打着他的如意算盘说。

"这……"梅子有些犹豫了，毕竟这套房子是自己来深圳辛辛苦苦打拼下买来的，还想以后转到梅婷名下呢。

"哎呀，梅子，你还寻思什么呀？我们已经结婚了，难道你还不相信我？我对你们怎么样，你还不清楚吗？"见梅子不情愿，乔楚有些生气地说。

"不是，你想到哪里去了，这房子我想等梅婷长大后留给她。"梅子连忙说道。

"嗨！梅婷是你的女儿，不也是我的女儿吗？我想成立个公司，不就是想给你们换个更大的房子，买辆好车吗？等我们老了，这些不还都是咱们梅婷的嘛！"乔楚顺势搂过梅子的肩头说道。

"那好，我明天把房产证给你，你去贷款吧。如果到时候还不够，我再去银行取存款。"梅子顺从地说。

就这样，乔楚拿着梅子的房产证，从银行贷出了七十万元。他拿出五十万元，注册了资金，办好了公司法人手续，留出二十万做流动资金。在汇丰广场的高档写字楼里租赁了两间办公室，购置了老板桌椅等办公设施，也不知从哪里招来了一名漂亮的女秘书，还像模像样地印制了一套烫金的高档名片，自封为公司董事长。

一切都准备妥当，就等乔楚跟电子设备生产厂商的订货到位，就可以投放市场正式运营开业了。

终于，第一批货来了，凭着乔楚之前做业务员的基础，销售得很顺利，一个月算下来，利润也不错。

"怎么样，梅子，我说得没错吧？照这个销路，不出一年，我们就能把贷款还上，把你的房子解押。到时候，咱就换一套大别墅！"乔楚拿着一大把赚来的票子在梅子面前晃动着得意地说。

"嗯，之前我还担心这生意不好做，看来你真选对了！"梅子也为乔楚高兴。但梅子哪里知道，她深爱着的这个男人，是一个隐藏很深且有着一番目的的市侩小人，一个更大的阴谋在悄悄地等待着她！

29

  一天,梅子要出差,就对乔楚说:"我要去北京谈业务,家里就交给你了。你好好照顾梅婷,回来有赏哦!"梅子调皮地说。
  "哦,去吧。家里你放心就是了。"乔楚漫不经心地说。
  梅子走后,乔楚那按捺不住的春心就肆无忌惮起来。
  晚上,他就领着那个小秘书住进了他们早就租好的一套公寓。
  "宝贝,等我们赚了钱,我们就买下这套公寓,给我们做婚房!"乔楚搂着小秘书说道。
  "馋鬼,你把我从上海招过来,一直把我孤零零地放在这座清冷的房子里,光顾着和你的老婆孩子缠绵了,哪还顾得上我!"小秘书说着用手指狠狠地在乔楚的脑门上剜了一下。
  "那个傻女人还带着个拖油瓶,是个被人甩了的残花败柳。我怎能跟她这样的人过上一辈子呢!还不是利用她起步,好为我们的将来打个基础。"乔楚继续拥着那个小秘书说。
  "你这个鬼灵精,谁知你葫芦里卖的什么药!没准,你也会像骗她那样,把我玩够就甩了呢!我可不像她那么傻,你要是敢和我耍心眼,小心我不把你给吃了!"小秘书两眼一瞪,做着吓人的怪状对乔楚说。
  "宝贝,我的心肝宝贝!我哪里敢呀,你是我的天使,你是我的最爱!我会一生一世地爱你,直到海枯石烂!"乔楚油嘴滑舌地哄她道。
  "这还差不多!"小秘书说着狠狠地亲了他一口。
  随后,两个人进入了神魂颠倒的世界……
  十天后,梅子出差回来了。
  "老公,我不在的这段日子里你都在干些什么?"梅子关切地问乔楚。
  "忙公司的业务啊!"
  "我这次出差,在北京又签了份大单。你呢,公司里又赚了不少钱吧?"
  "没有啦!这几天生意不顺,只做成了一笔小生意,算下来不赚不赔!"
  "也没什么了,刚开始嘛,总有个过程,我相信你的能力,只要你肯干,一定会赚大钱的！"梅子鼓励他说。

"是的，是的，我相信我有这个能力！"乔楚自信地说。

"是谁送你来到我身边，是那圆圆的明月明月，是那潺潺的山泉，是那潺潺的山泉，是那潺潺的山泉山泉，我像那戴着露珠的花瓣花瓣，甜甜地把你，把你依恋依恋……"伴随着一阵甜美悠扬的手机铃声响起，乔楚的手机播放出李玲玉的《天竺少女》的歌声。

"哇，你什么时候换了这首歌曲做你的手机来电铃声？"梅子仰头问乔楚。

"哦，是公司的小艾给我偷换的！"乔楚随口说道。

"小艾？就是你的那个公司小秘书？"梅子警惕地瞪起眼睛问。

"哦，是她。没什么的，你不要多心，纯是公司业务的需要嘛！现在这个年月，不都是靠美人销货吗？"乔楚故意绕着他的业务说。

"业务属业务，也不至于把个铃声给你换得这么缠绵！"梅子不悦地道。

"她就是这么一换，你不要介意，我把它换回来就是。"乔楚表现出很认真的样子，随手把手机的铃声换成了原来的提示。

还没有吃过晚饭，乔楚的手机又响起来了。这次，虽然铃声改回了原来的提示，但是乔楚表现出来的诡异姿态让梅子多少有了一点警觉。

"是谁找你啊？"梅子问。

"是个客户，他找我谈业务！"乔楚看来电显示有点不对劲，吃了半饱就起身对梅子说，"我出去一下，去见个客户，是一个汕头来要货的买家。"乔楚欺骗了梅子，其实，来电的是他的那个小情人小艾。小艾不知道梅子回来的消息，急着要乔楚陪她去逛街买东西。

快半夜一点钟了，乔楚还没有回来。梅子还在痴痴地等着兑现临行前说过的话：要用她的温情去奖赏他。可她哪里知道，她痴痴等待的男人早已经背叛了她，正在外头与他的小秘书小艾欢愉。这个小艾，其实是乔楚早在上海公司的相好。乔楚就是因为违反了不能在公司内部谈情说爱的规定被开除的。这次，乔楚创办了公司，就在电话里对他的小情人胡吹了一通，把他的老相好从上海招呼来做了他的秘书兼情人。他们已经在商量着如何尽早摆脱梅子并侵吞财产后远走高飞，只是眼下还没有达到他们的目的。这一切，可怜的梅子啊，却被蒙在鼓里。

30

"昨晚，你到哪里去啦？给你打电话，你也不接。"梅子质问道。

"哦，我和那个客户喝高了，我就陪他在宾馆里睡了，就没回来。对不起，让你担心啦。"乔楚编着瞎话哄骗她说。

柔弱的梅子不再说什么，女人的直觉，让她感到一阵不可名状的不安。

乔楚那狂野的心开始膨胀起来，他和那个小艾加紧了实现自己目的的步伐。

"宝贝，咱再注册个公司吧？就用你的名字，注册个相同的公司！"乔楚吻着小艾的香肩说。

"现在这个公司的业务不是开展得挺好吗？咱的账面上不是有二百多万元了吗？"小艾不解地问。

"傻瓜，咱们要借用这个公司的名号做担保，再向银行贷笔款，注册个实际属于咱俩的公司。等生意做大了，我就和她离婚，咱俩不就可以名正言顺地在一起了吗？"乔楚老谋深算。

"真的？你真的会跟她离婚，然后和我结婚？"小艾激动地说。

"我的心，你还不明白吗？做了这么多，我每天周旋在她和你之间，不都是为了你！"乔楚说。

"好好好，算我没白跟你一回。你说吧，怎么办公司？我都听你的。"小艾说。

"咱们现在的公司，虽然经营状况不错，但毕竟是我和梅子共同的财产。所以，以你的名义再办一个，咱们再慢慢倒腾……你跟了我这么多年，我也不能亏待你！"乔楚的话让小艾对他更加死心塌地了。

果然，乔楚用现在的公司抵押贷了一百万元，又在市中心租赁了一间办公室，注册了一个公司，专门代理电子产品，又添加了手机业务。

这个叫大联盟的公司，在乔楚的运作下，果然生意越做越火，利润也相当丰厚。小艾天天乐呵呵地黏着乔楚，就像是一棵菟丝攀附着苴麻。

接下来的日子，乔楚和梅子的日子像往常一样各忙各的，只是乔楚每天回家都很晚,好像很疲惫。梅子看在眼里,疼在心里,觉得乔楚为这个家付出得太多。天真的她哪里知道,乔楚每天下班后要么和小艾一起,要么就去购物,要么就到他们两个人营造的二人世界……

31

一天,梅子体贴地问道:"怎么了?你最近很少回来吃饭,看你脸色也不好,工作有这么忙吗?"

"唉,梅子,你是不了解这个行当,现在不好做了呀。公司每天都赔钱,再这样下去,我看房租都是问题了。"乔楚撒谎道。

"那,我能帮上你吗?"梅子焦急地说。

"帮?怎么帮?现在满大街都是做通信设备的,难不成让他们都关门,就留我们一家?"

"那……总得想想办法吧。你看你,每天早出晚归的,我看着都心疼啊!"

"唉,赊出去的货都催不上款来,新接的业务,因为手头没有周转资金也无法开展。这不,今天还有一个客户催我发货,哪有钱进货啊!要是不能按时发货,我还要赔偿人家一大笔违约金呢!"乔楚两手一摊,露出很为难的样子。

"我这里还有三十几万元,你先拿去进货吧!"梅子说着,从手提包里拿出了一张三十万元的银行金穗卡递给了乔楚。

"三十万元!"乔楚的眼里顿时放出了既奸诈又激动的光。

"老公,你就放心大胆地干吧。你不管有多难,别忘了,你还有我这个老婆,我会和你一起渡难关的!"好心的梅子哪能留意到乔楚那险恶的用心。

"亲爱的,你把这三十万元收起来!"乔楚把梅子给她的钱立马丢给小艾。

"这是哪一笔业务啊,怎么没见账面上有?"小艾问。

"什么业务啊!是我在家里演戏,那老女人给的。"乔楚露出轻蔑的口气。

"她为什么还给你钱？"小艾不解地问。

"你呀你，真是不明白我的良苦用心。我跟她说，我们的公司不盈利了，每天都在赔钱，本想找机会跟她说，让她好离开我的。没想到这傻娘儿们还塞给我三十万元，让我开不了口了。"乔楚说。

"她还真是大方，一甩手就是三十万元。"小艾醋意大发。

"你不知道，其实她人很好，我刚来的时候……"乔楚话还没有说完，就被小艾打断了："她好，那我就不好了吗？当初我为了你，偷偷地离开家，离开父母。在上海，我连个名分也没有就跟着你，我又图你什么了？挣的钱，虽然在我的名下，但密码不都在你手里攥着吗？在这里我连个朋友都没有，你、你、你气死我了！不管怎么样，你得尽快和她离婚，我等不起了。要不，我这就回老家……"小艾撒泼道。

"哎呀，你看看你……这是干什么呀，我又不是说不要你。我们现在做的一切不都是为了我们以后在一起吗？我答应你，尽快跟她离婚，你可得给我好好待在这儿，咱的公司可有你一半呢！"乔楚连忙哄道。

"那你可不许骗我，我妈那天还打电话让我回去相亲呢！你要再不离婚，我就真的不回来了！"小艾威胁乔楚道。

"好，你放心。我一定不会让你等太久的。"听了小艾的话，乔楚暗自下了决心，要跟梅子把离婚的事挑明。

32

一周后，乔楚拿着连日来"精心"制作的假账本回到了家里，把账本递到梅子的面前。

"梅子，我实在是对不住你，公司连续亏损，我实在是经营不下去了。我也不想拖累你，咱们离婚吧……"乔楚露出一副可怜兮兮的样子。

"什么？离婚？就因为你公司经营不下去啦，你就跟我离婚？乔楚，你别这样，有什么困难，咱们一同面对，离婚算什么解决办法啊？"梅子一头雾水。

"我跟你直说了吧，梅子，我已经不爱你了，我们还在一起有什么意思？"

乔楚看梅子一点没有离婚的念头，赤裸裸地说出了自己的心里话。

"什么？那我也不离婚，绝对不离婚。"梅子坚定地说。

"我都破产了，你还跟着我干什么？你怎么跟狗皮膏药一样黏人啊？"乔楚终于露出了丑陋无情的嘴脸。

乔楚的话，气得梅子潸然泪下。狗皮膏药？自己怎么就成他的狗皮膏药了，难道自己当时的猜测是真的？

"是不是因为你的那个小艾秘书？我早就看着你们不对劲儿了，但我总告诉自己要相信你，原来是真的！"梅子这才恍然大悟。

"唔、唔……什么秘书啊，梅子，我让你跟我离婚是为了你好，你看我现在什么都没有了，公司让我全赔了，你和梅婷再跟着我，咱们还有什么好日子过呀？"乔楚想让梅子赶紧答应离婚，什么理由都找出来了。

"乔楚，你刚才还跟我挑明说你早就不爱我了，这会儿又拿梅婷跟我说事儿。我给你说，这婚我坚决不离。我跟你离婚，给别人让座吗？"梅子也不傻。

"那既然这样，我也没办法，只能起诉你了！还有，贷款还不上，这房子也得查封，你自己看着办吧。"乔楚冷冷地丢下这些话转身走了……

空荡荡的房子里，只剩下梅子呆呆地坐在那里。

33

半个月后，一张法院的传票递到了梅子的跟前。

"你是梅子吧？我们是深圳罗湖区人民法院的工作人员，你丈夫起诉你离婚。今天，我们来向你送达起诉书和开庭传票，请你签收！"两名法院工作人员向梅子送达法律文书。

"他还真起诉我了，这个忘恩负义的东西！"梅子接过传票愤恨地说。

"这是答辩状，你好好准备一下，有什么情况可以委托个律师替你办。别忘了到期去开庭！否则，逾期不到，法院将缺席审判，你将承担后果。"那两位法官执行完公务，就坐上车走了。

梅子送走了工作人员，这才仔细地拿起起诉书来看。

"请求人民法院依法判令原被告离婚，并依法分割共同财产，共同债务两百万元双方共同承担。"梅子一看，就惊呆了。

"天哪，他竟然让我承担二百万元的共同债务！"梅子顿觉天旋地转。

不一会儿，法院又来了一拨人。

"请问，您是梅子吗？我们是深圳市龙岗区人民法院的工作人员，今天来向您送达起诉状，银行起诉您和乔楚共同偿还银行贷款二百万元，并依法查封您现在居住的房产一套，请您主动配合，申报您的房产证号。"来的法官严肃地说。

前后不到一个小时，就收到了两份法院的传票！这对梅子来说，真是雪上加霜啊！无助的梅子，只好又拨通了她的好姐妹婷婷的手机。

"婷婷啊，姐姐这次可真的摊上大事了呀！"梅子有气无力地对婷婷说。

"姐姐，又怎么了？你先别着急，我马上开车过去！"婷婷把手机一挂，便立马开着她的那辆红色的小宝马赶来了。

"这个乔楚，看我不把他生吞活剥了！"婷婷知道一切后，跺着脚，气愤地说。

"婷婷啊，你看你姐的命啊，怎么这么苦啊！"梅子顿时啜泣起来。

"姐姐，你别哭！为这种臭男人，不值得！我会帮你找个好律师的！我从网上看到，我们山东老家有个能帮人垫钱打官司的能人，他专门为老百姓打抱不平，我给老家捎个信儿，让老家的人帮我们打听打听，咱们请他来帮忙，肯定不会让乔楚的阴谋得逞！"婷婷的话让梅子的心里有了几许希望。

34

梅子被婷婷接到了家里，又回到了从前那种寄人篱下的光景。看着婷婷那安安稳稳的生活，心生几许羡慕。她常常扪心自问：为什么人家都能过得平静安稳、生活幸福、有人疼有人爱的，可我为什么就偏偏遇人不淑？为什么劫难总是一而再再而三地眷顾我？她想起小时候去姥姥家，一个外婆说的话。那个外婆曾经留学南洋，嫁给了一个华侨。那个华侨曾经甜言蜜语地欺骗了她，后来又把她抛弃了。她伤心欲绝地回了国，在黄冈的老家里安顿下来。结果，她又遇到了一个有钱的商人，和她好了几年，就又不知去向了。

再后来，生活所迫，她只好嫁给了当地的一个士绅，做了她的三姨太。

这个外婆把她的故事讲给梅子听，并对梅子提醒说："人啊，要依命是从，不要奢望太多。人的欲望越多，遭受的劫难就愈大。小梅子，我看你也长着一张俊俏的桃花脸，以后围着你的男孩子会不少，你可千万要多长个心眼啊！"

梅子回想起老外婆的那番话，就像一个魔咒，使她浑身战栗。难道老外婆当年就把我的命运给看透了？

生活的磨难，使梅子的命运坎坷不平，但她不甘心就这样沦落，她想振作起来，可手中的本钱已经所剩无几，而且官司缠身，她如何是好？

尽管婷婷和她的丈夫对她娘俩很是热情，但自己的到来，给他们增添了不少的麻烦，总不能这样长期住下去啊！

她想带梅婷搬出去住，找个能够落脚的地方。几次和婷婷商量，婷婷都不放心地拒绝了她。

"你怎么这么外道？我们姐妹一场，有我们住的，就有你们娘俩住的。再说，梅婷也是我的干女儿啊，你不为自己考虑，也要为我们的女儿考虑啊！"婷婷阻拦道。

"婷婷，姐姐知道你的好意，可你和妹夫也不容易，姐姐不能这么自私，姐姐不能再打扰你们的生活了！"梅子执意要搬出去住。

最后，婷婷拗不过梅子，终于答应帮梅子出去租房。说来也巧，婷婷的小区里正有一套几十平方米的小房子要出租，婷婷就给梅子租了下来，还给梅子交了一年的房租。

35

梅子的化妆品生意还在继续做着，但是，由于近来一连串的变故，她的业绩有些下滑，收入也只能保持在温饱水平。她想再找份赚钱的生意做，可做什么呢？

梅子从网上突然看到了这样一个招商启示。一家"WDA 国际折扣联盟网站"正在招商。

梅子动起了在网上开店的念头。

幸亏当时自己没有傻到把自己的积蓄一同投给那个白眼狼，梅子用自己剩下的这部分钱，按照网上电子合同的要求把款打在了指定账号上，投注在这家"WDA 国际折扣联盟网站"，成了加盟商。

梅子是这样想的，自己这些年在深圳也结识了不少朋友，在网站上按这么低折扣的价格买进一些紧俏商品，然后再加价转售，怎么着也能赚上个好差价。

梅子投资五万元，享受 6.5 折的折扣。起初的生意做得挺顺利的，也确实赚了一点钱。但好景不长，这家网站就突然打不开了。随后，一大群像她一样上当受骗的人就聚集在了一起。他们到处去告状，可都不了了之……

梅子真可谓是到了山穷水尽的地步了。

"婷婷，姐又叫人家给骗了！"梅子又打通了好姐妹婷婷的手机。

"哦，这回又是咋的啦？"婷婷说。

"真是人倒霉，喝凉水也塞牙啊！我上网络传销的当了！"梅子说。

"被骗了多少？"婷婷问。

"两万五千元！"梅子回答说。

"哦，就算买个教训吧！"婷婷说。

"真是欺人太甚了！像我这种情况，还有好多呢！他们有的人花了三十多万元的加盟费，能不能帮我联系你说的那个山东老乡呢？"梅子对婷婷说。

"哦，我找老家的人打听过了，这个人确实挺厉害的，他的网名叫文哥，我给你个他的 QQ 号吧，你试着和他联系一下。"婷婷告诉了梅子所了解到的有关文哥的情况。

"哦！"

36

就这样，发生了开头的一幕。

"文哥，你说，第一个男人夺走了我的贞操，还给我留下个孩子；第二个男人又对我骗财骗色，我的命为什么就这样苦呢？"梅子讲完她长长的故事,抬起头来问我。

"人生啊,总会遇到些坎坎坷坷,总会有不尽如人意的事情发生。但无论好坏,总会是有劫数的,只要你用心地等待,好日子总会降临!"我语重心长地对梅子说。

"梅子,你连我的人都没有见过,你怎么就敢肯定我会是你的福星呢?"我问梅子。

"你的情况,婷婷之前向我谈起过。从你的资料中,我也看到你是个为老百姓服务的公众人物,让我有一种安全感。"梅子说道。

"哦,你怎么上的我有缘网的主页呢?"我继续问她。

"是婷婷告诉我在有缘网上有你的信息,她说你用文哥的名字注册登录的。我也就在这个网站专门注册了,结果就真的找到了你的信息。"梅子说道。

"哦,你可真是个有心的女人啊!"我夸赞她说。

"哪有啊,我要真有心机,还能走到这一步吗?"梅子苦笑着说。

我终于弄明白了我与梅子的缘分由来。

"文哥,你说,这是不是天意?在我最需要的时候,你就出现了!"梅子躺在我的怀里用手抚摸着我的脸庞说。

"好人自有神灵保佑,也是你的劫数已尽,从今往后有我文哥在,你会苦尽甘来,幸福绵长!"我抚摸着梅子那柔软的头发柔情地说。

"文哥,就让梅子好生侍候你吧!"梅子突然深情地吻住了我的嘴唇。我感到梅子那极富性感而又香艳火辣的舌头,就像一条灵蛇在我的嘴里来回舞动着。此刻,我也禁不住她这情欲的诱惑,瞬间便热血沸腾,干脆率性而为,顺势紧紧地抱住了梅子……

37

一觉醒来,已是天近晌午。

梅子还在熟睡中,她的嘴角还留有些许笑意。看她睡得那样香甜,我不忍心打搅她的美梦。

我想叫醒梅子,不料惊醒了她。

"文哥，你别走，你不要抛下我！"梅子呢喃着说。

"放心，我不走，我不会离开你！"我附和道。

我和梅子的感情瞬间升温。这个女人坎坷曲折的命运并没有打击她对生活的信心，她的眼睛里闪烁着积极向上和乐观进取的光，我心里顿时萌出了更多的怜惜和感慨。

是啊，现代的女性不同以往了，她们对性的态度已经丢掉了羞涩，变得独立开放了。她们崇尚独立自主、勤奋努力的生活。

就如眼前的梅子，一路走来坎坎坷坷，如今自己一人带着女儿还得坚强前行。是啊，谁愿意一个人带着孩子漂泊？谁不想要有一个安稳的家，给孩子幸福快乐成长的港湾？可是，有时候有些事，不是那么如意。

但，即使被骗后，梅子依然不忘记依靠法律途径，为自己找出路、讨公道。我立即决定，一定要帮梅子。

"梅子，你放心，文哥会帮你的。这次我既然都来了，一切就包在我身上，我一定会尽我最大努力，为你夺回应该属于你的一切！"我信誓旦旦地说。

"文哥……那我……就用我的一生报答你吧！"梅子听完我的话，激动的泪花从眼睛里滚了出来，旋即，她一个骨碌趴到了我的身上……

38

用过早茶，我把梅子的两个案子的材料拿给小张律师，与他探讨了起来。我们决定，在深圳、珠海、汕头和武汉以及"WDA国际折扣联盟网站"在香港的分支机构五处公安部门报案立案。然后，我们按照不同的要求起草了法律文书，小张又到楼下的文印社将其打印了出来。

梅子又打电话通知了那帮受骗的当事人，一个小时后，他们都陆续赶了过来。

我和小张及梅子乘坐那个司马老板的车，先到公安局去办理刑事报案立案手续。

几天的奔波，从深圳到珠海到汕头再到武汉，我们又去了香港的警察署，各地的公安部门都做了报案立案材料记述。这个案子，牵扯面大、地域广，需要很多的人力、物力和经费。如此大的案子，非国家出资组织专案组办理不可。于是，我们又向公安部和国家信访总局起草打印了上访材料，并邮寄了出去。我们通过此种手段，以期引起相关部门的重视和关注，使这个跨国国际网络集团诈骗犯罪案件得到全国范围的侦办查处和打击。

接着，梅子的离婚案件也快到了开庭的时间。我和小张律师返回来去帮助梅子调查取证，先是从工商部门调出了乔楚的两个公司的工商登记注册资料，又委托会计师事务所对他公司的账目进行了单方审计，我们发现，乔楚伪造了大量的假账单和模仿梅子的签名，骗取了四百多万元的资金，还存在着大量偷税漏税的问题。

抓到这些证据，我们对这个案子充满了信心。

"梅子，你是要钱还是出气？"我兴奋地对梅子说。

"怎么讲？"梅子不解地问。

"你若是要钱，我们可以做出让步，与乔楚调解，只要他肯答应我们的条件，我们就不追究他的刑事责任。这样，这个案子会很快结束。如果，你要出气的话，我们就要写申请，要求法院先追究他的刑事责任。因为，乔楚公然违反《公司法》的相关规定，擅自模仿你的签名，伪造单据，抽逃资金，往外转移并偷税漏税。他构成职务侵占、贪污、偷税漏税、伪造证据等多项刑事犯罪。另外，他在和你的婚姻关系存续期间与他人非法同居，属于有错在先，应当在财产分配上少分份额，还应该向你进行精神损害方面的赔偿。这一切，哪一条都够他受的。"我对梅子详细地解释说。

"真的？"梅子脸上露出惊喜的神情。

39

梅子的离婚案开庭了，我们把准备好的证据材料当庭提交了上去，同时，我们向法庭提交了一份申请书，要求法庭先刑后民，中止审理，将该案移交公安机关立案侦查其涉及刑事犯罪的事实后再开庭审理。

我们的这一招，打了对方个措手不及。他们万万没有想到，螳螂捕蝉，黄雀在后，聪明反被聪明误。

法庭上，对方立刻乱了分寸。由于乔楚事前没有和代理律师说出真相，两人也没有沟通过，致使代理律师在法庭上哑口无言。

"这是怎么回事？"乔楚的代理律师急忙反问乔楚道。

"一派胡言！"乔楚激动地说了粗话。

"原告，本庭提醒你注意你的发言用语！"法官提醒乔楚道。

"不管怎么样，这个婚我反正是离定了！财产你也甭想要！"乔楚的情绪很激动，一副无赖的样子。

"离婚可以，我巴不得早一天离开你这个小人，骗子！"梅子也被激怒了。

法庭上唇枪舌剑，充满了浓浓的火药味。

"肃静！"法官"砰"的一声敲响了法槌，及时控制了法庭秩序。

"审判长，由于我的当事人提前没有向我说明这些情况，我向法庭请求延期审理，容我们私下调解一下！"对方的代理律师聪明地改变了方略。

"准许！择日再通知开庭，本庭暂时休庭！"法官举起法槌，又"砰"地敲了一下。

"下面，请当事人核对笔录，签字后退庭！"法官庄严地说。

我们和梅子都舒心地喘了一口气，望着法庭上高悬的国徽，心潮澎湃！

40

几天后，对方律师主动给我打来了电话。

"您好，我是乔楚的代理律师，请问，您是文主任吗？"

"哦，您好，有什么事吗？"我很客气地说。

"久闻文主任的大名啊，您是个了不起的律师啊！能与您对阵，我感到十分荣幸！"对方用讨好我的口气说。

"哦，您也是个年轻有为、很干练的律师啊！"我也很友好地报以夸赞。

"哈哈，晚辈若有幸能在您的麾下合作共事，当是晚辈的荣耀啊！"对方律师仍然用恭维的口气说道。

"哈哈……后生可畏啊！"我被这个年轻律师的一番甜言蜜语说得哈哈

大笑起来。

"文主任，我们是同行哦。您是理解的，我们各为其职，我收了乔楚的代理费，就要为乔楚说话。这是没有办法的喽！请您不要生气。"对方律师又谦虚地说。

"没什么啦，你也是受人所托、忠人之事嘛！"我理解地说。

"只要文主任理解就好啦！您看咱能不能私下调解一下呢？"对方律师进一步提出要求说。

"好啊，我们也有此意！"我回答说。

"谢谢文主任的宽宏大量，这样吧，我做东，请您喝茶！咱们见面聊聊！"对方律师进一步邀请说。

"这，恐怕不合适吧？"我露出为难的口气。因为我明白，任何与对方律师的私下接触，有可能影响着当事人的利益，有违职业道德规范。

"文主任，您不要介意啊！我请你喝茶完全是出于晚辈对您的敬重，丝毫不会有损我们双方当事人的利益。请您赏光。"对方猜透了我的心思，又进一步盛情地邀请道。

"那好吧！"我考虑到适当地和对方律师接触，也好让对方律师多做做乔楚的工作，双方都退一步，以便于发挥最佳效果，顺利解决问题，于是我就答应了他。

41

当晚，我和小张律师准时赴约，在深圳的一家"星巴克"咖啡厅，与对方律师见了面。

"您好，您好，文主任，这是我的名片，请多指教！"见我们来了，对方律师殷勤地向我点头握手，并恭恭敬敬地递给我一张他的名片。

他叫杨阳，是深圳一家比较有名望的律师事务所的挂牌律师。

寒暄过后，随着几杯咖啡入肚，我们进入了正题。

"您看，让乔楚给梅子小姐赎回抵押的房产，再给她五十万元，双方调解离婚，您看可以吧？"杨阳律师提出条件说。

"那……太少了吧，怎么着也得让乔楚给梅子三百万元。"小张律师说。

"三百万元太多了，我的当事人没有给我这个上限，要不一百万元吧！"杨阳和我们讨价还价说。

"这样吧，让乔楚把梅子的房产赎出来，给梅子解除法院的查封，再给梅子二百万元的现金。咱们就通过法庭达成个调解协议，办理离婚手续吧。"我不容置疑地说。

"文主任啊，您总得给我留点余地吧，我也不好说呀！"杨阳律师露出为难的神色。

"您也别为难，要不咱就追究他的刑事责任，让乔楚坐牢？即便如此，他也逃脱不了还款的责任！"我适时抓住了对方的软肋，进一步威逼对方说。这一招，可真灵！对方律师立刻转了话题："文主任，你别生气，我再做做乔楚的思想工作！"

杨阳律师立刻拿起电话，拨通了乔楚的手机："乔楚啊，你也不要太固执了！人家文主任已经够宽宏大量了！不追究你的刑事责任，你就烧高香吧！钱不是人赚的吗？别把事情搞砸了，否则对你一点好处也没有！你赔了夫人又折兵，人财两空，得不偿失啊！"杨阳律师苦口婆心地规劝乔楚道。

对方还没有答应。

"算啦！小杨律师，你也尽力了！他不领情，也没有办法，咱们法庭上见吧！"我又使了一个激将法。

"别……别呀！我就当了这个家！二百万元就二百万元吧，咱们这就签个书面协议吧！"杨阳律师听到我话中的强硬态度，赶忙答应了我们提出的条件。

其实，我早就看穿了这个年轻律师头脑里打的算盘！凭我对这个案情的了解和多年的经验，我已猜准了乔楚给他的最高上限就是二百万元。

42

第二天，我们双方准时来到了罗湖区人民法院的民事审判庭，在法官的主持调解下，如愿达成了事先拟定好的离婚协议书。等对方律师把二百万元款项打到我们指定的银行账户后，我们又同对方律师去了龙岗区人民法院办理房产解封手续。我们看着对方律师把现金交到法院的账号上后，龙岗法院的办案人员才给我们办理了梅子的房产解封手续。

待把这一切手续办完之后，法官才按照约定给双方签发了离婚调解协议书。当梅子领到了离婚协议书，才宣告了我们的大功告成。

哇，我们大获全胜！梅子喜极而泣，她趴在我的怀里放声大哭了起来！出乎意料的收获，对梅子来说，这是她人生新的转折点和起点。她收回的不仅仅是她的房产和金钱，更重要的是，她赢得了自己的尊严和对生活的热忱。她对自己的未来充满了信心。

"文哥，感谢你为我所做的一切！今生今世，我都无法报答你的恩情。你既然也离婚了，你要不嫌弃，就让我跟着你吧！"梅子深情地望着我说。

"谢谢你对我真诚的托付，说心里话，我也喜欢你。但……我是个有着远大理想和抱负的人，我的追求是你所不理解的。而且，我因工作需要常年在外奔波，聚少离多，我不能给你稳定的家，也不能给你幸福的生活。"我婉言拒绝道。

"你说的这些，我都不在乎！无论你怎么样，只要我能跟着你就好，我不图什么名分，你也不要为我背过多的思想负担。我本来身无一物，是你为我挽回了一切。我已经很知足了，我还能奢求什么呢？"梅子恳求地说。

"对不起，我的浪漫，造成了你的误解，我深深地向你表示歉意！面对你这样美丽的女人，我也情不自禁。"我承认，是我骨子里的放浪形骸，又带给了这个女人伤害。

"你不必为我内疚，我是心甘情愿的！遇到像你这样的男人，没有女人不会动情。我早就想过的，你是个了不起的人，我看了你的资料就知道，你是个与众不同的男人。见到你之后，尤其是你为我所做的这一切，更加证实了我当初对你的猜想。遇见你，是我的幸运，是我一生的欣慰。我拴不住你，我也知道自己配不上你，因为你的才气太出众了！但我愿意偷偷地跟在你的身后，默默地为你付出。"梅子动情地表白着。

"梅子，你让我如何是好啊！"我被梅子的一番表白感动得热泪盈眶。

第一部　我和梅子

· 057 ·

43

　　在一个豪华的舞厅里,梅子举办了一个盛大的感谢晚会。她召集了那帮网络受骗的上百人的当事人,并且把她的好姐妹婷婷也请到了现场。

　　梅子穿着一套洁白的晚礼服,拉着她那打扮得像个小公主似的女儿梅婷,出现在晚会的舞台上。

　　婷婷也穿着大方得体的玫红色晚装站到了梅子的身旁。

　　熙熙攘攘的客人,伴随着悠扬的舞曲步入舞场。

　　"各位来宾,女士们、先生们:今天晚上,我们在这里欢聚一堂,隆重举行感恩舞会,感谢我们的贵人文哥和他的助手小张律师,为我们所做的一切!"梅子激动地对着话筒说道。

　　梅子说完,在婷婷的陪伴下,她端着一杯红酒走到了我的面前,深情地望着我,眼里含着泪花。她长舒了一口气,动情地对大家说:

　　"文哥为我所做的一切,我无以为报。今天我宣布,就让我的女儿梅婷做文哥的干女儿吧!"这时,会场里响起了一片掌声。接着,梅子深情地拥抱了我。

　　"好呀,我有了女儿了!"我激动地说。

　　随即,我俯下身,抱起了可爱的梅婷。这时,会场里又响起了一片热烈的掌声。

　　"文爸爸,感谢你为我们夺回了房子和钱,妈妈就可以再送我去学校上学了!"梅婷用那充满稚气的童声说道。

　　这时,婷婷也端着一杯红酒走到了我的面前激动地说:"文哥,谢谢你帮我梅姐追回了价值三百多万元的财产!咱们是老乡,你可为我们老家长脸了!"婷婷举杯与我同饮。

　　"哦,婷婷!你才是我们山东人的骄傲!你为梅子所做的一切,才是最令人感动的。你是我们山东人淳朴善良大义的典型代表,我会把你写进书里去,让人们永远记住你!"我激动地对婷婷说。

　　"铁肩担道义,妙手著文章!文哥,真可谓是文法全才啊!"人群中一位来自汕头的女老板举着一副对联大声感叹地说道。

"是啊,文老板,您看上去就不是一个平凡人。"旁边的人也随声附和道。

"那,文律师,我们对您都非常地钦佩和敬仰,给我们讲讲您的经历和故事吧。我们都很感兴趣哦。"那位司马老板举着酒杯说。

"那好,我的故事可是很长、很曲折的……"

44

那真是一段不堪回首的往事啊!

当年,我年轻的时候,也是一个英俊潇洒的法院秘书啊。世事难料,因为没有处理好婚姻家庭关系,我离开了令人羡慕的法院,成了一个专为老百姓打官司的律师。

后来,山东电台的记者站站长封老师听说了我的情况,亲自找到了中院的院长,院长立马拨通了基层法院的电话,得到的回答是:文哥已经拿上调令,离开法院走了。

"文哥走了!"中院的院长只好两手一摊,露出了不无惋惜的神情。

"这个文哥啊!"文哥的老师知道文哥的脾气,也只好感叹一声,无奈地摇了摇头。

再后来,那个研究室主任出身的省法院院长在报刊和简报上因长时间见不到文哥的文章,心生疑问和关切,便让研究室的人员打电话询问,得到的反馈竟是:文哥他不愿意干了,自己走了!

文哥是怎样走出法院?他又去向了哪里?

45

这是 1993 年。

时令已经走过了春暖花开、莺飞草长,走进了树上蝉鸣、荷塘蛙唱、赤

离歌

日炎炎的季节。

夏日的鲁中腹地，天气格外闷热，一阵狂风过后，乌云就遮天盖地地来了。

文哥早已决定的行程，雷打不动。他早一天就让进城来办事顺便看望他的儿时玩伴二狗子哥给家里捎了口信。文哥告诉二狗子哥，他被法院革了职，要回家去，到他爷爷的坟上，给打小就供他上学且最器重他的爷爷磕个响头。他要向他的爷爷负荆请罪，问一问九泉之下的爷爷，他未来人生的道路到底该怎么走。

文哥骑上了他的那辆大金鹿自行车，用绳子捆好了他的行李包，就悄悄地离开了法院。就连看大门的老郑哥，他都没有告诉一声。

文哥走出了法院，走出了县城，顺着通往乡下去的公路骑车奔去。不一会儿，狂风夹着暴雨就来了。

文哥在狂风暴雨中艰难地骑车行走着，他似乎在和老天爷也较着一股劲，连狂风暴雨都不怕。他要让大雨淋个痛快，看看老天爷到底还能够把他怎么样。

下了公路，走上了泥泞的乡村土道。文哥车子的链条被泥巴塞住走不动了，他只好推着车子一步一步往前走。

文哥的车后架上，他那单薄的行李卷，早已经被大雨淋湿透了。

文哥的奶奶拄着拐杖，在门口张望着。文哥的父亲和母亲在大雨里连个斗篷也没戴，他们焦急地等候着文哥从县城回来。已经等了好几个时辰了，还没有等到文哥在村口出现。

晌午时分，从县上回来的二狗子就捎过口信说文哥被法院革掉了差事，要卷着铺盖卷回家来。他们就盼啊等啊，一直等到大雨瓢泼……

文哥看到了在门口的奶奶，看到了在大雨里的父亲母亲，便加快了蹒跚的步伐。

终于，文哥推着车子走到了门口的那棵老槐树下。文哥那满头银发的奶奶不顾风雨的吹打，扔掉拐杖，踉跄着朝自己最疼爱的长孙迎了上去，嘴里念叨着："我的文儿，奶奶可把你给盼回来了！"

"儿啊，你可把你爹娘给挂念死了，怎么走了一个晌午才回来呀！"文哥娘说。

"爹问你，你真的被法院革了职，不让你在法院干了？"文哥爹问道。

"嗯，我被调离了法院，到粮店卖面去啦！"文哥如实回答。

"叫你不听话,你咋对得起你爷爷对你的期望!法院的秘书,那是个多好的差事啊,你咋这么不听话呢!本来,咱家就指望你能混出个一官半职来,好光宗耀祖呢!这下好了,一点指望也没有了!"文哥的爹嘟嘟囔囔地说个不停。

"轰隆隆——"一道弧光闪过,随之在天空中炸响了一串滚雷。

"轰隆隆——"又一道弧光闪过,在文哥家的门口上空炸响了一个震耳欲聋的霹雳雷。

瞬间,又一道闪电亮起,一个厉声的雷在门口的那棵老槐树头顶炸响,只听得"咔嚓"一声巨响,那棵老槐树冒着白烟,从上到下被雷电劈了开来。

老槐树被劈开了,呈现一个大写的"人"字形,在天地间矗立着。那苍劲的树干,依然在风中摇曳着发出"呜呜""嗡嗡"的轰响。

"啊哈哈,啊哈哈!"文哥的爹嘴里一个劲儿地哼着,围着被劈开的老槐树,在一圈一圈地跑着转着……

"奶奶,娘啊,我爹他这是怎么了?"文哥望着颠儿颠儿跑的父亲问奶奶和娘道。

"你爹听说了你被法院革职的事,就开始喃喃自语了。他这是经受不住打击,又被这突如其来的雷电给震得神魂颠倒,疯啦!"文哥娘说。

"苍天啊,这是为什么?为什么呀?"文哥面对苍天,和着滚滚的雷声,双手举过头顶,呼喊着扑通一声跪在了门口,跪在了奶奶和娘的面前。

"为什么?为什么?这究竟是为什么呀?"文哥在心底向天发出了痛苦的哀鸣!

狂风肆虐、暴雨倾盆、电闪雷鸣,文哥在暴风骤雨里任凭上天和命运的蹂躏……

46

我几乎是用低沉而又铿锵的语气,讲完了自己走出法院回到家乡的片段。我的即兴口述,语气是那样抑扬顿挫、富有韵律,感染了在场的每一位朋友。我像是在咏读着一篇优美的散文,神情专注,完全沉浸在回忆里。好久好久,我都没有回过神来。

"这就是我在我的长篇自传式励志小说《人生如梦》里的开头篇章。"我的思绪回到现实,面对舞场的友人,我接着说:"《人生如梦》是根据我的人生创作的,共六大部,前三部分别是《追梦少年》《青春绽放》《梦断锦华》,后面的三部书分别是《商海浮沉》《法海弄潮》和《文海梦圆》,讲的是我下海后的故事。前三部主要是描写我从法院下海之前的传奇人生经历,当然也有我的爱情故事。离开部队,年轻人那种固有的浮躁使我飘飘然了起来。从此,我偏离了人生的轨道,误乘了爱情的小舟,演绎了人生凄美的爱情和仕途的悲剧。各位老板有时间的话,可以看看……

"呵呵,干脆,我索性也把我的另一部长篇小说告诉大家吧。那部书的书名是《莲花山恩仇记》……"

文哥又沉浸在对童年往事的回忆里。

47

小时候,我的身体很羸弱。因为,我出生在那个三年困难时期,人们吃糠咽菜,我在娘胎里起就营养不足,都长到三四岁了,还像个长不大的小萝卜头。听我奶奶说,我是文家的头生长孙,是全家延续香火的一脉希望。看着瘦弱的我,全家人无比担忧,生怕我养不活。为了能够让我长命,还请来了神婆婆给我做法事,并给我戴上了长命锁。这还不算,还让我认了一块大石头为干娘。说什么石头娘娘的命硬,能保佑我健康成长。

童年的记忆是美好的。我的童年是在爷爷的故事中长大的。

夏天的夜晚,蛙声四起,萤火虫在头顶上飞跑。我们拿着凉席,在乡场上,听爷爷摇着芭蕉扇讲那过去的故事,什么七侠五义、三侠剑、薛刚反唐雷保童的故事。还讲我们家乡有一个叫羊祜的人,幼年时好学上进,囊萤夜读,长大后官至南阳太守,辅佐晋文公成就霸业,受到皇上御赐,世代为官,被后人作为教育子女好学上进的榜样。

爷爷的故事,让我听得着了迷。久而久之,我也会学着爷爷的样子,给大人们讲故事。我的记性好,竟讲得和爷爷讲得一样好,一点儿也不差。爷爷常抚摸着我的头说："没准儿，我孙儿是文曲星下凡呢！"

听着爷爷的夸奖，我的故事就讲得更好了，讲到动情处，还眉飞色舞起来。

爷爷鼓励我好好上学，教我学着给远在外地工作的姑姑写信。刚开始，不会写的字，就画个图像代替。姑姑看了高兴得不得了，爷爷也欢喜地捋着胡子逢人便说："我孙儿会写信啦！"

有一天晚上，天空亮着无数的繁星，爷爷拉着我到河滩上乘凉。他指着天上一颗最亮的星星问我说："你知道那颗星星叫什么星吗？"我不解地摇了摇头。爷爷说："那叫文曲星，是天上北斗七星里最明亮的一颗星。人们在走失迷了路的时候，只要看到了她就找到了方向。这人啊，就是天上的星星。我们每个人都在天上人间有自己的位置。有的亮，有的暗，有的长久，有的短暂，也有的就像刚才划过的流星，只一瞬间就消失了。我孙儿是要做哪颗星啊？"

我遥望着那满天闪烁的星斗，用手托着双腮，沉吟片刻，便指着天上那颗最亮的文曲星对爷爷说："长大后，我也要编故事写书给人讲，也要像羊祜那样让后人传说！我要做颗最亮的星！"

"哈哈，我孙儿有志向啊！将来，我文氏门里，还是你能竖旗杆啊！不过，你选择了文曲星，将来会婚姻不顺，影响前程，一辈子要娶仨老婆到头，说书唱戏、编故事都是劝人方，你要好自为之啊！你长大了最好去当兵，你可能一辈子要穿三次军装！"爷爷是个老私塾先生，懂阴阳八卦，会算命看相。我瞪着一双迷茫的眼睛望着爷爷那凝重的神情，若干年后，我才理解了爷爷为什么当年会对我有这样的推测。文学是能让人陶冶情操，但深陷其中是会让人中毒的！我的命运，也就像爷爷说的那样，一波三折，起起落落，甩出了轨道。我联想我的经历、我的婚姻、我的事业，对照我爷爷的话，可真的是准啊！难道冥冥之中这是我人生的定数？

从那时起，爷爷就认准了我这个长孙会是他的争气子孙，会光宗耀祖！于是他就把全部的心思和财力用在供我上学上了。

我刚满七岁，还是个光着腚到处跑的懵懂少年，就被爷爷找来当老师的表姐抱着，光着腚子上学去了。

那个时候，人们的生活条件十分艰苦，孩子们发育不良，可不像现在的营养能让人健康地成长！

我也替爷爷长脸，上学特别刻苦用功，考试总是在班里第一，写的作文，

第一部　我和梅子

也总是范文，不仅被自己的老师在班上读过一遍又一遍，还被高年级的老师拿去当范文，在学生面前宣扬朗读……我的班主任刘老师说我将来长大了，也有可能成为中国的第二个刘绍棠。

我后来才知道，刘绍棠是运河边上成长起来的一个十六岁就发表了小说的神童作家。

我没有像刘绍棠那样少年成功！高中毕业后我回到老家——泰山脚下的一个叫羊流的地方，回到人民公社的生产队当农民。在农业学大寨的工地上，我那瘦小的身躯推着独轮车，照样和其他的壮劳力一样，甩开膀子挣工分。

五月天，蝇飞蚊长；六月里，蚊子肆虐；七八月里，叮人的蚊虫满嘴是毒。为了读书写作，我把双脚放在盛满水的水桶里，点着煤油灯，阅读所有能借阅来的书籍，模仿着去写作小说……

后来，我考上了民办老师。三尺讲台上，我手持教鞭教书育人，上了人生的第一个台阶。

因为家里穷，弟兄又多，爹娘照顾不过来，我打小就没有穿过一件像样的衣裳。为了能穿上一件好一点的衣服，我常借着中午或晚上放学的空闲时间，把二婶家的水缸挑得满满当当的。

二叔在公社当干部，整天不着家。二婶月子里落下了腰酸腿疼的病，不能负重。满东庄子就一口水井，大半个庄子的人都到这口井上挑水喝。水井离二婶家有老远的路，每次二婶挑担水，都要歇息上好几次。我是她的长侄儿，就我稍大一点，自然就由我来帮二婶挑水了。可我小小的肩头是那么稚嫩，每次帮二婶挑水，也都是压得脚步踉踉跄跄的。二婶说："叫你二叔给你买身衣裳穿吧。"我说："婶，不要。"其实，心里巴不得叫二婶快给我买身衣裳穿。夏季里，二婶为了让我常给她挑水，还真的给我做了一件纯白的棉褂子。到了年底，二婶又给了我一件二叔穿旧了的肩上和袖口都打了补丁的蓝色中山服。我穿在身上，还有模有样的呢。

当上了民办老师，我才享受了特殊待遇。我娘狠了狠心，从麦子缸里挖了一大袋子麦子，背到集市上，偷偷地换了一丈多布票，又托在公社当干部的二叔到供销社扯了青色的华达呢布料和一条绒毛的大衣领子，让二婶给我做了一件大半身的小大衣。再穿上我娘为我纳的带松紧口的布鞋，那个神气高兴劲儿啊，就甭提有多美啦！

后来，因为公办老师欺负人，为了谋个好前程，我投笔从戎，当上了坦克兵。我发誓，要做一个像雷锋那样的合格战士，争取入党提干。因此，我要求自己，连队的每次点名都要受到表扬。再后来，我因写作搞新闻报道立了功，成为有名的新闻报道骨干，我也就初步实现了自己的理想，我也初步完成了我爷爷对我的期望。我就以我为原型，以《遥望银河那颗星》为题目，书写了一篇报告文学，刊发在《通讯员报》上。我作为记者，见了世面，也见了生活本来的面目。

我从法院下海后，为了生活，贩运过煤炭，卖过包子，炸过油条，开过饭店，代理过酒水，还搞过水泥机械设备、链条以及大型的起重机维修安装的业务。为了能挣到路费，也曾到建筑工地上搬砖……

二十七年来，我为老百姓服务的案例成千上万，数不胜数。

我的事迹，引起了记者的关注，并引起了省城文化圈朋友们的重视。他们要对我进行宣传，但我不同意。我说自己做得还很不够，还达不到宣传的标准。其实，我怕宣传，怕出名，怕树大招风！怕引来一些不必要的麻烦！

"书籍是人类进步的阶梯，这是伟大的苏联社会主义作家高尔基的名言。我爱读书，读书是我最大的嗜好！人生五味酸甜苦辣咸，故我的书屋比鲁迅先生的三味书屋还多两味！"我曾坐在"五味书屋"桌前指着满屋书架上的书告诉记者。我的书屋藏书有上万册，涉及广泛，书架上摆满了古今中外文学名著和法律书籍等，堪称"书山文海"。毫无疑问，我的聪明才智就来源于此，渊博的知识非一般人所能及！

48

"一个人来到这个世上，不能枉此一生。应该珍惜今生，着眼来世，放眼后生，让今人后人记住你！""成功和失败都是我所需要的，因为我不仅是为了养家糊口，更重要的是为了年少萌生的那个文学梦想！"文哥谈吐间充满朝气！一双深情的眸子里奋斗者的魅力光芒四射！"谁给人类留下历史文化遗产，谁便永恒。"做一个成功的商人，做一个激励人们上进的作家，做一个对老百姓有用的律师，这是文哥一生的奋斗目标。文哥坚信有志者事竟成，破釜沉舟，百二秦关终属楚；苦心人天不负，卧薪尝胆，三千越甲可吞吴。文哥边经商边写作边为百姓服务。他在体验生活，他把他为老百姓垫钱打官司的事例浓缩写成一部长篇纪实文学《打遍中国》。他根据他一生的传奇经历以及他所饱受的种种磨难和不公、埋藏在胸中的正义呐喊，紧扣时代发展的脉搏，书写人生的华章！他在用自己的心血塑造一个能激励人奋发向上的农村青年奋斗者的形象！他的长篇自传体励志小说《人生如梦》努力追求着正统文学创作的路子，追求着思想性与艺术性的完美结合。

"文章千古事，教化传后人。写作是一项严肃的事业，来不得半点的虚假差错，情感的表现、思想的贯穿、遣词造句，一定要贴切，就连一个标点符号都不可以用错。文章写好后，不要急于拿出去发表，最好放一放，广泛征求意见，经过反复斟酌修改，直到自己满意为止。否则，轻率地发表，将会贻笑大方，既糟蹋了自己的名声，也祸害了他人！"文哥一脸的认真庄重和严肃。瞧着他那写好的一摞摞手稿，令人发出由衷的感慨！他是一个极其严肃负责任的人！他是在用真情书写一代风流，打造千古传奇啊！

"一个人一生干好一项事业就很了不起，而你要干几个人才能干成的事业，你能驾驭得了吗？"有人问道。

"一个人的精力总是有限的，但是思考力是无限的。但凡干事创业的人，必会用人。靠一个人的力量单打独斗，是干不成大事业的。思想者力大无比！我是个有思想的创业者，我的身边聚集着大量有理想、有知识、有能力、忠实可靠的人才。同时，我也在不断地吸纳与我兴趣相投的人才加盟到我的百姓服务团队。"文哥如是说。

49

"文总，您真是条山东汉子啊。您经历了这么多的挫折，也没有停止追求的步伐，愈挫愈勇，您不光是一个优秀的作家，更是一个为老百姓谋福利的好人，我们真是佩服啊！"司马老板第一个站起来说。

"文哥，你真是口若悬河、出口成章、才华横溢、文采飞扬呀。"在座的另一位友人站起来，并带头鼓起掌来。

"文哥，如果你在部队好好干，都该成为将军了吧？"梅子用崇拜的眼神盯着我的脸说。

"文哥，假如你还在报社，得干成大记者了吧？"婷婷说。

假如、如果，生活哪里会有那么多"假如"和"如果"啊。

"文老板，我们这些在座的友人，想邀请您做我们的法律顾问，这是聘书，请您接受。"司马老板站起来，捧着一份大红的烫金聘书走到了我面前。

"文老板，我们温州商会，也决定聘请你为我们的商务顾问和法律顾问。"另一位老板当即抽出了一张支票。

"文老板，我们是大国企，您年轻的时候就发表了那么多的文章，您能不能来我们公司做宣传部部长？"

"文老板……"

"文老板……"

此情此景，让我心潮澎湃，我只不过为他们做了我该做的事，他们就如此地信任、厚待我。

"有缘在这里结识各位，也是我三生有幸，感谢大家对我的认可和厚爱。"我站起身来说。

"文老板，这次要不是你，我们的钱不就都打水漂啦。你为梅小姐打的官司，事情做得漂亮！你的能力、你的才气、你的人格魅力更让我们信服，我们相信你，你可一定要接受啊。"司马老板真诚地说。

"好，好，好，那我就在这里专门设立一个办事机构，为你们继续保驾护航。"我接过了聘书。

我举起酒杯，拿起话筒，对着大家宣布：

"各位在座的友人们，在这个美好的时刻，我宣布：我们百姓服务驻深圳办事处成立了，由梅子小姐担任我们办事处的主任，婷婷小姐做我们办事处的秘书兼司机。今后，大家有什么事情，都可以来找我们想办法解决。来，咱们大家干一杯。"我说完，举杯一饮而尽。

"干杯。"大厅里一片干杯声。

随后，大厅里又发出一阵浪潮般热烈的掌声。

我回头看到梅子，灯光影里，梅子变得是那样的楚楚动人。

欢快的舞曲响起，人们手拉手跳起了交谊舞，随着音乐的节奏，人们跳得越来越欢……

婷婷邀请小张律师跳起了舞。

梅子也拉起我加入了舞动的人群，我们都沉浸在美妙的音乐和舞蹈中……

时间过得真快，转眼，一个半月的时间就过去了。

在这一个半月的时间里，我们百姓服务在深圳的办事机构忙得不亦乐乎。我们的服务口号和认真做事的态度，在当地很快就传开了，每天上门咨询的客人都不下二十位，案子也接了不少。眼看着，这个办事处的事业红红火火，梅子对我的依赖也更加强烈起来，每天她都像个小女人一样，在我的身边不停地打转，生怕我会突然离开。

但总部的电话不停地打来，家里还有一大摊子的事在等着我去处理。

两个王秘书在电话里告诉我说光需要我签字的合同有几十份，需要我写的材料没有人能替代，客户都等不及了，案子也积攒了不少，还有一些协助跟踪执行的案子，当事人都急着用钱……总务秘书大李也一个劲儿地打电话催促我赶紧返程。

不得已，我留下了小张律师，让他在这里协助梅子开拓市场。我不敢跟梅子面对面地告别，我害怕面对她那孤独无助的眼神，我深知她对我的深情厚谊。这个历经风雨想在我的怀中寻求安稳港湾的女人，如果我亲口对她说要离开，对她来说，真的是很残忍。

我偷偷地让小张给我订了返回山东的机票。

出租车带着我独自一人匆匆地向深圳宝安国际机场赶去。

走过了机场安检口，我正要检票。

"文哥，文哥，等一等。"我的耳边突然传来了梅子熟悉的声音。我转身，只见梅子急匆匆地向我跑来。

梅子跑到我的跟前，二话没说，上前一把抱住了我。

"梅子，你还是来了。"

"文哥，非走不可吗？"

"是的，人在江湖，身不由己。我事业的根基在老家，我属于那片土地，那里的父老乡亲也离不开我，我终究是要回去的啊。"

"文哥，说实话，在我们相处的这段日子里，我已经认定我是你的人了，你走了，我还能上哪里去找像你这么好的男人啊？"

"放心，梅子，我们还会再见面的，我们的办事处，你要好好地打理，业务上有小张律师把关，再说有婷婷陪着你，你们姐妹情深，我很放心。"

"文哥,无论你走到哪里,你都要记得:你的世界,我曾经来过。"

我静静地拥抱着梅子,感情的浪花从心底涌起,千言万语也不知道从何说起。

我捧起梅子的脸颊,深情地注视着她……

"各位旅客,飞机就要起飞了,还没有检票登机的旅客,请赶快检票登机。"空姐的声音在广播中不断地催促着。

我几乎是小跑着跑向了检票口,快步登上了飞机的旋梯,害怕一旦停留,就再也没有勇气离开了。

"文哥……"我的身后传来梅子那深情的呼喊。

飞机起飞了,巨大的气浪刮起了一阵旋风,不一会儿,飞机就飞到了半空中。

我俯身望去,空旷的大地上,梅子的身影越来越小,越来越远了,远成了我心头一颗红红的朱砂痣。

第二部
白牡丹和秀竹

1

　　我从深圳回到山东总部,处理完手头积压的事务,才有时间坐到电脑桌前。回想去深圳的经历,我让我的商务文学秘书大王打开了电脑,随着我的口述,大王那"噼里啪啦"打字的声音就像一首音乐流淌的优美音符。我在不影响正常办案和日常工作的情况下,用了先后不到半月的时间,一气呵成,写完了我的第一部小说《离歌》。

　　看着自己没有修改的初稿,竟然也满意地笑了起来!

　　呵呵,快二十年没有拿笔了,想不到还是那块材料,多年来的功利写作,不过挣口饭吃而已。

　　"文叔,您还真是厉害,一口气就能写成这样,我都被感染了。您快放下手头的事务,再接着写吧!"大王给我打气说。

　　"那好!我不在家的这段时间,网上肯定有不少怨女恨妇给我留言!"

　　我便打开了某网,早先植入的《网络情缘》的音乐歌声便随即响了起来。优美的旋律,伴着甜美的歌声,让我如痴如醉。我兴奋地看到我的留言网页上,果然有好多好多的留言。我一一点击,打开来看:

　　"文哥,你好。恕我不敬,以你的情况,你根本不该到网上来征婚。在你这样的人身边,肯定不缺女人。尤其是你的作家头衔,更会是知识女性追求的偶像。我对你的到来,感到疑惑不解。我把我的手机号码和QQ号告诉你,如果你有诚意,就给我打电话或通过QQ网上了解。我的情况你也就自然会知道。"

　　奇怪,这个女人到底是谁?她叫什么名字?家住哪里?又是干什么的?她又为什么关注我呢?

　　一连串的疑问让我对她产生了一种神秘的感觉,也产生了一种急需揭秘的冲动。我立刻拨打了她的手机号,结果对方产生的回音却是:你所拨打的电话已关机。

　　我再点击她的QQ号,她的QQ显示不在线。她的头像显示是个身穿僧衣的女信徒,她的法号是净慈。再看她的资料显示是烟台的区域,身高一米六八，属猴。其他的全都设了密码，打不开。

"一个出家人也会来征婚？开玩笑吧！"我嗤之一笑，也没有往深里去想，便不再理她。

2

随着鼠标的移动，我又点击了下一条留言。

"文哥，你好！看了你的资料，让我兴奋得好几夜都没合眼。我在生活里找，我在睡梦里寻，终究在这里找到了要找的人。

"我也是个文学爱好者。年轻的时候，我也发表过一些文章，也曾梦想当一名作家，去书写那壮丽的人生和美好的爱情。

"我大学毕业的时候，就被分配到一家报社，在新闻部当了一名记者。一个偶然的机会，我采访一位分管工业的副县长，被他那深厚的家庭熏陶和他那年轻帅气的外表所吸引。通过多次的接触，我们相爱了，但好景不长，我成了一个弃妇。

"我辞掉了报社的工作，下海去做服装生意，现在是一个知名品牌的代理商，积攒下丰厚的财产。但感情的伤害，让我至今没有找到心仪的人。他们不是有几个臭钱的老板贪恋我的美色，就是纨绔子弟胸无大志、不学无术……谈了几个对象，都因为没有共同语言，无法沟通，我至今还在茫茫人海中苦苦地寻觅着……

"我把我的电话号码和 QQ 号告诉你，请你和我联系。如能做你的得力助手，我愿全身心地帮助你成就大业！顺便告诉你，我的公司在滨博市北店区，随时欢迎你。另外，你在滨博有什么事情需要我帮忙，请给我打个电话，乐于为你效劳。请不要见外啊！等你的白牡丹。谢谢！"

"白牡丹"！呵，这是一个非常热情，而且直白痛快、目的明确、毫无遮掩的知性女人，是一个感情遭受过挫折，但事业有成且富有的女人。

我没有急着和这个白牡丹联系，而是先忙于浏览一番留言网页上的留言。我要看看，她们都在说些什么，究竟是什么样的女人会和我联系。

3

　　我继续移动鼠标，一条一条地看去。

　　"我是夏荷，是一个来自泉城济南的医生，今年47岁，人长得还算漂亮，身边有一个女儿，她在省剧院工作，是个舞蹈演员。我孩子的爸爸原是个处级干部，前几年去世了，懂事的女儿让我再找一个老伴儿。我不图别的，就看重你人耿直实在、心眼好。你的资料，是女儿看到后告诉我的，是她让我联系你的。告诉你我的QQ号，你若愿意，请和我联系吧。"

　　哦，这是个有女儿的寡妇啊，还是个医生，她男人在的时候，肯定养尊处优惯啦。是你在征婚啊，可不是你的女儿来相亲哦！

　　我再往下游览。

　　"我是个来自水泊梁山的女人，是个公务员，我很漂亮，但我不能生育。就因为这个原因离的婚……"

　　这个信息，我看过后，只是咧嘴笑了笑。

　　"文哥，我是注册会计师，我能帮你实现心愿。我53岁，也属鼠，咱们是同一个城市，有着同样的生活习惯，而且是同龄人。我知道，像你这种文人，一般都喜欢浪漫找小媳妇，可那也会给你带来烦恼对吗？你年龄大啦，小媳妇还不把你给从身上踹下来！哈哈，和你开个玩笑，你可不要生气哦！总之，我们没有代沟。我是个好人，不是个坏女人。请你一定要相信我，记得和我联系，顺便告诉你我的QQ号和电话号码是……"

　　哈哈，这是个和我一样年龄的女人，倒是个会拉"选票"的人。不过，可真叫她说准了，她的年龄确实超出了我的要求范围。我在网上征婚交友也是有一定原则的，超出我的范围，我就不优先考虑了。不过这个同龄女人说话风趣幽默，又是同城人，交一下朋友未尝不可。我也没有太在意，便接着又往下浏览。

　　"你好，文哥！我是个下岗工人，又离了婚，身边有个儿子正在上大学，经济十分困难，看你条件这么好，我也是穷怕了，想找个依靠。能告诉我你的详细地址和电话吗？我去找你吧！"

哈哈，这是一个不知自身几斤几两的女人，以为我在搞慈善救济呢，难道我是个到集市上来随便买菜的主？唉，世界上什么人都有，尤其缺钱的人。

一条条浏览留言时，一条留言让我十分震惊！

"文哥，您好！我叫秀竹，是个面临牢狱之灾的女人。我47岁，属羊，乡镇财政所会计，住在滨博市北店区。

"我从一个离过婚的姐妹那里得知，她在网上看到您的资料，告诉我网上有个律师，为了能找到您，我也上了法人网。

"我的情况十分紧迫，因为一桩离婚案，我的老公是一私企老板，他为了达到和我离婚与小三结合的目的，为我连续设下了多道毒计，诱使我连连上当受骗，最后他向公安局举报我犯罪。现在公安局正在调查我的犯罪事实，对我实行了监视居住。

"情况万分紧急，务求您在百忙中来救救我这个被骗的无辜受害者。

"若此，我将今生今世结草衔环报答您！

"我的QQ号和手机号码分别是……"

呵呵，又是一个滨博市的姊妹。看来，我是注定和滨博的北店有缘啊！

这是一个急需要我们用法律武器去帮助的女人！我当机立断，决定带上王律师去帮她。

"你好，秀竹。我是文哥！看了你的请求，我们马上就去帮你。请你不要着急，我们明天上午就能赶到，你就做好准备吧！"我按照秀竹在网上留的电话号码打电话过去。

"哦，文哥，您好！想不到您办事如此认真迅速啊，真是万分感谢啊！"我也想不到，秀竹的电话一打就通了。

我接着通知了秘书安排老刘检查车辆，准备第二天一早就出发去滨博，并通知王律师随我一同前往。

一切都准备妥当，我又回头来上网，和那个同在滨博北店区的白牡丹联系。

"喂，你是白牡丹小姐吗？我是文哥！"我拨通了白牡丹的手机。

"哦，文哥啊，请叫我牡丹好啦！"电话那头的白牡丹语调格外亲切。

"明天，我正巧去你那个城市办一个刑事案子，顺便去看看你吧！"我直接告知要去见她的消息。

"呵呵，文哥要来看我啊，我太高兴啦！明天，我啥也不干，就专门陪着你，你就快来吧！"电话那头传来了欢快的笑声。

明天，我就要去滨博，一下子要见两个陌生的女人，可她们是什么样的人呢？我不得而知。

4

一大早，天还是乌蒙蒙的，漆黑一片。

我早早地起来，拉开灯，洗漱完毕，准备今天的长途旅行。

我打开了办公楼的大门，等待着老刘司机和小王律师的到来。

一刻钟后，他们就骑着电动车来了。

我们带上要带的一切就出发了。

我们的轿车驶出了城区，很快就转向了去往滨博的高速公路，风驰电掣般向着目的地驶去。

农历的九月，天气已转凉，早晨的空气中弥漫的雾气和夹杂的露水，让人感到冷飕飕的。

司机老刘未打开暖风空调，但为了缓解一下寒意，我让他打开车载音响，播放老电影《青松岭》主题曲，名字叫《沿着社会主义大道奔前方》的歌曲：

> 长鞭哎那个一呀甩吔，
> 叭叭地响哎，哎咳咳依呀，
> 赶起那个大车出了庄哎 哎咳哟，
> 劈开那个重重雾哇，
> 闯过那道道梁哎。
> 哎咳咳依呀，哎咳咳依呀，
> 哎咳咳依呀，哎咳咳呀，
> 要问大车哪里去哎，
> 沿着社会主义大道奔前方哎，
> ……

第二部 白牡丹和秀竹

汽车在激越的歌声中越过了莱市。那令人振奋的旋律，不仅驱散了寒气，还驱散了困意。听着这歌颂社会主义道路的亲切老歌，我精神抖擞，浑身充满了力量。

车子爬过了一道长坡，穿过几个山洞，又跑了一个多小时，终于赶到了滨博市的区界。我们在服务区临时停了停车，下车方便了一下，就又赶忙上路了。到达滨博市区的时候，还不到早晨7点钟。

在进入市区的拐弯处，我们看到停在路边的一辆红色兰博基尼轿车。轿车的旁边，站着一个身材高挑的女人。那个女人穿着一件天蓝色的风衣，围着一条粉红色的纱巾，格外吸引人眼球。

因为我们离得还比较远，所以看不清她的那张脸。

我们的车子还在犹豫中，那个女人便上了他的车，不一会儿，她就开着她的兰博基尼靠了过来。

"你们是从泰山那边过来的吧？"她在我们的车跟前停下，打开车窗问道。

"是的。"司机老刘答道。

"是文哥吧！"她肯定地说。

"老板，你的白牡丹来啦！"司机老刘禁不住喜悦，高兴地对我说。

"哦，真的是她吗？"我在车上疑惑地问。

"肯定是的！你看，人长得身材高挑又丰满，微胖的一张脸，既白又红润，就像是一朵盛开的白牡丹，漂亮极啦！"老刘不无欣赏地夸赞说道。

"噢，那我们就赶快下车呗！"我对王律师说。

我急忙整理了一下衣服，整了整领带，习惯性地用手往后捋了一下头发，就一步迈到了车下。

"啊，文哥！我是牡丹啊！"还没等我反应过来，她就上前用双手握住了我的手。

"啊，牡丹！让你久等了，对不起啊！"我寒暄道。

"走吧，上我的车！我先带你们吃早餐去。"牡丹热情客气地说。

"那好吧，我就坐你的兰博基尼！"我也就不客气地随她上了车。

"文哥，坐我的副驾驶，你也好沿途看看我们这座新兴滨海城市的风景。坐稳了。"牡丹一踩油门，兰博基尼就嗖的一声蹿出去了好远。

5

　　牡丹熟练地开着车,嘴角露出幸福的微笑。车载音响,也在欢快地唱着一首动听的老歌:

青春啊青春,
美丽的时光,
比那彩霞还要鲜艳,
比那玫瑰更加芬芳。
若问青春,
在什么地方,
什么地方,
她带着爱情,
也带着幸福,
更带着力量,
在你的心上,
……

　　哦,这是一首 20 世纪 80 年代极其流行的歌曲,名叫《青春啊青春》。
　　随着欢快的音乐和那极其动人的歌声,牡丹手把着方向盘,轻轻地晃动着身躯,动情地歌唱了起来。我的情绪也被点燃了,仿佛回到了那个激情澎湃的年代,也不由得随着哼唱了起来。
　　车上的歌声,一会儿又变换成了一个名叫莉儿的女生的演唱。她那甜润的歌喉,让人更加沉醉!
　　趁着牡丹沉浸在美妙的歌声中,我借机侧目细细地打量了她一番。
　　这是一个有着苹果脸型的少妇,看上去三十几岁的模样。高挑丰满的身材轮廓分明;光滑的额头点缀着几缕柔发,一点皱纹也没有;微胖而又白白的脸庞上鼻梁高挺,一双丹凤眼十分迷人;稍厚的嘴唇,画着唇线,十分性感。尤其是她那眯缝着眼睛动情的时刻，更是让人怦然心动！哦，她是一个现代版的杨玉环般的美人！不敢说她风华绝代，但也堪比是一朵国色天香的白牡丹啊！难怪老刘在我的面前夸赞她的美。

"牡丹小姐，你真的是人如其名啊！"我由衷地夸道。

"呵呵，长得稍微有些肥了，油腻了，让文哥见笑了！"牡丹自嘲道。

"哈哈，肥而不腻，腻而不肥，恰到好处！"我也打趣地说道。

"怎么样，适合文哥的口味吗？"牡丹又调侃问道。

"是一道好菜！"我也调侃道。

"哈哈！哈哈哈！"我和牡丹都开心得大笑了起来。

"牡丹妹子，你咋想起放这首老歌呢？"我趁机问道。

"哦，我猜你肯定也喜欢这首歌！这是《有一个青年》的电影主题曲，是你们那个年代的人最爱唱的一首歌。你作为一个有文化素养的人，肯定是个青春记忆的人！怎么样？我是不是猜对了你的心思？"牡丹信心满满地望着我说。

"你可真会揣摩人的心理啊，不愧是干过记者的人！"我就爱听这首歌。这个女人还真会挑选歌曲来讨好人。

"呵呵，咱们曾是同行！"牡丹笑着说。

"呵呵，是的。我们曾经都很年轻，都有过青春的理想和对美好爱情的向往！"我笑着说。

"是啊，痴心不改！"牡丹动情地说。

"哦，牡丹，你咋不播放那首嘹亮豪放的《牡丹》之歌呢？"我又趁机问道。

"嗨，我的名字叫牡丹，初次与你相见，哪有歌唱自己的。这有卖弄之嫌！"牡丹自嘲道。

"不，牡丹，文哥也很喜欢歌唱《牡丹》这首歌的。尤其是蒋大为演唱的版本，让人听了很是振奋！如果你的车里有这盘磁带，那就放一下吧！"我真诚地说。

"既然文哥想听，那牡丹就恭敬不如从命了。不过，文哥可别说牡丹是有意准备哟！"牡丹心思机敏。

"哈哈，牡丹妹子太过机敏了。《牡丹》之歌，这是一首在20世纪80年代曾经十分流行且风靡一时的歌曲，几乎人人都会哼唱。看到了牡丹小姐，勾起了我对这首歌和那个年代的一些美好的回忆。"为了打消牡丹的顾虑，我这样对她解释。

"那好吧，我车上还真有这盘磁带，那我就放给文哥听。"牡丹咔嚓一声换上了磁带，随即，音响里便响起了嘹亮而又优美的旋律：

> 啊牡丹
>
> 百花丛中最鲜艳
>
> 啊牡丹
>
> 众香国里最壮观
>
> 有人说你娇媚
>
> 娇媚的生命哪有这样丰满
>
> 有人说你富贵
>
> 哪知道你曾历尽贫寒
>
> 啊牡丹啊牡丹
>
> 哪知道你曾历尽贫寒
>
> ……

一曲终了，余音未了。也许是这首歌的作用吧，牡丹她心情大好，脸上绽放着灿烂的笑容。

经典的老歌，总是让人一听入耳，再听入心，百听不厌！总给人一种心潮澎湃的感觉！

在一个十分宽敞明亮的快餐厅里，我们吃过了早餐。牡丹很体贴地从她的女士拎包里拿出了一块早已准备好的毛巾，递到了我的手上。

"擦一下脸吧，这是我消过毒的，特意为你准备的湿巾。一路劳累，擦一下会消除疲惫！"牡丹轻声地说。

"哦，谢谢你这么有心！"我被这个女人的细微表现感动了，心里十分高兴。

第二部　白牡丹和秀竹

6

　　我告诉了牡丹要去的地方，为了方便讨论案情，就让王律师也上了牡丹的车。老刘开着奥迪车就跟在牡丹的车后头，他怕跑丢了，就一直保持着距离。
　　"文哥，你接了一个什么案子呀？"牡丹开着车问我道。
　　"哦，是个刑事案件。有个女当事人，是个会计，她的老公为了逼她离婚竟使用连环计，让她犯了罪。"我向牡丹介绍说。
　　"还有这种事？离婚就离婚呗，搞这么复杂干啥？即使离婚，夫妻一场，不也有亲情在吗？这个男人，真不是个东西！"牡丹愤愤地说。
　　"是她老公让她做假账，贪污了公款，构成了犯罪。"跟随着我一同来主办这个案子的代理律师小王说。
　　"她老公是干什么的？"牡丹又问道。
　　"一个私企老板，曾是个老会计师！"王律师又回答说。
　　"你们不会也去查查这个老板有没有问题，抓抓他的把柄，把他也告了！"牡丹提醒我们说道。
　　"哦，你提的这个问题，值得我们考虑！想不到，牡丹小姐还是个福尔摩斯呢！"我顿时对牡丹刮目相看起来。
　　"呵呵，谢谢夸奖啊！如果你愿意收徒弟，我可现在就报名了啊！"牡丹笑着说。
　　"你肯放着服装店的大老板不干，心甘情愿地给我当学徒？"
　　"哈哈，就怕你不肯要呢！"牡丹紧追着眨着眼调皮地看着我说。我明白，她的话里的意思。
　　"哈哈，有牡丹这样国色天香的美人相陪，岂不是拥有了皇帝般的生活啊！"我打趣道。
　　"文哥不会是开玩笑吧？"牡丹反问道。看得出，她是真心的。
　　"哪里，君子一言，驷马难追！文哥岂是那种好开玩笑之人。"我随口说道。
　　"这可是你说的，可不许抵赖哦！"牡丹可当了真呢。

我无语，一路默默地再没有说话。

牡丹开着她的兰博基尼，像飞驰的鸟儿，很快就到了我们要去的地方。在一个小区里，我们见到了我的当事人秀竹。

7

"哦，您、您来得可真快啊！"秀竹激动得连说话都有些结巴了。

"呵呵，我们有向导啊，要不哪能这么顺利啊！"我笑着指着牡丹说。

"啊，真是太感谢你了。你可真漂亮啊！"秀竹抬眼打量着牡丹，由衷地赞叹她的美艳。

"哪里啊，都是文哥他们对你的案子牵挂，早早地叫我开车带他们过来。我本来打算先让文哥到我的公司里去看看的，这不，你的案子急嘛！"牡丹就打开了话匣子，说了一大通。

"哦，我忘了介绍，这是牡丹小姐，也是你们滨博人，是你们这个地区一服装知名品牌的总代理商！"我向秀竹介绍道。

"哈哈，牡丹小姐不但人长得美，事业也做得很成功，真是个了不起的女强人呢！"秀竹笑着上前和牡丹握手。

"你也挺漂亮啊，咱们都是女人，做咱们女人该做的事情就好，啥成功不成功的，人生嘛，本来就是奋斗！"牡丹伸出手来，一面与秀竹握手，一面滔滔不绝地说道。

秀竹和牡丹握过手后，便忙着沏茶。她问我道："文哥，你喜欢喝绿茶还是金骏眉？"

"天气凉了，那就喝金骏眉吧！"我随口应道。

不一会儿，秀竹沏好了茶，把茶水分端给各位。

"秀竹小姐，咱们谈谈你的案子吧！"我接过秀竹递给我的一杯热茶，呷了一口，抬头对秀竹说。

"不急，您先喝点水吧！"秀竹又端过茶壶往我的茶杯里添茶。

喝过了茶水，我们开始了解案情，并由王律师做调查笔录。

"我们今天受你的委托特来为你提供法律帮助，请你如实向我们陈述，否则说假话，我们就无法掌握案情的真相，对你也就提供不了准确的法律帮助。出现差错，你要个人负责，同时，你要承担相应的法律责任。你明白吗？"小王律师职业规范，依程序办事。

"我明白。"秀竹答道。

"你说一下，你叫什么名字？在什么单位？做什么工作？并报一下你的出生年月和联系方式。"王律师问道。

"我叫秦秀竹，在罗峪镇财政所工作，大专文化，财会专业……"

"您丈夫叫什么名字？干什么工作？你一并讲一下他的情况。"王律师又问道。

"他叫吴良新，是滨博市良新纺织品有限责任公司的董事长……"

随着王律师的渐进式询问，我们对秦秀竹的案情有了详细的了解，并得知了她和丈夫那令人难以置信的故事。

8

秦秀竹和吴良新是财政学院的同班同学，学的都是财会专业，又同时考入济南的大专院校。由于是同乡，他们彼此照顾，一次偶然的郊游，使他们两个人的感情骤然升温，自此，成为校园情侣。

那是一个秋天，校团委组织了一次采风郊游活动，要求每个团员或登山或郊游采风，回来后写一篇感想，会评选出最美文章。

秀竹和良新都是班里的团干部。他们俩一个是团支部书记，一个是团支部委员。按照学校里的要求，他们俩负责带领了一个郊游小队去登泰山。

登泰山的路有两条：一条是大道，从岱宗坊直达红门从十八盘上登临泰山；另一条是小道，从泰山的背面后石坞登上泰山。

良新作为团支部书记打着小旗走在队伍的前面，秀竹背着喇叭跟在队伍的后面。他们一行二十余人登上了后石坞，沿着山道手拉手攀缘而上。他们哼着共青团的歌曲，忘却了登山的辛劳和艰险。

我们是五月的花海
用青春拥抱时代
我们是初升的太阳
用青春点亮未来
……

歌声在空旷的山谷中回荡，共青团员们的心中像一团燃烧的火焰。年轻的大学生们朝气蓬勃，对未来充满了憧憬。

"哎哟！"随着一声女生的尖叫声，只听得队伍后面传来了一阵"骨骨碌碌"的声音。

"不好啦，秀竹踩空掉下山崖啦！"有人大声地呼喊着。

良新循声望去，只见得秀竹正骨骨碌碌地从山崖上往下翻滚着。

"秦秀竹！"良新大声地喊着，便奋不顾身地往山崖下攀去。

良新终于攀到了崖底，一把抱起了摔昏了的秦秀竹。他背起秀竹，咬着牙，从崖底攀了上来。在同学们的帮助下，他把秀竹送到了医院。

秀竹苏醒过来，看到良新那因攀崖救她而磨破了的血指，感动得热泪夺眶而出。同时，一个在她心底埋藏了很久的愿望便加速生发了出来……

秋去冬来，暑往夏至，眼看到了毕业分配的时刻，秀竹和良新的爱情也在火热中成熟了。

"良新，我舅舅在咱们区财委任主任，你的分配，我妈妈已找过我舅舅了，他答应把你安排到咱们区效益最好的毛纺厂的财务科工作啦！"秀竹把这个好消息告诉了她的恋人吴良新。

"啊，这真是太好啦！"吴良新高兴地拉着秀竹的手说。

"还有更让你高兴的事呢！"秀竹接着说。

"你爸妈答应了咱俩的婚事啦！"吴良新立刻猜到了结果。

"呵呵，你真聪明啊！"秀竹笑着说。

"你舅连工作都给我安排好了，你爸妈要是不同意咱俩的婚事，你舅他会帮我安排到毛纺厂吗？"吴良新望着秀竹露着狡黠的微笑。

很快，吴良新就到毛纺厂财务科报到上任了，而秀竹还在等待着。

三个多月的时间过去了，秀竹的工作还没个音信。吴良新禁不住问秀竹道："你舅舅到底是咋想的呢？我的工作他都给安排好了，难道他的亲外甥女还不如我一个外人吗？"

年轻的小伙子，他哪里知道秀竹的舅舅心里打的小算盘呢？

又过了一个月，秀竹接到了到罗峪镇财政所去报到的通知。这时，吴良新才恍然明白，秀竹的舅舅毕竟还是向着他的外甥女啊，给秀竹安排的竟是铁饭碗啊。

9

时间过得真快，转瞬间五年过去了，吴良新升任了毛纺厂的财务科长，并当上了厂长助理。对于吴良新的升职，秀竹的舅舅起了决定性的作用，因为秀竹舅舅又升职当上了分管工业的副区长。

秀竹和良新结婚也已经五年，他们生下了一个漂亮可爱的女儿。日子过得是和和美美，让别人羡慕不已。

由于秀竹的努力和舅舅的官职，镇上的领导也对秀竹格外关照，把秀竹提拔成了镇财政所的副所长。

随着国家改革开放的深入，一些国有企业改制，变成了私人股份有限公司，吴良新所在的毛纺厂自然也不例外地进行了改制。

人事更迭，秀竹的舅舅退居了二线，他不再过问政事，天天钓鱼休闲去了。

吴良新参与了区里组织的毛纺厂改制竞争投标。这些年，由于吴良新长期担任毛纺厂的财务工作，他实际已经操控了毛纺厂的大权，对于毛纺厂的改制，鹿死谁手，他早已胸有成竹。

随着秀竹舅舅的退休，吴良新已经在秀竹舅舅过去的提携下，认识了许多有门道的人，并和他们结下了说不清道不明的关系。为取得毛纺厂的竞标权，吴良新事先早已经和那个分管工业的新区长做好了工作，送给了这位新区长五十万元，还给经委和财委的主任分别送了三十万元。

这个毛纺厂，在当时是全国有名的企业，所生产的毛线畅销全国，只是因为管理松懈，企业濒临破产。恰遇国家的企业破产重组改制大气候，吴良新便开始了他的侵吞国有资产的计划。他倾其所有，到处筹措资金，并令秀竹也尽力发动关系冒名从银行贷出了款，为自己备足了投股占51%的股金，再加上有上面领导的"关照",他势在必得!

这个本来价值过亿资产的区属国有企业,经过冠冕堂皇的竞标过场之后,仅以三千万元的总竞标价值归到了他和企业部分职工的名下。由于吴良新所投股的资金占了51%,是最大的股东,自然他就成这个企业的法人代表,成了董事长,并成立了"良新纺织品有限责任公司"。

吴良新当上了良新纺织品有限责任公司的董事长以后,成了名副其实的大老板,人称吴总。他为了显摆自己的身份,又贿赂银行贷款两千万元,一部分作为启动资金,一部分更新设备,余下的钱购买了一辆大奔(奔驰车),作为他的"坐骑"。

起初的那段时间,吴良新整天乘着他的大奔坐骑跑市场,跑销路,招兵买马引人才,搞技改,调试新型生产流水线,忙得是不亦乐乎。俨然,他是一个真正干事创业的改革实干家。随之,他的头衔也越来越多了起来,成了市里的劳模。

看到良新的这些变化,秦秀竹也打心眼里替他高兴,同时也庆幸自己当年的选择,找了一个好丈夫。可是,命运往往在最高兴时给你泼上一瓢凉水,突如其来的打击便接踵而至了。

10

一天,秀竹早早地下了班,从集贸市场上买来良新最爱吃的活鲤鱼和一只家养的老母鸡,高高兴兴地回到家里,准备做一桌好菜,慰劳一下自己的丈夫。

一进门,她被眼前的景象惊呆了:吴良新和一个陌生的女人正赤裸裸地在床上翻滚,云雨媾和……

秀竹的头"嗡"一下便蒙了,她踉踉跄跄地走几步,倚在门框上。好久,她浑身哆嗦着说:"你这个人面兽心的东西!告诉我,她是谁?你们是从什么时候开始的?"

"我,我,我们……"吴良新嗫嚅着没有说出话来。

"大姐,没什么啦,你应该已经见怪不怪了!"那个女的一边穿衣服,一边恬不知耻地说。

"你，你，你们这对狗男女！"秀竹被气得再也说不出话来，那个女人乘机溜走了。

"对不起啊，是我不好！"吴良新自知理亏，向秀竹赔礼说。

"我的天啊，我可怎么活啊！"秀竹号啕大哭起来。

"你该哭也哭了，该闹也闹了！难道你就不顾影响，不怕丢人，连颜面也不顾了吗，让街坊邻居听到了好看吗？"吴良新为了息事宁人，不但不为自己犯下的错忏悔，反而振振有词地劝说起那个被他伤害了的秀竹起来。

"你个该天杀的流氓，你还知道丢人现眼啊！"秀竹歇斯底里地说。

"行啦，你不为别的，也该为咱们的女儿想想吧！"吴良新不耐烦地说。

是啊，一个女人，尤其是一个有女儿且在政府工作的女人，又哪能不为了颜面和影响考虑的呢？

秀竹停止了哭闹。

一场风波总算平息了过去，生活一切照旧。丈夫的出轨，尽管给秀竹心里留下了阴影，但日子还是要过下去的。

这人啊，哪有不犯错的，尤其是像丈夫这样的当老板的男人，有钱有势，谁还愿意老老实实地当木头疙瘩？即便是自己的男人不去勾搭女人，也会有那贪图一己之利的女人勾搭的。人，就是这么的现实。

每当想到这些，秀竹的心里也就轻松了许多，那滴血的伤口也就缓解了不少。

吴良新自从那次犯错之后，也就收敛了许多。他对秀竹格外体贴关心，舍得花钱给她买高档的衣裳和化妆品，再没有把女人领到家里来鬼混。尽管他老是出差或夜不归宿，但他总是忘不了给秀竹打个电话告诉她原因。

其实，吴良新变聪明了。他在外究竟干了些什么，单纯的秀竹哪里会想得到呢？

女人就爱面子，总会在男人的关心下放松警惕。吴良新却紧紧地抓住了女人的弱点，在外面有了其他女人，甚至不止一个。

可是，纸总是包不住火的，残忍的真相等着秀竹。

11

　　这天下午，秀竹从学校接上上初中的女儿刚回到家，门外就传来了一个男人的大声叫骂声："吴良新，你个臭流氓，你给我出来！"

　　吴良新躲在屋里不敢吭声。

　　"胆小鬼，你有本事睡别人的老婆，咋就没本事出来呢？出来，咱俩决斗！"门外的那个男人提着一把杀猪刀，气呼呼地叫骂不止。

　　秀竹明白了，自己的男人肯定睡了这个男人的女人，惹得人家拿着刀找上门来了。

　　门口挤满了看热闹的街坊邻居，臊得秀竹无地自容。女儿也被眼前的景象吓得哇哇大哭。此情此景，秀竹别无选择，只有痛苦地隐忍着。

　　"大兄弟，你先消消气，咱有话慢慢说。我那不要脸的男人对不住你，我替他向你赔个不是！"秀竹嫌丢人，心中对吴良新恨不得千刀万剐，可现在邻居围观，她也不能让事态再扩大发展啊！

　　"秀竹，你好好劝劝他，是他娘们先找的我，不是我的错！是他娘们找我调工作来的！"门里的吴良新见秀竹给他打圆场，不要脸地说。

　　"吴良新，你快给我闭上你的臭嘴巴！你睡了人家的女人，你还有理啦？你个臭不要脸的东西，你可给我们娘俩丢尽脸啦！"秀竹臭骂了吴良新一通。

　　"你看你的好男人，他怎么这么不要脸呢？你管不了他，我来管管他！我的娘们被我打得在家正寻死上吊呢，咱不能就这么算啦！你得让他出来，让我揍他一顿出出气不可！"外面的男人咬着牙愤怒地说。

　　邻居们也有上前劝阻他，可他就是不听，已经开始用脚踹门了。看样子，今天这事是不好解决了。

　　"嘭！"门被那个发了疯的男人撞开了。紧接着，那个男人就挥舞着杀猪刀朝吴良新砍去。手起刀落，吴良新猴跳到了一边，躲开了一刀。那个男人由于用力过猛，一刀砍在了门框上。只听"哗啦"一声响，门上的玻璃震碎了一地。见那男人真的动了刀，怕闹出人命，几个男邻居便跑上了前去拉劝。拉着劝着，那男人还狠狠地踢了吴良新好几脚，打了好几拳。

自古道：杀父之仇，夺妻之恨，不共戴天！任凭人们怎么拉劝，那个被戴了"绿帽子"的男人都不依不饶！最后，还是秀竹趴在吴良新的身子上才制止了那要刺过来的一刀。

　　"扑通"一声，秀竹给那个已经失去了理智的男人跪了下来求饶说："大兄弟，你要不出气，就打我一顿吧。是我无能，没有管住我的男人！你就是要了他的命，死无对证，咱不如坐下来好好谈谈，给你们些经济补偿吧！"

　　"大姐，今天要不是看在你的面子上，我宰了他也不消我的心头之恨！"望着秀竹这个大度而又讲理的女人，那个男人终于停歇了暴怒，答应坐下来和平解决。最后，秀竹做主，补偿了那个男人五万元钱才算了事。

12

　　自从那个男人找上门来打闹过去之后，秀竹在家一句话也不说，任凭吴良新怎么献殷勤，她都无动于衷。秀竹越是这样，吴良新就越是害怕。这次，可是真的闹大了，也给自己的家门抹了黑。与其让家里这样沉闷，还不如跟两口子大吵一架，秀竹这是闹得哪一出啊？良新心里没底。看到秀竹那张冷冰冰的脸和硬邦邦的背影，那个犯怵啊，叫他心慌！

　　终于，有一天吴良新下班后，接了孩子，早早地回到了家中。呵！饭桌上那个丰盛啊，有自己爱吃的小鸡炖蘑菇，还有一盘油亮亮的红烧肉、蒜蓉西兰花、肉末蔬菜蒸蛋羹，汤碗里是自己最喜欢的蛋花粟米羹。只见秀竹脱下围裙，像往常一样高兴地招呼着爷俩儿吃饭。饭桌上，秀竹不停地给女儿夹菜，跟女儿聊起学校的生活趣事，还时不时地给吴良新夹菜，这顿饭让吴良新吃得心里七上八下的，不知道秀竹到底要干什么。

　　吃过饭，收拾完厨房的卫生，女儿也回到自己的房间去做功课。秀竹泡上了一壶茶。"良新，过来喝茶。咱有好几天没说话了，今天咱们谈谈吧。"秀竹端过一杯沏好的茶递给吴良新说道。

　　"秀竹，你终于肯理我了，这次是我不好，对不起你，对不起咱们这个家，让你也因为我丢脸了。这回，我可是真的没跟她怎么样啊！是那个男人知道咱家有钱，他们两口子计划好了，想借机敲诈咱们一笔！"吴良新心想，反正秀竹没有逮到证据，自己打死了也不承认。

"良新，咱们夫妻这么多年，你什么人，什么品性，我还不知道？做没做过，你自己知道，反正人家找上门来了，闹得街坊邻居也都知道了。我这几天出门，都不敢抬头。你说，这以后让我再怎么跟人家说话啊？在单位，我大小也是个领导，一想到这事儿，心里就堵得慌。你的这些破事儿，要是传到我同事的耳朵里，我还怎样面对他们呀？我又怎样做领导？"说到这里，心里的委屈就像开了闸门的堤坝，她啜泣了起来。

"我知道，秀竹，你为了我，受了不少委屈！你别哭啦，是我不好，做了让你抬不起头来的事！我该死！我真该死……"吴良新说着说着，就扇起了自己的耳光。

"行了，你也别打自己了！再别弄得你闺女知道了，也看不起你。"秀竹擤了一把鼻涕，擦了一把眼泪，扬了扬头，冷静地对吴良新说。

"秀竹，我改，我一定改！你就原谅我这一次，以后我再也不敢了，真的不敢了！咱以后好好过日子，我向你保证！"吴良新说着说着，便跪在了秀竹面前，一把抱住了秀竹的腿。

"良新，你这是干什么？快起来。咱们风风雨雨这么多年，为了咱闺女，为了咱这个家，我姑且再相信你一次。只是，你可不要一再犯错了，你看这次多危险啊，要不是我拼死保护你，你还不被人用刀捅死了啊！你可得吸取教训！"秀竹劝吴良新道。

是啊，秀竹这几天一直在考虑怎样面对她和良新的夫妻关系。虽然这个男人一而再再而三地出轨，可毕竟夫妻一场，他这么多年又挣了些家业，过到这一步容易吗？这年头，男人有本事都家里红旗不倒，外面彩旗飘飘。如果自己愚蠢地跟他闹下去，也会让吴良新对自己产生反感，让他更有理由在外面胡搞，那就得不偿失了。良新正是中年壮时，处在人生的最好时光，而且是本地赫赫有名的企业家，家财万贯，还不知道有多少女人在打他的主意呢。还有，他们的女儿正值青春期，正在人生成长的关键阶段，如果自己再跟丈夫大吵大闹，影响了女儿的学业，在学校里被人指指点点，若孩子有个三长两短，到时候可就无法挽回了。秀竹再三琢磨，便想通了。她不再跟吴良新闹，她要换个方式平心静气地和良新谈心，用女人的温柔和善良大度去感化自己的男人。

是的，当男人犯错的时候，女人一味地大哭大闹，采取高压政策把自己的男人往外推，是不明智的选择！秀竹的做法或许能够挽住她男人吴良新的心。

秀竹真是个深明大义的女人啊，出了这么大的事，不但没有跟自己一哭二闹三上吊，还这样苦口婆心地恳求自己好好过日子，这样的女人让他吴良新遇上，真是前世修来的福啊！只是，吴良新真的会好好珍惜眼前这个善良且大度的女人吗……

13

通过了这次教训，吴良新总算明白了一个道理：关键时刻，还是自己的老婆好啊！这就是自己的结发妻子，不管出什么事情，她总是无条件包容自己，原谅自己。那天要不是秀竹舍命相护，自己真不知道现在是死是活呢。想想那天的场面，吴良新不禁打了一个寒战。他告诉自己，一定要好好端正自己的生活作风，让秀竹不再跟着自己难堪，毕竟自己的老婆也是个干部啊！

接下来的日子，吴良新的表现真的给了秀竹耳目一新的感觉。秀竹起床后，洗手间都有挤好的牙膏等着她，餐桌上也有早餐等着她们母女，虽然做得不是那么可口，但自结婚以来还真没见过吴良新下过厨这样伺候自己。

越是在外花心乱搞的男人，就越是对自己的女人好。吴良新不仅在生活上对秀竹无微不至，还时常带着秀竹去商场挑选高档时装和化妆品。久了，服务员也认得他们夫妻二人了。每次去，服务员都在秀竹耳边夸赞她有个好丈夫，惹人羡慕。秀竹听到这些，心里也觉得很是幸福满足。

当然，偶尔想起那些不愉快，秀竹的心里也会泛起丝丝酸气。但时间慢慢地冲淡了一切，过了一些日子，秀竹的心里也就不像当初那么纠结了。

这天，秀竹在财政所里加班，一到月底各样的单据凭证都要她亲自审批，所长和几个办公室的文员也在办公室里各忙各的。正在大家忙得热火朝天的时候，一阵轻轻的敲门声打断了大家手头的工作。

"嫂子，忙着哪？"原来是吴良新的司机伟强。

"哦，是伟强啊，你怎么过来了？有事吗？"秀竹放下了手里的大把单据，边迎接边说。

"嫂子，你看看这是啥？"伟强拿着一个信封，神秘又调皮地说道。

"什么啊？"秀竹接了过来。

"这不是车钥匙吗，你拿车钥匙给我，什么意思啊？伟强。"秀竹不解地问。

"我的嫂夫人啊，吴总说今天是你们的结婚纪念日，这是送你的礼物。"伟强说道。

哦！秀竹最近真的是忙晕了，今天是自己和良新结婚十一周年的纪念日，自己都忙忘记了。良新真的是有心啊！

"哎哟！秀竹姐，你可真有福气啊，过个纪念日，吴哥就送你辆车，什么牌子啊？"办公室的人都放下工作，一起起哄道。

"我们吴总送嫂子的车当然是最好的啦，宝马最新款。嫂子，吴总对你真是大手笔呀。"伟强也跟着说。

"哎，你说我上班离单位这么近，买什么车啊！你吴哥就是这么大手大脚的。"秀竹嘴上这么说着，心里也是美滋滋的。

"小秦啊，看人家小吴对你可真是有心啊，都老夫老妻了，还记得你们结婚纪念日，送这么豪华的车，这样的男人可真不多呀。我倒是想送你嫂子一辆，可没人家小吴那本事。这样，你先走吧，回家过你们的纪念日吧，这里有我们呢。"一旁，年龄稍长的所长也羡慕地说。

"那，我就先走了，你们也早点走，我们明天再对账。"秀竹兴高采烈地拿着新车钥匙和司机伟强一起走出了办公室。

走出办公楼，一辆崭新的白色宝马车停在那里，秀竹立即明白了吴良新对自己的良苦用心。他是想用这昂贵的礼物来换取自己的彻底原谅。

面对这些，秀竹对自己的男人越发放心起来。她以为随着年龄的增长，人也就变得老练起来了，就这样平平安安地过日子，没什么不好的。

14

"良新，你说这事应该怎么办啊？"有一天，秀竹把镇长交给她的一大摞不符合下账规定的报销单据拿到家里问丈夫说。

"这个，你们干财会的，还不好处理吗？"接过账单，吴良新仔细地看了一遍说。

"我总捉摸着这不符合财务下账的规定！"秀竹犹豫着说。

"你看，这样变通一下处理，不就把账下了吗？"吴良新出招说。

"这个范镇长，他老这么干，不是逼着我也跟着他犯错误吗？"秀竹发着牢骚。

"人家是镇长，比你官大，还是你的顶头上司，他要你下账，你下就是了。反正又不是你贪污侵占了，怕什么啊！"良新说。

秀竹也就没再慎重考虑什么，就再一次把镇长的一些杂七杂八的单据做到了账上。

事隔不久，吴良新也拿着一大把报销单据对秀竹说："我厂里招待费太多了，你们单位反正都是公家的钱，不占白不占，你就给我做了吧。"

"那可不行，做账是要通过镇长和书记签字的！"秀竹推辞道。

"有什么不可以的，不就是几张条子吗？他镇长不是经常找你做这种账吗？你帮了他多次，他咋就不能帮你一次呢？我想让他帮你签个字应该不成问题吧？"吴良新对妻子开导说。

"那，我就找镇长签字试试吧！"秀竹终于答应了良新的要求，但她不知这正是丈夫的企图，为了达到离婚的目的而采取的诱使她走上犯罪道路的第一步计划。

罗峪镇财政所是一个独立的小院，在镇党委、政府办公楼的南面。

秀竹拿着丈夫给她的那几张单据向政府办公楼走去。

"范镇长，我有几张条子没法处理，您看能否给签字报一下？"秀竹心事重重地来到了镇长办公室。

"哦，可以啊！"范镇长出奇地痛快，接过单子拿眼瞄了一下，就龙飞凤舞地在单据上签上了他的大名。签完名字，他还煞有介事地讨好说：

"秦所长，以后有事找我就是了。"

"那就谢谢镇长啦！"秀竹高兴地说道。

"不用客气！咱们在一起共事，彼此应当互相有个照应，是不是？"范镇长说。

"好的，好的，您忙！"秀竹谦恭地退出了镇长办公室。

人的胃口就像是破了洞的大坝，一旦撕开了口子，就会越开越大。有了第一次，就会有第二次。接下来的日子，吴良新总是隔三岔五地就拿单子给秀竹，让秀竹给他行方便。一到这时候，秀竹就会埋怨他，总这样找自己报销不符合规矩。

"你那毛纺厂不是挺能赚钱的吗，怎么大事小事都拿给我报销？你知不知道这样很麻烦？我每次去镇长办公室签字还得做点手脚，省得让人家看出来。总这样下去不行啊！"在一次报销完单据后，秀竹有点不悦地说。

"哎呀！老婆，你说，我现在有困难，不找你找谁？在家里，你是我的贤妻；在外人眼里，你可是个了不起的财政所所长啊！区区几张凭证，在你手里不都是小业务。你去签字、报销，人家还得巴结着讨好你呢。你现在有这样的条件不用，什么时候用啊？再说，你帮了老公的忙，我心里也感激你，是不是？"吴良新的甜言蜜语，让秀竹不禁觉得自己高大了起来。

是啊，多亏当年有舅舅的关系，自己在事业方面一直顺顺当当的。

相比跟自己一起长大的同学们，秀竹的条件也是数一数二的。才不到四十岁，她就当上了财政所的副所长，所长的位子早晚也是她的。住着这么大的房子，开着豪车，女儿温顺懂事，学习拔尖，丈夫也有头有脸的，她算是成功女人了。想到这里，秀竹觉得自己这辈子还挺有福气的，再过上个几年，自己退休了，就真没什么可遗憾的了。这会儿，能利用手头的权力就利用一点吧，也是为自己的丈夫分忧解难了。

时间长了，秀竹也就见怪不怪了。

自从秀竹给吴良新报销单据以来，良新对秀竹也变得亲热了许多，时不时地带秀竹去一些饭店、会所参加宴会，秀竹也乐此不疲。

此时的吴良新所经营的毛纺厂资产已过数亿元，成了当地的利税大户。经过吴良新的一番操纵，这个企业已经彻底地改制，被吴良新通过各种手段买断，成了他的私营企业，发展成了良新集团。瞬间，吴良新这个名字，已经成了滨博市人们常常提起的传奇人物。各级的领导也时不时地光顾他的毛纺厂，作为上级来视察的一个民营企业的样板推介。

随着名气越来越大，吴良新自然也就成了各种场合的座上宾。秀竹作为他的夫人，也就时不时地陪伴着吴良新出席各种场合，结识了各界优秀人物的夫人。面对一个个平时都趾高气扬的领导夫人和大老板太太对自己的恭维，她感觉到无上的自豪。

这就是权力和财富带给她的冲击，她的虚荣心得到了极大的满足！

望着风光无限，更有男人气质的吴良新，秀竹感觉到从来没有过的幸福。她发出了会心的微笑！但是，她忘记了，吴良新这个曾经时常为她惹起风流风波的花心男人，面对如此巨大的成功，他那颗不安分的心，给她带来什么样的伤害和痛苦呢。

人生啊，风光的背后，往往是残破不堪的现实。

15

吴良新身边新来的这个叫伟强的司机，真的是一表人才。小伙子一米八的个子，魁梧的身材让人一看就很有安全感。皮肤黝黑，高高的鼻梁上一双炯炯有神的眼睛，一看就让人喜欢。他当过兵，是个退伍军人。厚厚的嘴唇特别会说话，见了秀竹就嫂子长嫂子短地叫。每次吴良新带秀竹出去吃饭，都是派这个叫伟强的小伙子来接她。时间久了，他们彼此都很熟悉了。

"伟强，下班后先去接你嫂子，晚上我带她去凤凰楼吃饭。"一天，吴良新对司机说。

"好的，吴总。嫂子在家还是在单位？"伟强放下报纸问道。

"你给她打个电话问问，我手头还有事儿……"吴良新说着就走出了办公室。

伟强随即拨通了秀竹的电话。

"喂，嫂子啊，我是伟强啊。"伟强阳光的声音从电话那头传来。

"哦，伟强啊，有什么事吗？"秀竹问。

"吴总安排晚上你们去吃饭，让我去接你，你在家还是在单位？"伟强问道。

"哦，我在家呢！良新怎么也不提前通知我一声？那我马上收拾收拾，一会儿见啊。"秀竹挂了电话，就匆忙化起妆来。

十五分钟后，秀竹下楼，伟强早已在楼下。

"哎呀，嫂子平时就是个大美女，这一打扮真是太漂亮了，看上去跟个大姑娘似的。"上车后，伟强从镜子里看着秀竹说。

"你可别开你嫂子的玩笑了，我都多大年纪了。"秀竹嘴上说着，心里也美滋滋的。

"我可没瞎说啊，嫂子。我们吴总可真有福气，你看嫂子你，人长得漂亮，事业又这么成功，你可是吴总的脸面啊！"伟强的几句话哄得秀竹快飘起来了。

这伟强虽然嘴甜，但是个忠厚老实的农村人。几个月前，吴良新选他给自己当司机，就是平时接他上下班，或接孩子上下学，偶尔接送秀竹。伟强这人有眼力，挺会来事，平时人也勤快，秀竹很相中这个司机。平时在吴良新身边也经常夸他，吴良新有次还开玩笑说："要不让伟强专职给你开车，反正给你买的X6平时也总闲着。"

"那可不行，我离上班的地方这么近，要找个司机接送我，别人会说闲话的。再说，我毕竟是个副所长，不能太出风头！"秀竹推辞说。

"出啥风头啊？在咱滨博市，谁不知道咱也是有名有望的人家啊！我吴良新的老婆作为大老板的夫人，车接车送，还算个稀罕事吗？"吴良新拍着胸脯骄傲地说。

从此，伟强的主要任务就是接送秀竹母女了。伟强把那辆大奔交给了吴良新新招来的司机，换成了宝马X6。平时，伟强除了完成老板交给的接送秀竹母女的任务外，也没有什么事可做，他就帮着秀竹干点力所能及的家务活，俨然一副秀竹身边的小男人的样子。伟强家里添丁，秀竹还给他包了一个厚厚的红包。这让伟强更加卖力地工作。

省财政厅组织全省财政所长培训学习，秀竹要去参加这次培训学习，第二天一早就出发。

"良新，这几天我要出去学习，你就负责接送女儿吧。不想做饭，你爷俩就出去吃。"秀竹一边收拾行李，一边对在床上看电视的丈夫说道。

"哦？去几天？"吴良新说道。

"嗨，上面领导临时通知的，得去半个月呢。听说是全省系统培训。"秀竹对丈夫解释道。

"叫上伟强开车去吧！"吴良新又说。

"甭用，我乘公共汽车去就行。再说，这一去就这么长的时间，伟强去了，谁来接送孩子啊？"秀竹推辞说。

"这你甭管，接送孩子的事，我让咱老家来的司机小吴干。你怎么着也是个大老板夫人，开车去，也好闲暇时间到处去走走看看，不也方便吗？"

· 097 ·

吴良新表现出来的是大老板的豪气和对自己老婆大人的超常关怀。

"我还是不车车的好，免得叫人说闲话，不知情的人以为我们是花公款搞特殊，影响多不好啊！"秀竹坚持说。

"这与你们镇财政所无关！我们私企老板自己掏腰包花自己的钱，没有什么影响不影响的。"吴良新的话说得秀竹不置可否。

第二天，吴良新亲自提着秀竹的行李箱送她下楼。司机伟强早早地就在楼下等待着，他把车擦得一尘不染。

"早，吴总、嫂子。"看到他们夫妻二人一起下楼，伟强恭敬地说道。

"伟强，这次你嫂子去学习，你可得好好护送啊。有什么闪失，我可饶不了你。"吴良新顺势扶了扶秀竹的肩膀。

"嗨，你看你说的，伟强是自己人。再说，我是去学习，又不是上前线，能有什么闪失啊。"面对丈夫的叮咛，秀竹很是欣慰。

"放心吧，吴总，保证完成任务！"伟强放好秀竹的行李，敬了个礼，调皮地向吴良新保证道。

"呵呵，跟你开玩笑，你陪你嫂子去，我能不放心吗？你们路上小心。到了后先给你嫂子订个最好的房间。你嫂子爱干净，低价的宾馆乱七八糟的，就住个好一点的吧。"吴良新又叮嘱道。

"好的，吴总，我一定让嫂子吃好住好。"伟强保证道。

"行了，行了，几天就回来了，你在家里也照顾好自己和咱闺女，我们该走了。"秀竹说完就上车出发了。

来参加培训的是全省各地的财政所长，大多都在省城有同学、亲戚朋友，也有的是初次来到这里，对这个繁华的都市感到陌生和新鲜。

具有"北方火炉"之称的泉城济南，有大明湖、趵突泉、千佛山三大名胜，还有新建的泉城广场，风光景点颇多。附近还有灵岩寺、泰山、黄河大桥，再远一点的就是孔子故里曲阜，水泊梁山东平湖，这对于远在胶东半岛的人来说，是一次难得的参观旅游的好机会。

参加培训学习的人们，闲下来的时间，无不想到这些名胜古迹去游览一番。秀竹也和其他的学员一样，对美丽的景致心驰神往。她就叫伟强开着她的宝马车四处游逛，吃点当地的小吃，买些当地的特产，反正秀竹的家庭条件比别人都好，也不缺钱。

秀竹还叫伟强开着宝马车去找她的大学同学聚会，同学们看到秀竹的风光，无不感慨，秀竹的心里也禁不住充满了自豪。每当她看到同学们望着她羡慕的眼神，心里还真是感激自己的丈夫吴良新的安排：这次开车来就是方便，想上哪儿就去哪儿；看看自己那些同事，想出去逛逛都得打车，想跟领导商量商量开大巴出去，领导都以费油为理由拒绝。相比起来，让伟强来真是来对了。可秀竹万万没有想到，这次带伟强开车出差，竟是吴良新为实现自己的目的而采取的又一个巧妙安排……

16

时间过得很快，在陌生的城市，远离繁忙的工作和家庭的负累，秀竹感觉这次学习就跟旅游一样轻松又愉快。就要回去了，秀竹叫上伟强去商场给吴良新买了一身上万元的阿玛尼西装和一双新款的皮鞋，给女儿买了一身俏皮可爱的小裙装和一身休闲服，体贴周到地给同行的伟强买了一身耐克运动服。

"伟强，你看这个颜色你喜欢吗？"秀竹边递给伟强购物袋，边问道。

"嫂子，你这是给我买的吗？你可别破费，我有。"伟强接过衣服受宠若惊。

"你看，我这次来学习这么长时间，你丢下老婆孩子陪着我，这套衣服算嫂子的一点心意，别客气。"秀竹大方地说。

"哎呀，嫂子，这都是我的本职工作，应该做的。再说这套衣服这么贵，我可不能要。"伟强说。

"你就拿着吧，我都买了，难道要退不成？再说，平时家里大事小事你都跟着帮忙，一件衣服算什么啊。听你嫂子的，拿着。"秀竹说着就上车了。

"那……谢谢嫂子了。"伟强接过了衣服，心里很高兴。

车子缓缓地行驶上了高速公路，一路上，秀竹满心期待，第一次离家这么长时间，她太想念自己的丈夫和女儿了。正想着，电话响了，是自己的丈夫吴良新。

"喂，快回了吗？"吴良新问道。

"上高速了，还有半个小时吧。"秀竹说。

"哦，那正好，让伟强直接开到凤凰楼吧，等会儿有个聚会，你正好回来陪我去参加。"吴良新说。

"好的。"秀竹放下电话，心想：这个良新，也不让自己休息休息，是太思念自己了吗？嗨，都老夫老妻了，也可能自己想多了……

半个小时后，出差几天的秀竹直接让伟强把自己送到凤凰楼，透过酒店大堂的玻璃门，就看到早早等待自己的丈夫吴良新。秀竹心想自己的丈夫越发红光满面了，自己心里的想念也涌上心头。

"秀竹，你可回来了。"吴良新大步跨出酒店，出来迎接自己的妻子。

"是啊，头一次出去这么多天呢。"秀竹看到丈夫这么急切地走出来，还以为他想自己了。

"那快上去吧，几位领导都到了，就等你了。"

"好，这就上去。那伟强等会儿再来接我吧，车上还有给你买的东西呢。"

"快上去吧。伟强听电话，待会儿来接你嫂子。"吴良新急迫地催促道，临走还意味深长地看了看伟强。

吴良新携秀竹来到了二楼的贵宾厅，不用猜就知道今天来的肯定是重要领导。进门后，领导都已携着各家夫人落座，两个空位子不用说是自己和良新的。

"哎呀，嫂夫人回来了，出去这几天，把吴董事长闪得不轻啊！"一位稍微年轻的小干部跟秀竹调侃道。

"哦，是上面组织的学习，不去不行啊。"秀竹答道。

"好了，既然吴董夫人到了，咱们开始吧。"主宾座上的一位领导说道。

"好，服务员，倒酒。咱们边吃边聊。"吴良新吩咐门口的服务员道。

这几位领导跟秀竹也不是第一次吃饭了，他们的夫人平日里都跟秀竹聊得来，有时也会相约去做做美容按摩或逛街什么的。但今天，她们好像跟自己的话很少，眼神也是躲躲闪闪的。秀竹是个女人，总觉得今天的气氛跟以往不同。但她也没多想，只想着赶紧吃完饭还得回家看女儿呢。

吃完饭，吴良新对秀竹说："你让伟强来接你吧，我晚些回去。"

"哦，好，那你早点回来。"好些天不见，秀竹也想让良新早点回来和家人团聚团聚。

17

回到家里，秀竹看到一个陌生的中年妇女在自己的家中陪着女儿，一问才知是自己出差时良新找来的保姆。这几天都是这个叫张妈的保姆在照顾自己的女儿。

"妈妈，你可回来了。这几天爸爸老不回家，都是张奶奶陪着我。"女儿搂着秀竹的脖子，抱怨说道。

这些自己天不在家，哪里来的张奶奶？刚一进门，秀竹就搞得一头雾水。

"你好，你是秦所长吧。我是吴董招来的保姆，吴董说他忙，没空照顾家里和孩子，就到家政上找到我。我姓张。"这位张姓保姆自我介绍道。

秀竹打量了这个保姆一番，看上去五十岁出头，头发梳得整整齐齐，穿着很朴素，长得也白净，腿脚麻利，说话也诚恳，一看就是个能干的利索人，让人感觉很放心。

"那……我就叫你张妈吧，这几天真是麻烦您了。"秀竹虽然对这个突然出现的张妈有些不解，但张妈给她的第一印象很好。

"秦所长，我是个全职保姆。吴董雇了我半年，还给全了我工资。这下你回来了，有什么事你就吩咐给我，我什么都能干。"张妈对秀竹说道。

"哦，行。既然你来了我们家，就是一家人了，你叫我秀竹就行。"秀竹听完张妈的一番话，也明白了一二。

"行，那你们娘俩就亲热亲热吧，我去收拾一下房屋。"张妈起身拿起抹布就去干活了。

秀竹还是有些纳闷，怎么良新请保姆也没给自己说一声，还有刚才女儿说这些天爸爸都没有回家，那他都在忙些什么？

一连串的事连在一起，秀竹很费解，但回头一想，自己出差前良新也是隔三岔五地出差不着家，可能最近比较忙吧。秀竹想来想去，只能在心里这样宽慰自己。

"妈妈，你这次出去，我可想死你了！"女儿的话，打断了秀竹的沉思。

"哎呀，宝贝，妈妈也想你。妈妈给你买了两身新衣服，快来试试，看合适吗？"秀竹对女儿说。

换上妈妈买的新洋装，女儿似乎变了一个人。真是人靠衣裳马靠鞍，平日里的女儿总穿校服，看着就是个普普通通的中学生，这一打扮，真是亭亭玉立、楚楚动人。

"我的女儿真是长大了，成大姑娘了。"秀竹看到女儿这么漂亮，心中的喜悦不禁油然而生，之前的一切不快都烟消云散了。

女儿去她的房间休息了，客厅里只剩下秀竹一个人孤零零地等待着吴良新回来。这已经是夜晚十一点的时间了，良新他还没有回来，连个电话也没打。秀竹的心里七上八下的，便摸起电话，拨通了吴良新的手机。

"您所拨打的电话已关机！"电话里传来了"嘟嘟"的声音。

这下，秀竹的心便提到了嗓子眼上，更加地忐忑不安了起来。她心想：良新他是不是喝酒喝多了，睡在酒店，还是陪着那些领导到休闲娱乐场所去飙歌了？再不然就是……想到这里，秀竹的心里一阵慌乱，不敢再往下想去。

18

一连几天，吴良新都没有回家，秀竹天天如往常一样到镇上的财政所去上班，依然是那个叫伟强的司机天天开着宝马车接送她。

不过，财政所里的人们看她的眼神有了变化。再不像以前那样对她恭敬亲热了，似乎人们都有意识地躲着她。还有的望着她和伟强上下班的身影，指着她的那辆宝马车窃窃私语。

"秀竹，咱俩离婚吧！"在秀竹面前失踪了多日的吴良新这天回到家，突然冒出了这样一句话。

"什么？"秀竹顿时目瞪口呆，瞪大了眼睛。

"我是说，咱俩离婚吧！"吴良新重复说。

"离婚？你开什么玩笑！"秀竹不知所措。

"是的，我们好说好离。孩子归你，这个家也归你。你还需要什么，你尽管说。只要你和我办个离婚手续就可以了。"吴良新面无表情地说。

"离婚？你要我和你离婚？你想得美！你让我吃了那么多的哑巴亏，我都没有和你提离婚,你反倒提出来要和我离婚?门都没有!"秀竹反应过来,恨恨地说。

是啊,前些年吴良新在外拈花惹草,让秀竹受了多大的委屈啊。现在,他事业有成,家财万贯非要离婚,这叫谁也是不能接受的!更何况,吴良新这个从农村来的穷小子,如今飞黄腾达,翅膀硬了,竟忘恩负义,叫秀竹又怎么能够咽得下这口气呢!

第一次谈判,两个人不欢而散!

又过了几天,吴良新回到了家里,一见面,就扔给秀竹一包东西。

"看看你干的好事吧!"吴良新指着那包东西说。

"什么玩意儿?"秀竹便拿起桌上的东西边看边问。

"我好心好意地给你配上司机,你倒好,让我戴绿帽子!"吴良新指责秀竹说。

"我让你戴绿帽子?"秀竹一头雾水。

"啊,这不是我在省城学习的照片吗,怎么还有伟强和我的合影呢?"秀竹吃惊地问道。

"哈哈,别再装了。你们早已经睡到一起了吧!"吴良新拿起一张秀竹和伟强在一块搂抱亲昵的照片,扔在了秀竹的眼前说,"你看,这是什么?"

"我的天哪,这是什么人,又是从哪里拍的这种冤枉人的照片啊!"秀竹感到莫可名状的气愤。

"你自己做的事,还要问别人吗?"吴良新咄咄逼人地说。

"这是栽赃、陷害!这根本不是事实,是有人伪造的假照片!我跟伟强根本不存在这种关系!"秀竹据理力争道。

"若要人不知,除非己莫为!事实摆在面前,你还有什么话要说?"吴良新继续逼问道。

"这句话,用在你身上比较合适。我可不像是你,狗改不了吃屎,还让人家找上门来打得满地找牙!"秀竹反驳道。

"废话少说,你离还是不离,给个痛快话吧!"吴良新斩钉截铁地说。

"哦!我说你这么好心呢,原来你是黄鼠狼给鸡拜年没安好心哪!"秀竹恍然大悟,明白了吴良新为什么突然变得对自己这么好起来,原来是包藏祸心,处心积虑,蓄谋已久啊!

望着眼前这个人模狗样的男人,秀竹的心里产生了一种无法形容的厌恶,这个男人的内心世界，真是肮脏可怕啊！

"离婚，必须离婚！我给你三天的考虑时间，到时候，可别怨我对不住你！"吴良新狠狠地甩下这句话，转身就走了。

望着吴良新无情的背影，秀竹似乎觉察到这里面肯定有什么不可告人的隐情。她想了好久，便想到了在吴良新身边工作的那个叫郑海燕的老同学，或许，从她的身上能够破解这里面的一些秘密。于是，她便拨通了老同学郑海燕的电话。

19

"海燕啊，我是秀竹，多日不见，有时间吗？咱们约几个同学聚聚吧！"秀竹邀请道。

"啊，是秀竹姐啊！我下了班咱们再联系吧！"海燕回话道。

灰暗的灯光已经亮了，夜幕下的城市笼罩在一片气雾中。下午的一场小雨，使得天气突然转冷。空气中还没有散去的水分，让人的心情也阴暗起来。秀竹的心情，也和这冷清的街景一样，变得十分沉重。

如约而至的海燕，穿着一身风衣站在了秀竹的跟前。

"走吧，咱们到前面的咖啡厅去喝杯咖啡吧！"秀竹对海燕说。

"秀竹姐，你怎么了，脸色怎么这么苍白？"海燕望着无精打采的老同学秀竹关切地问道。

"唉！咱们一会儿再说吧！"秀竹有气无力地说道。

她们来到了街角的一家叫作"往事随风"的咖啡厅。

"海燕，姐有事要问你，你可要跟姐说实话啊！"秀竹带海燕在一个雅间里落座后说道。

"秀竹姐，咱俩是老同学了，你想知道什么呢？"海燕痛快地说。

"良新突然要和我离婚，我不知道这是为什么，他是不是在外面又有了女人？"秀竹用恳求的目光望着海燕说。

"这个、这个……"海燕支支吾吾地说不出话来。聪明的秀竹从海燕那慌乱的眼神里，似乎猜到了什么。

"海燕啊，想当年我们三个是同班同学，可是最要好的同学啊。你分配到毛纺厂去工作，也是我求舅舅帮你安排的。如今，姐姐我有事求你，你可不能不帮啊！"秀竹再次恳求说。

"唉！秀竹姐，我，我本来想告诉你的，可是，我总是怕你知道了真相承受不住啊。看来，你还是知道了呀。"海燕长吁了一口气，开口说道。

"哦，原来你什么都知道啊。我们这么好的姐妹，你咋不早一点给我透透风啊？让我一直蒙在鼓里，像个傻瓜一样。"说着，秀竹眼泪夺眶而出。

"秀竹姐，这些事，我以为还是不告诉你最好。过去，良新他不也经常给你惹那些花是花非吗？这人啊，有几个是好东西啊，不都是三妻四妾的啊！"海燕开导着秀竹说。

"既然到了这一步，我猜良新他肯定在外养了人。不然，他不可能这么绝情地跟我提离婚，过去的那些窝囊事我都扛过来了，今天你把你知道的就都告诉我吧，相信姐，我能够承受得住！"秀竹无奈地说。

"那好吧，我就和你直说了吧。不过，你可不要想不开啊。"海燕便没了顾忌，把她所知道的真相一五一十地说了出来。

20

原来，早在六年前，吴良新就和一个叫冯萍萍的女人好上了。

这个冯萍萍是商业银行行长的女儿，三十七岁时就和某工行信贷部主任离了婚。因为那个男人被一个大老板的女儿相中了，那个大老板为了自己的企业利益，就让他的女儿贴上了她男人。谁知她被丈夫背后来了一刀，说两人结婚多年也没能有个孩子，原因是没有感情。

离了婚的萍萍感到没脸见人，整天把自己关在屋子里，连班也懒得去上了。这可急坏了她的行长爸爸。女儿不上班这倒没什么，申请个病假也就应付过去了。但自己作为一行之长，有钱有权，自己唯一的宝贝女儿竟然叫人给踹了，太没面子啦。他一心想给自己的女儿物色一个可心的丈夫。

也是机缘巧合，促使了他的女儿走出了封闭的大门。

市里最具有发展潜力的良新集团公司向他申请一笔大额贷款。

这个良新公司的老板之前冯行长是认识的，公司规模已相当可观，事业做得也是风生水起，有声有色。

过去，经过几次合作交往，冯行长对吴良新的印象还不错，吴良新也能守信，及时还款还贷还息。有时，也可能是出于资金周转的问题，吴良新也常找他办延期还贷。私底下，吴良新对他也很尊敬。

"冯行长，我给你的申请贷款报告批了吗？"吴良新给冯行长打电话问道。

"小吴啊，你的贷款规模太大了，我们需要请示一下上级行的考察批准！"冯行长委婉地说道。

"冯行长啊，我们良新集团的'流水'足以让您满意的！"吴良新明白，这是这个老家伙一贯的作风，不就要他"孝敬"他吗？便一语双关地说。

下班后，吴良新带上了十万元现金，让司机小吴开着他的奔驰赶到了冯行长的家，并敲开了他家的门。

"冯行长啊，您老可真是让小侄儿好着急啊！"吴良新开门见山地说。

"哈哈……你小子这是说的什么话，你用款，我什么时候难为过你，不都是要多少给多少吗？只是这次，上级下了新的规定，凡是大额贷款超过千万元的，都要经上级行审核批准后才能放贷。"冯行长解释道。

"这些小侄都明白，再难贷的款，有您老在，也不成问题。要不这些年，我怎能在您这儿申贷？不都是您在照顾小辈嘛！"吴良新说着，顺势示意小吴把装满现金的厚厚的纸袋摆在了冯行长的面前。

"小吴啊，这你就客气了……"冯行长心知肚明地说道。

"冯行长啊，小侄儿的一点小小心意，往后还不得仰仗您老，您多关照吧！"吴良新继续恭维着说。

"这样吧，我也没吃饭，你大姨旅游去了。家里就我和你妹妹，咱爷儿几个出去吃一顿，走，我请客！"冯行长心情大好，主动邀请吴良新。

"好，好，好。小侄儿求您办事，哪能让您请啊？还是我做东。叫上妹妹，咱们走！"吴良新明白，这次的贷款又搞定了。

"萍萍，你吴哥来了，咱们一块儿出去吃个饭！"冯行长对门内的女儿喊道。

门内没有应声。

21

"萍萍妹,快出来啊!"吴良新敲着萍萍的门说道。

"哦,是吴哥啊!"吴良新是熟悉的,吴良新因为贷款的事常来她家走动,萍萍对他的印象还不错。在萍萍的印象中,吴良新这个年长的大哥是一表人才,聊起天来,也是相当风趣,常逗得她开怀大笑。

"咱们一起去吃饭,走吧!"吴良新说道。

"那你们等我一下,我收拾收拾,换件衣服。"离婚封闭好久的萍萍对吴良新的到来,有了几分笑意。

"萍萍妹妹,你不用收拾就很漂亮啊!"平时很会讨女人欢心的吴良新上下打量着萍萍说。

"呵呵,吴哥就是会说话,嘴真甜,萍萍喜欢!"萍萍立刻高兴了起来,露出了开心的笑容。

"还是你小子行啊!"冯行长望着女儿那久违的笑脸,一颗沉重的心顿时轻松了不少,同时对吴良新的好感也加重了几分。

从那以后,萍萍常和吴良新联系,有时候还跑到吴良新的公司来找他聊天。吴良新也经常去萍萍的家,博得了冯行长的欢心支持。自然,吴良新的贷款申请都是如期而至⋯⋯

有一天,冯行长对吴良新说:"你萍萍妹妹不容易啊,前段日子过得不开心,弄得我和你大姨也跟着操心。这段日子,我看她慢慢地阳光起来,小吴,亏了你平时和她聊天,冯叔心里感激你啊!"

"这是哪里话呀,冯叔,萍萍跟我自己的亲妹妹不一样嘛!"吴良新讨好道。

"你看看,萍萍从小就好强,家里条件好,也没受过什么挫折,前阵子离婚后,一直走不出那个阴影,天天窝在家里⋯⋯"冯行长跟吴良新感激地说。

"这还不好说啊,冯叔,让妹妹去我那儿吧,正好我还缺个财务主管,妹妹在银行工作,再合适不过了。就怕妹妹嫌我那儿条件差⋯⋯"吴良新明白冯行长的话后,立马说道。

"这……"冯行长的话还没说完,萍萍就从自己的房间走出来说:"真的吗?吴哥,你让我去你那儿工作?"萍萍很高兴也很期待。

就这样,萍萍成了良新集团公司的财务主管,凭着在银行多年的工作经验,她把吴良新公司的财务工作做得有条不紊。同时,当公司资金周转不灵的时候,吴良新也不用像以前那样发愁了,只要萍萍一个电话就解决了。

吴良新的公司,有了萍萍这颗"定心丸",发展也越来越好,周边地区的一些小纺织厂也就被他慢慢吞并了,成了当地的行业老大。

萍萍作为一个离婚单身的少妇,遇到了吴良新这个风流倜傥的花心老板,自然就产生了暧昧情愫!

时间久了,吴良新对这个在事业上给自己极大帮助,又比她小了八九岁的"妹妹"也产生了感情,感觉自己无论从事业还是爱情上,也越来越离不开萍萍。

就这样,吴良新以萍萍的名义买了一套别墅,与萍萍过起了家外有家的生活。

两年过去后,以前一直没有生育的萍萍,竟然还给良新生了个大胖小子……

说到这里,海燕看了看秀竹的脸,不敢再往下说了。而此刻,秀竹的心,就像掉进了冰窟窿,从头凉到了脚后跟。

"秀竹……你没事吧?快喝点咖啡,暖暖身子。"海燕看到秀竹越发惨白的脸,为秀竹和吴良新的婚姻前途担心了起来。

22

秀竹的故事,我们因为时间的关系,也没有听完。一直陪在我身边的牡丹小姐,请求我到她的公司里去走走看看。

我明白,牡丹是在向我显摆她的能力和事业成就。

牡丹的兰博基尼带路,我的奥迪由老刘开着缓缓跟在后面。经过几个曲折的街道,我们在市中心的黄金地段一个地标性建筑下停了下来。上面有几个英文夹杂的时尚大字:"春天巴黎"。建筑外观古朴、典雅,气势雄浑、造型独特，是当地著名标志性建筑之一。熙熙攘攘的客流，让人一看就知道生意十分的火爆。

"我的办公室在五楼，先去二楼看看我的店面！"牡丹盛情邀请道。

坐上扶梯，到了二楼，映入眼帘的全是国际时装品牌和裘皮专柜。虽是专门经营服装的楼层，但显得格外蓬勃大气。

牡丹所代理的这个女装歌力思是国内一线品牌，在二楼最好的位置，有380平方米。落地玻璃，独特的装修风格显得格外入眼，里面的服装有着高雅的品位、时尚的潮流样式，都分门别类安排摆列得整整齐齐。门店门口两侧，是两棵高高的常青树，显得格外清雅。旁边还有一个小小的办公区，专门负责接待省内各地前来洽谈订购的客户。负责接待的导购化着淡淡的妆容，以高素质的专业态度，让这个店内的一切都显得高端大气。

我对牡丹不禁赞叹道说："呵！真有气派啊！"

牡丹示意我们来到了接待间，导购小姐立刻为我们端来了几杯咖啡。

"来，先喝点卡布奇诺。"牡丹礼让着我和随行的王律师以及司机老刘。

香醇浓郁的咖啡，立刻赶走了我的疲惫。

"文哥，你看我的这个服装厅，还可以吧？"牡丹问我。

"我还以为你只是个服装批发商，没想到是经营了这么成熟的一线品牌的代理，牡丹小姐，你真了不起啊！"我由衷感慨。

"文哥，我以前从没接触过生意上的事，也是栽了几个跟头，才慢慢走到今天这一步，也是很不容易的。"牡丹感慨道。

喝过了咖啡，牡丹带我一个人到她的五楼办公室。

呵，她的办公室虽然是落地的玻璃大门，但里面悬挂着厚重的紫色落地窗帘，里面是什么景象不得而知，却让人觉得玻璃门也很安全。牡丹携我推门而入。呵！里面装修得色调柔和，一看就是女老板的办公室。

她办公室是一个套间，进门是一个有六十几平方米的会客厅，墙面粉刷的是时下最流行的米黄色和灰色调，非常的简洁时尚。还有一面装修别致的影视墙，上面有个高档的壁挂电视，是给每年的订货会前来订货的客户看服装品牌秀的。宝蓝色的沙发，与墙面的装修拼色非常的时尚。米白色的茶几下面铺了一块毛茸茸的地毯。在整个办公室的商务性里面夹杂了一丝慵懒。

墙上，挂着几张牡丹在历届服装博览会跟著名设计师或名模的合影，照片里跟秀场里的模特一起的牡丹显得是那样的典雅，甚至比她们还要出众。

另一面墙上的照片是牡丹跟当地领导的照片，照片中的牡丹依偎在领导的身边，显得楚楚可人。从这些照片看得出牡丹的交际非常广泛，是一个风情万种且不拘小节的成熟女性。

在会客厅的边上有一个小小的隔断，透过镂空装饰的木雕，可以看到里面是一间小小的茶水间，里面有咖啡机和一个小小的冰箱。我心里不禁想，女人就是会享受生活啊！

除了洗手间，我发现最里面还有一扇关着的门。原来那是一个小小的休息室，供牡丹在疲累的时候可以小憩一会儿。

环顾完这一圈，我的眼神定在牡丹的那几张大大的照片上，想到了我的办公室也挂着几张我曾经跟人的合影。

我的办公室摆放了一组高档的红木家具、老板桌、书架以及沙发茶几。墙角里，安放着一台三匹的格力空调。老板桌后，影壁墙上，悬挂的是著名画家为我亲自画的一幅《八虎图》，图上题写着一首诗：

奋起雌雄追向月，
威武捕神独可霸。
自古英雄多险艰，
世情历尽始逐正。
胸中多少不平事，
都在回头一啸间。

在这幅《八虎图》的上方，我把自己在法院的工作照制作成巨幅照片，悬挂了上去。

我的老板桌上，摆放两只老鹰摆件。左边的收紧翅膀，似要蓄势待发，两个锋利的利爪紧紧地扣在红木托架上。右边的翅膀大展，似是在天际翱翔。这是我最喜欢的两座装饰物。每当我看到这两个吉祥物，就联想到自己的人生，在事业家庭上的些许挫折就像左边这只收紧翅膀的老鹰，无法跟命运去抗争，只好顺从上天的安排；但经过历练后，又像右边这只展翅的雄鹰，不畏艰难冲破了种种困难和阻挡，开创出了属于自己的天地。

茶几上，摆放的是我自己用的茶具，茶几下的抽屉里装满了各式红茶和绿茶。

在靠着窗户的一边，是我整个办公室的亮点，我放了一座小小的假山，潺潺的流水声在假山下循环流淌，里面的锦鲤悠然自得。

阳台上，墙角里，我摆放了一盆茉莉花、一盆四季桂花和一盆日香桂，使我的办公室里芳香四溢，平添了几分盎然生机。每当我办完案子回到办公室，看到这小小的山水和生机勃勃的花草，心里总会感到一丝丝轻松自然。

"文哥，这是我的私人办公室，你可不要拘束，坐下来休息一下吧。"牡丹的声音把我从思绪中拉了回来。

"牡丹，我们这次来办这个秦秀竹的案子，多亏有你陪伴啊。"我向牡丹致谢。

"文哥，能和你做伴，是我牡丹的荣幸。"牡丹笑吟吟地说。

"哈哈，你可真会说话，把文哥的骨头都夸酥了。"我调侃她说。

"能把你的心留下，这才是我的最终目的。"牡丹话语中略带调侃。

"那可是好，文哥也想留下来呢，美人盈盈在侧，红袖添香，岂不美哉？"我也打趣道。

"哈哈，文哥，你也会哄女人开心呐。"牡丹开心笑了。

"哈哈……"我也笑了起来。

"文哥，你看，你们来一直忙着办案，也没在我们这里好好玩玩逛逛，今晚我安排好了，吃完晚饭去对面的'君圣帝'飙飙歌，好好放松放松。"牡丹说。

"好啊，一切就听牡丹的安排。"我应声说道。

夜幕降临，牡丹带我们一起下楼去对面的海鲜楼吃晚饭。

吃完饭，走出海鲜楼，对面就是"君圣帝"歌厅，五颜六色的霓虹，犹如火树银花，流光溢彩，又似瀑布，灿烂耀眼。我们坐上电梯，直接到了牡丹预订好的贵宾间。

随后，服务员端上了一瓶红酒、几瓶啤酒和一个大大的果盘后就退出了房间。

"来，来，来，你们想唱就唱，想喝就喝，今天你们都辛苦了，今晚就好好放松放松。"牡丹拿过话筒，甜美的声音就四处流动起来。

"好。"司机老刘和王律师带头鼓起掌来。

"为了欢迎远道而来的文哥一行，我先给大家演唱一首《迎宾曲》。"

离歌

牡丹热情地招呼后，大大方方地走向了中间的小升降舞台。

花城百花开，
花开朋友来。
鲜花伴美酒，欢聚一堂抒情怀，
新朋老友新朋老友诚相待。
情义春常在
……

牡丹的演唱可圈可点，我们大家都报以热烈的掌声。

老刘禁不住跑到台上去一展歌喉，学着女生腔调唱了一首李玲玉的《美人吟》

蓝蓝的白云天，悠悠水边柳
玉手扬鞭马儿走，月上柳梢头
红红的美人脸，淡淡柳眉愁
飞针走线荷包绣，相思在心头
风儿清，水长流，哥哥天边走
自古美女爱英雄，一诺千金到尽头
……

一曲《美人吟》唱毕，牡丹上台来唱了李玲玉的另一首《天竺少女》。

已经沉浸在音乐歌声中的牡丹，兴趣盎然，她拿着话筒说道："下面我把一首杨钰莹演唱的《我不想说》唱给大家。"

牡丹把这首歌演唱得犹如天籁一般，而且是那样的深情投入，"我不能没有你的世界……"，我似乎觉察到了这首歌里牡丹对我的暗示。

"文哥，该你了，请你给我们大家伙唱一首。"牡丹邀请我说。

"好好，那我就来一首刀郎的《情人》吧。"这可是我的拿手好歌。

你是我的情人
像玫瑰花一样的女人

　　　　用你那火火的嘴唇
　　　　让我在午夜里无尽地销魂
　　　　你是我的爱人
　　　　像百合花一样的清纯
　　　　用你那淡淡的体温
　　　　抚平我心中那多情的伤痕
　　　　……

　　一曲完毕，我走下台来。牡丹显然被我的歌喉征服了，她的脸不知是在酒精还是歌曲的作用下，显得分外红艳。

　　是啊，这歌词里"像玫瑰花一样的女人"可不就是唱的她，看来我们俩还真有点心有灵犀一点通啊。

　　"文哥，没想到你这么会唱歌，比原版还好听呢。你喝点东西润润嗓，我再献丑唱一首。"牡丹显然很兴奋，又自告奋勇地走上了舞台。

　　　　有些人爱到忘了形
　　　　结果落得一败涂地
　　　　有些人永远在憧憬
　　　　却只差一步距离
　　　　问世间什么最美丽
　　　　爱情绝对是个奇迹
　　　　我明白会有一颗心
　　　　在远方等我靠近
　　　　……

　　随着最后一句"一开始一路走一辈子"演唱完，牡丹走下舞台，走到我身边说："文哥，这首《我要找到你》真的是表达了我的心声，你……你能明白吗？"

　　我怎能不了解她的心思！望着牡丹深情的眼神，我不知道该怎样回答这个问题。

　　一旁的老刘看出了端倪，立马解围道："牡丹小姐的歌声真是有功底啊，文总，你这次飙歌可遇到对手了。"

"文总，你再唱一首吧，就唱你平时爱哼的那首。"一旁的王律师也帮腔道。

曾梦想仗剑走天涯
看一看世界的繁华
年少的心总有些轻狂
如今你四海为家
曾让你心疼的姑娘
如今已悄然无踪影
爱情总让你渴望又感到烦恼
曾让你遍体鳞伤
……

"文哥，这首歌真好听，让你这一唱，我都感动得想掉眼泪……"牡丹感慨着一把就拉住了我的手，眼含热泪地望着我说，"文哥，我觉得，你就是那个真正适合我的人。还没有见到你的时候，我猜你就是个有个性、有内涵的男人；你来了以后，果然符合我的想象……"

"牡丹……"我轻唤了一声牡丹。

23

夜色很深了，牡丹把老刘和小王律师安排去了酒店，却带我去了她的办公室，说要与我秉烛夜谈。我也答应了她要与她彻夜长谈。

牡丹原来是一个很有故事的女人。

牡丹之前有过一段婚姻，那时候她二十六岁，刚刚分配到报社新闻部工作，经常采访一些领导和有名的企业家，自然也就结识了不少当地的显贵。

有一次采访时，牡丹结识了卢泽明，小伙子当时二十八岁，仗着家里的背景，年纪轻轻当上了某县的副县长，专门负责该县的工业建设。

牡丹年轻的时候，可真是名副其实的"窈窕淑女"，加上做记者的工作，走到哪里都有人介绍对象。

这次采访，卢泽明第一眼见到牡丹就被她深深地吸引了。当时他还正在谈着一个女朋友，认识了牡丹之后，就果断与他的那个女朋友分手了，然后对牡丹发起了进攻。

面对年轻有为的卢泽明的追求，牡丹也是受宠若惊，毕竟他家庭背景深厚，自己又是个见习记者，这转正的事也就有希望了。

牡丹的妈妈对这个官宦人家的公子非常满意，觉得自己的女儿有福气，找了个有钱有势的。

谈了半年恋爱后，卢泽明的家人托牡丹所在报社的社长做媒，下了重金聘礼，张罗起结婚的事来。

"妈，我对他还不是很了解，现在结婚，会不会太早了？"面对重金聘礼，牡丹轻轻地问妈妈。

"牡丹，你都二十八岁了，可是老大不小了，人家泽明都三十岁了，他这么好的条件，你不赶紧嫁过去，还等什么啊？"妈妈作为过来人，开导着牡丹。

"我总觉得太快了，我们才谈了半年……"牡丹还没说完，就被妈妈打断了："傻闺女，泽明是什么人家啊？我和你爸都是普通工人，能高攀上他家是咱的福分。泽明这小伙子长得也好，年纪轻轻又当上了官，多少官宦家的女儿都盯着呢。早结婚好，省得夜长梦多。"

牡丹还能说什么，就这样，她嫁给了卢泽明。婚后的日子自然不比在娘家时那么自在，尤其卢家规矩比较多，牡丹一直在努力做个好太太。

婚后，由于工作的原因，卢泽明总是早出晚归，就这样过了两年。牡丹有时候也觉得很寂寞，她没事的时候，总回娘家。

"妈，泽明最近老是下乡搞调研，我婆婆也整天叨叨着让我要孩子，你说他天天这么忙，晚上回来就倒头大睡，怎么要啊？"牡丹抱怨道。

"嗨，人家泽明有自己的想法，可能想趁着年轻多干点，好早日升为县长。要孩子的事急不来，等抽空你坐下来跟他好好谈谈。"妈妈宽慰着牡丹。

这件事情就在这里卡了壳，牡丹想要孩子，可谁知道卢泽明总是对这件事不冷不热的。等到一份离婚协议摆在牡丹面前的时候，牡丹才明白了一切。

原来，结婚后一年左右的时间，卢泽明又新结识了一个叫琳琳的女孩，她父亲是省上的领导。

这个琳琳也在某机关工作，在一次调研时认识了泽明，对他喜欢得不得了。

出于对权力的诱惑，卢泽明陷入了琳琳的温柔乡，这也是他不跟牡丹要孩子的原因。

就这样，卢泽明跟牡丹结束了这段维持了不到三年的婚姻。当然，牡丹也不亏，卢家是有权有势的家庭，为了尽快息事宁人，大大方方地给了牡丹一大笔补偿款。

卢泽明提出离婚，牡丹妈妈在心里骂了卢泽明上下十八代祖宗。可牡丹觉得，这没有什么，毕竟丈夫有了外遇，那离婚是必然的结果，没有什么大惊小怪的。

婚姻就像在海上行驶的船，再好的水手也不能保证一辈子都不触礁。牡丹家毕竟是普通老百姓，胳膊拧不过大腿啊！好在离婚时，牡丹获得了一百万元的补偿。这一百万元在当时的年月来说可是个天文数字啊。

牡丹和卢泽明快速地办理了离婚手续，牡丹的第一次婚姻生活至此结束。

"牡丹啊，妈寻思这卢泽明就是个陈世美啊，你俩才结婚三年，他就搞外遇，妈真后悔，不该催你早早嫁过去的……"牡丹的妈妈心里是又急又疼又怜。

"妈，你别这么说，如果他是真心真意爱我，别的女人就是家世再好，他也不会离开我。幸亏我俩没孩子呢，若有了孩子，到头来不还是苦了孩子。"牡丹的心态很阳光，离婚这件事没让她跟别的女人一样钻牛角尖。

"牡丹啊，你能想得开，妈就放心了，这男人满大街都是，咱再找就是了。你这么优秀，条件又不差，妈相信会有值得托付的男人的。"妈妈为牧丹开解着。

"哎哟，妈，你就不用担心我，我没事。只是我这一离婚，只能搬回来住了，我怕街坊邻居说闲话，再让你和我爸难过。"牡丹说。

"闺女，你这是说的什么话！离婚怎么了？现在都什么年代了，我的孩子什么品行我还不知道？孩子，你就安心地住着，妈托人给你打听着，咱接着找。"

"妈，有你这句话，我就放心啦。"牡丹拉起妈妈的胳膊把头放在妈妈的胳膊上枕着。

牡丹妈妈忍不住又悄悄流泪。

离婚后，牡丹最受不了是单位里那些人的目光。想当初没离婚的时候，因为卢泽明，单位的领导见了牡丹都要礼让三分；周围的同事不管哪家有事都请牡丹参加。这下离了婚，每个人见了牡丹绕远了走。牡丹也真见识了什么叫世态炎凉。

牡丹是个勇敢、乐观、爱憎分明的女子，要不也不会选择记者这个行业。现在在单位同事孤立她，领导也是不冷不热的态度，这让好强的牡丹很是压抑，她不想在不舒心的地方待一辈子。就这样，牡丹狠了狠心、咬了咬牙竟辞职了。

在当时那个年代，牡丹这是砸了自己的金饭碗啊，牡丹妈把眼睛都快哭瞎了。

24

牡丹手里攥着卢泽明给的一百万元，凭着自己敢闯的性格，下海经商做买卖了。

刚开始，牡丹在自己娘家附近的商业街上开了一个干洗店，但因为没有经验，给客人洗的衣服总是出现这样那样的问题。比如羊毛的成衣不按洗涤说明就给人家洗缩水了，有时候羽绒不能干洗，就给客人洗坏了，再就是染色的问题……

有一次，一个干洗羊绒的顾客找上门来。

"你看看，这可是我花了几千块钱买的高档羊绒，我这么放心地放在你这里，看看你给我洗成什么了？"确实，好好的羊绒衣服被缺乏经验的牡丹洗成了"麻花"。

"实在对不起，大姐，我刚开始做，缺乏经验。"牡丹自知理亏，诚恳认错。

"你缺乏经验还开什么干洗店，以后谁还敢来你这儿洗衣服？反正我是再也不来了，这衣服你得赔我。"客人要求索赔。

没办法，是牡丹没有给人家洗好，牡丹就按照衣服的原价赔给了顾客两千六百元。赔了客人钱后，干洗店也干不下去了，牡丹被迫关了门。

尽管第一次人生投资算是以失败告终了，但牡丹是个成不骄败不馁的女人，她心想：创业过程中遇到的困难只是暂时的，它不能动摇自己创业的既定目标；虽然现在婚姻失败了，但自己必须要内心强大。创业是一条没有尽头的路，牡丹始终坚信自己能成功。

就因为干洗店时的那次赔偿，让牡丹痛定思痛盯上了服装行业。从此，牡丹就踏上了服装品牌代理这条路。

牡丹做记者那几年，走南闯北，经常接触一些成功人士，他们对选择服装的眼光自然不错。刚开始的时候，牡丹在当地的服装街租了一家不大不小的店面，并去省城的服装批发市场批发了一些中档的衣服，没想到经营得不错，积累了不少客户，就这样慢慢地干了起来。

再到后来，牡丹经常去省城进货的那个老板不做批发了，人家开始加盟代理了。牡丹心想：是啊，总局限在省内在这些小批发商手里拿货也不是个长久之计，自己也得提高档次。这也算是个转机，她就开始四处考察，觉得杭派的服装比较适合本地人，就去了杭州的"四季青"——这里多年经营欧日韩时尚潮流女装批发兼零售业务，经营的女装风格时尚、年龄跨度大，是全国服装品牌批发比较集中、档次也较高的地方。

自此以后牡丹开始了她的服装大业，她多在杭州进货，在滨汕县卖货，生意好得出奇。慢慢地周边城市的人也来她店里拿衣服，有的还想让牡丹给他们代批，中间的差价也很可观。

再后来，牡丹的店就从滨汕县搬到滨博。

到了滨博，牡丹发现虽然两个地区离得近，但滨博市的消费水平极高，好一点的中档女装在这里根本没有市场，当地的女性都喜欢购买高档的衣服甚至是奢侈品。

牡丹之前也参加过各地的服装会，就选择了"歌力思"这个一线品牌，门店的生意越做越好，市内的高档商场也邀请她入住商场内部经营。就这样，牡丹选择了当地最有实力的"春天巴黎"。

眼见牡丹的生意是越做越红火，生活也比较稳定了，妈妈唠叨着让她考虑一下终身大事。牡丹想到自己拼搏了这么多年，也该为自己找到另一半了，于是自己就上网查看，恰巧看到了文哥的资料，一下子就心动了……

"文哥，我说了这么多，你不会听烦了吧？"牡丹抬眸温柔地问。

"怎么会呢，你能跟我分享你的经历，说明你信得过文哥，牡丹你很了不起啊。"我说。

"关于我的故事太长了，文哥，你也跟我说说你的生活吧。"

"不光是你的生活、你的事业……文哥，你的一切我都想了解……"牡丹有些羞怯地垂下了头。

"说起来，我平时不光打官司，涉及的领域也广泛，我最初的梦想其实是想当个作家，用手中的笔写下自己心中的故事，比如，你的故事，我想让人都看到坚强不屈的你。"也可能是虚荣心作祟吧，我把自己曾经写过的报道、发表过的文章对牡丹说了一遍。

听完我的话，牡丹抬起头，黑亮黑亮的眸子充满了崇拜："文哥，你原来还是作家啊，真是太厉害了，我更崇拜你了。"牡丹又说，"听你这么说，我觉得你离开法院真是可惜了，多好的一条仕途呀，沿着这条路走，你肯定前途无量呀。"

"牡丹你说到文哥心里去了，唉，也是文哥当初实在太傲气了，不肯摧眉折腰。"我感慨地说，"我犯法的不做，犯病的不吃，不坑人、不骗人、不害人，不蒙不拐，正直做人，不做亏心事，就不怕鬼叫门。如果有来生，我想再去法院工作。我愿像我年轻时写作的《高擎火炬的丹柯》，把我的心掏出来举过头顶，让我鲜红的血浸透大地，让大地开满鲜花；我愿我的心化作火炬，照亮人们的行程；我更愿像我年轻时写作的《播撒现代文明的使者》，做一个真正的播撒现代文明的人，传播正能量，惩恶扬善，为我们这个时代，肩负起一个普通共产党员的责任，为社会的发展进步作出贡献。我虽仕途半废，但我学做蒲松龄，边打官司边写作，写尽人间爱恨情仇、悲欢离合。不为仕途一时荣，但求文章千古秀！人生春梦著传奇，励志故事传后人！"我激情昂扬地对牡丹又像是对自己说。

"哦，文哥，你的抱负可真让人钦佩，奈何一个人随着年龄的增长，梦想便不复轻盈。他开始用双手掂量生活，更看重果实而非花朵。"牡丹感慨地说。

"哦，这不是出自叶芝《凯尔特的薄暮》里的名言吗？你看过这本书？"我惊喜地问道。

"是啊，文哥，你也看过啊？"

"是啊，文哥看过，也很喜欢呐，叶芝，爱尔兰诗人，还是1923年诺贝尔文学奖获得者。"我说。

"嘿嘿，看来我们读书的兴趣差不多啊。"牡丹调皮地扮了一个鬼脸。

"这本书是叶芝的代表作之一，这是一部特殊的作品。是诗歌，却又并非诗集。诗人浸淫在爱尔兰文化中多年，对于爱尔兰传说中的魔幻力量深信不疑，这种浪漫信仰给他的诗歌创作增添了特殊光彩，是一部饱含着诗人的激情的爱尔兰神话传说集。他曾自我总结说'神秘生活乃是我所做、所想和所写的一切东西的核心'。这部书里有很多读起来振奋人心，又带着童话奇幻等诸多元素的语句，全书笔法自由轻松至极，行文充满想象力，张扬一种神秘感以及对淳朴思想的热爱。人一旦读起来，就像置身在另一个世界里，远离那些是与非的迷惘——露珠永恒闪亮，薄暮永远幽暗……"我滔滔不绝地说了起来。

"那，米·肖洛霍夫的《静静的顿河》你也应该看过吧？那部书我也喜欢。"牡丹说。

"哦，这本书是我最喜欢的书。我把它摆在我书架最显眼的位置，是我时常翻看的书。每次闲时阅读这本书，我都会抬眼望望阳台外的蓝天，刹那间思绪就像飘到了遥远的顿河边上。我自己化身为头戴制帽脚蹬长靴的哥萨克，四周是辽阔如烟的大草原，耳畔不禁响着哥萨克唱着那古老的歌：'不是犁头开垦出这沃野千里，开出千里沃野的是战马铁蹄。千里沃野种的是哥萨克的头颅，装扮静静顿河的是年轻寡妇……'"说到文学，又是自己喜爱的书籍，我不禁忘情起来。

"是啊，米·肖洛霍夫不做作不掩饰，能够以正直的良心来描写真实的人性之美。我记得是在上大三的时候，图书馆一楼左边的第一间馆收藏这本书的，它似乎没什么人看的，很容易借到。"牡丹也被我的话感染得思绪飞扬。

"我对这本书可不是读了一遍两遍了，每次读完都回味无穷，我被肖洛霍夫那优美的语言所创造的意境征服，更为肖洛霍夫所塑造的人物葛利高里与阿克西妮娅和娜塔莉亚三者之间的感情纠葛所揪心！葛利高里在感情上的放荡不羁，深深地伤害了善良纯洁的娜塔莉亚的心，导致娜塔莉亚无望地用镰刀割弯了她那美丽的脖颈……"我和牡丹一起沉浸在文学的海洋中。

……

"文哥，你的人生阅历丰富，责任心也强，像你这样的成功男士已经不多了。"牡丹真诚地说。

"可我的婚姻生活有点坎坷啊！"我说道。

"其实这些年，身边追求我的人也不少，条件也都很好，但我总觉得跟他们聊不到一起。现在的男人不是谈钱就是聊权，像你这样喜爱文学又在事业上站得住脚的，真是难得呢。"牡丹意味深长地看着我说。

"嗨嗨，让你夸吧。"我说。

"你看，文哥，光顾着聊天，口渴了吧？快来喝点水。"牡丹从她办公室的小冰箱里拿出了一瓶苏打水拧开盖递给了我。

"呵呵，妹子真是个细心体贴的人啊，不知道哪位有福之人会是你的白马王子？"我接过牡丹递给我的苏打水抿了一口打趣道。

"如果说我要寻找的那个人是一位高富帅，那自然轮不到大哥你！但，我的追求与俗人不同。我追求的是有担当、有作为、有才情且正直善良的人！我希望我的白马王子就是你而不是他人！"牡丹望着我说道。

"呵呵，妹子你又打趣哥哥了，哥哥只是个平头百姓，再没有了过去的荣光！自从下海，哥哥已经饱尝了人情的冷暖和生活的酸甜苦辣！哥哥已经对人生看透了，除了坚守的那个作家梦，再就是为老百姓打官司赚取生活费而已！"我对牡丹说道。

"哥哥，你是如何开启了律师生涯的？能讲给我听听吗？"牡丹说着用手拉住了我的一只胳膊，一脸庄重地望着我，一双明眸转动着，眼里满含着无限的期待。

"那好吧，你要继续听，那我就再从走出法院后到我爷爷的坟前去烧纸磕头说起吧！"我深情地抚摸着牡丹的那双纤纤玉手款款道来。

1993年，晴天。文氏族坟上位，一座立有高大石碑的坟茔前。

文哥虔诚地双膝跪着匍匐在地，口里喃喃念叨着："爷爷，您不孝的长孙回来了！又回到了生我养我的原点，再来聆听您老人家的教诲。我的人生打了败仗，败得一无所有，请您托梦给我，指明我今后的方向！"

随即，文哥直起身来，点燃了一把香，插在了爷爷的坟前。香烟袅袅，在微风中飞旋着，空气中弥漫着一股檀香的味道。

随后，文哥又点燃了一堆黄表纸。纸钱燃烧着，蹿着通红的火苗，经过了许久，黄表纸变成了一堆灰烬。

"爷爷，您的长孙本来是很长志气的，可惜，应了您的话，婚姻不顺，影响了前程。您期望我当个官,让您失望了,长孙无能,半途而废,都因那可怕的婚姻啊!那个她,没什么文化,却相中了我,可我心里对她是一点好感也没有的啊!说实话,她也是个老实本分的庄稼人,可您孙儿的心性您是知道的,怎么能村妇同行呢?离婚是必然结果,却也让孙儿跌了跤……我的人生成了一场春梦……我不服啊!"

文哥说完这段话,便匍匐下身子面对着爷爷的坟头,一连磕了三个响头,然后,又虔诚地长跪了下去……

不知过了多少时辰,也许是因为这一连串的人生变故,他的精神实在是太疲乏了,他在爷爷的坟前竟迷迷糊糊地睡了过去……

冥冥中,有一个声音在文哥的耳畔回响:孩子啊,你让人家给诓了!你本来可以要求他们把你重新退回农业银行,他们不是办不到的啊!如果你坚持不给你安排个合适的工作就不走,他们也奈何不了你啊!可你已经到了这一步,一切都晚了!罢罢罢,也许失败对你来说,正是你成功的开始!人生失败了并不可怕,可怕的是就此沉沦、不长志气!只要你坚定信念、矢志不渝,你的理想依然可以实现!人不能一条道走到黑,换一条路走,或许是一路平坦!利用你在法院的所学,更好地为老百姓服务!做个堂堂正正的人,帮老百姓打打官司,写写文章,你照样可以出人头地!记住你小时候的誓言:我要做天上那颗最亮的星星!爷爷相信,凭你的才情,凭你的实力,凭你的头脑,文家门里还是你竖旗杆!

哦!爷爷在托梦给我指点迷津,给我重新站起来的力量!对,我不能就此消沉!我要用我的聪明才智,用我的写作本领,用我在法院所学到的法律知识,用我的一切人脉关系,在商场上再造我的人生,实现我的人生价值,做一个不让人耻笑的人!让我折断的双翅重新愈合,振翅高飞!

可是,眼下怎样才能越过人生的这道沟坎呢?

人生的目标确立之后,就坚定了未来事业发展的方向。文哥经过深思熟虑之后,便下定了做律师的决心!他毅然地从爷爷的坟前站了起来!

家乡的风和煦温暖,家乡的阳光明媚灿烂,文哥浑身充满了力量,他习惯地用手捋了一下自己的背头,朝着东方太阳升起的地方,朝着他的老家,迈开了坚定的步伐。

俗话说万事开头难。创业艰难起步更难,尤其是像文哥这样一位落毛的凤凰,一穷二白,拿什么去起步呢?

1993年，初春，乍暖还寒。在泰和县金斗宾馆二楼306房间，此刻的他，囊中羞涩，说句寒酸的话，身上仅有三十七块四毛钱，如此窘迫，他如何开展他的事业，就是神仙也无能为力啊！

狼有狼窝，鸟有鸟巢，人干事业不得有个固定的办公场所！

金斗宾馆的赵老板从和文哥的谈话交流中得知了他的远大理想和想赌一口气干一番事业的决心，慨然说道："兄弟，你在法院的为人和你在报社的历练，以及你的能力，还有你的遭遇，我都知道！你是个有志气的人，我就佩服你这种不服输的精神！干事业，我支持你。我的金斗宾馆房间有的是，你随便用，什么时间赚了钱，什么时间给我房租，只要你能脚踏实地地干一番事业证明自己的能力就好！"

还能说什么呢？面对如此慷慨的赵老板，文哥心中的感动化作片片晶莹的泪花在眼里打转，他紧紧地握住了赵大哥的手……

于是，文哥没有花一分钱就租下了金斗宾馆的306、308、309三个房间，作为他公司起步的创业办公基地。

没有梧桐树引不来金凤凰，仅仅有了办公场所还不够，他从一位远房亲戚那里借来了两百元，跑到一个木匠铺里，交了一百元的定金，让这位木匠老板精心打造一台实木的大老板桌子。没多久，一把漆得油光锃亮的大老板桌子送来了。这位木匠老板也慷慨地说："大哥，我们同是文氏兄弟，你要干的是一番为老百姓积德行善的好事，等你赚了钱，发展起来再给我也不迟！"

几天后，闻听文哥下海创办公司，他原单位的同事以及社会各界的朋友和企业的老板都纷至沓来，向他献计献策，伸出了援助的手……

仅仅过了三天，他的印刷厂承接的第一单业务，随着停机印刷完最后一个页码，装订打包，总算完成了。一直处在忙碌亢奋状态中的他，这才舍得美美地睡上一觉。而且，睡得是那样香甜！

心诚则灵，上天也垂怜苦命的人。幸运的是，第一单生意，商家十分慷慨，当货送给这个商家的时候，商家的老板早已把印刷款码得整整齐齐，摆在办公桌上，一分不少地递到了文哥的手中。

"老弟，你是我们泰和很有名望的人，从法院下海创业，实属不易，我们对你很敬重，想尽点绵薄之力吧！"

"谢谢，谢谢！谢谢您的雪中送炭，想我文哥，初次下海做生意就碰到您这样的好大哥,我文哥真是三生有幸!世上还是好人多啊……"

第一批买卖,文哥就靠这单印刷业务,赚取了四千二百元。这在当时,是一笔十分可观的收入。这对于欠下一屁股创业费用的文哥来说,无异于旱田里的及时雨,无异于风雨飘摇中的一只救生的幸运船。有了这笔启动资金,他可以放心大胆地去开拓市场,也好多少还一些赊欠的债务,以赢得人们对他的诚实信用。

为了发展后劲,鼓舞员工,他毫不吝啬地掏出一笔款来,满满地摆了一桌,让他的员工美美地撮了一顿。

又为了拓展渠道,更广泛地联系人脉,他向社会各界的朋友发出了邀请,摆开酒宴盛情款待了那些前来助阵的人……

不久,一家曾经被他以报告文学的形式宣传过的经济实力强大的企业找上门来,主动与他联手经营煤炭,就靠他的头脑和多年在外的人脉,利润五五分成……

紧接着,一个曾是饭店老板的同学也找上门来,要求把他的饭店转让给他经营,条件是能在一年内把转让饭店的设备款付给他就行,但房租要他从接管之日起由他支付……

他的家乡富有起重链条之乡的美名,不乏推销起重机械设备和矿用水泥机械、链条业务的经营高手,他们看重文哥的法律头脑和文字组织能力以及社交口才,纷纷找上门来与他联手销售起重机械设备和链条等业务……远在省城的老伙计们也与他取得了联系,让他重操旧业,特邀他为报社撰稿和担任编辑部主任……

这真应了那句古话:厚德载物啊!有道是:天无绝人之路,柳暗花明又一村!

文哥在遭遇人生低谷的时候,幸运之神频频向他抛来了橄榄枝……

呵呵,为老百姓打官司的理念也因此而生,他要在边经商边写作的同时,边把他的为老百姓打官司的事业发展起来,让人们对他刮目相看,让人们看到一个靠自我奋斗能辉煌人生的文哥!

从此,文哥在他的家乡开启了他为老百姓垫钱打官司的事业……

文哥讲完了他的垫钱打官司的创业经历,抬头望见牡丹的眼里已经噙满泪花。

"文哥，你再给我讲讲你为老百姓打官司的故事吧！"牡丹泪眼婆娑地望着文哥央求道。

"那好吧，你若不嫌烦，我就再讲给你一些我为老百姓垫钱打官司的故事吧！"文哥望着眼里充满期待的牡丹，沉了一下思绪，接着讲开了他为老百姓打官司的遭遇：

西河市高新区天化镇松棚村的一个刘姓小青年因家里贫困，初中没毕业就失学，找到文哥求助。文哥看到这个营养不良的长得像大头杆子的孩子，顿生恻隐之心，让这个小孩跟随他在自己的饭店里打工，生活有着落。一年后，当这个孩子浑身长足了力气，便托人给他联系了泰和县杨柳镇的吴姓老板，让他跟吴老板去衡水市冀州区的一个铁厂干铸造工。这个小刘在上班期间，被同班组的一个小张用火钳子穿透了小腿肚子。吴老板不肯为他花大钱住院治疗，只让他在工棚里消炎，导致他的腿肚子感染溃烂。在小刘的一再央求下，这个吴老板才迫不得已答应把他送回老家，但是在半路上扔下他独自逃跑了！文哥听闻后十分气愤，便带上律师找到了吴老板和伤他的那个小张家里。吴老板和小张的父亲只答应帮小刘继续治伤，但就是不掏钱。为了给这个小刘治伤，文哥掏出自己的钱来先让他住进了镇上的卫生院。第二天，文哥雇上车带上小刘到泰和县公安局法医科进行鉴定。公安局法医科的李姓法医告诉我：他的伤情非常严重，需要在无菌室里做植皮手术，小医院根本达不到无菌治疗的程度，否则就会因感染被截肢，甚至连整条腿都保不住！面对如此严重的情形，文哥甚是着急！着急的是小刘的父母一个是丧失劳动能力精神病患者，一个是老实愚钝的庄稼妇女，吴老板和那个致伤者的父母不肯掏钱！更重要的是，到大医院住院治疗，不仅需要一大笔住院治疗费，还需要有人陪护！当时正在搞经营的文哥生意十分繁忙，又没有帮手，这如何是好！无奈，救人如救火，救命要紧！文哥翻箱倒柜凑钱，好歹凑齐了住院费用，把小刘送到了泰安八十八医院外科住院治疗。同时，文哥安排了自己的妻子到医院进行护理。为了增加这个刘姓小青年的营养，文哥还安排妻子到集市上买来了一只老母鸡炖好给他补充营养……

经过文哥一家人精心照料，小刘进行了植皮手术，痊愈后，又投入了拼命挣钱养家之旅！

为了帮助小刘打官司讨还赔偿款，文哥又自己掏钱帮助这个刘姓小青年向泰和县人民法院起诉，胜诉后，被执行人拒不履行法院的判决，法院对其采取强制措施。

那晚的行动，起初十分的顺利。那个吴老板刚刚吃过晚饭，正在大门外摇着芭蕉扇，光着膀子乘凉，执行法官问明了身份，便命令几个法警将他带上了车。

凭着直觉和经验，文哥怕出意外，便提醒那几个执行公务的法官说道："咱们快走！"

"等等，我得下去拿件衣服！你们总不能让我光着上身去吧！"那个已经被带上车的吴老板假装着急地请求道。

"那好吧，随他拿件衣裳去！"执行法官没有考虑得那么多，便让两个法警跟着那个姓吴的下了车返回家去取衣服。

狡猾的吴老板下了车返回到家里，便耍起了无赖，大喊大叫起来，抓着门框像死狗一样，死死地不撒手，任凭法警怎么扒拉也扒拉不开了。

情势急转直下，文哥担心的问题出现了！

经那位姓吴的一吆喝，他的几个兄弟、媳妇、老爹老妈都一拥而上，像疯了的狗一样，失去了理智。他们手持铁锹、镢头、木棍，胡乱挥舞着向执行法官、法警和文哥扑来！

"姓文的在车上，打死他！给我往死里打他！"那个吴老板大喊大叫着文哥的名字，让他的家里人们把目标直对着我而来！

知道大事不妙的执行法官，命令法警全力保护着文哥，同时，向法院领导汇报发生的紧急情况，请求法警大队立刻增援……同时，向邻近的公安派出所报警求援……

一场劫难就这样发生了，文哥尽管有法官和法警护卫，但还是被发了疯的吴家人打伤了。护卫文哥的两名法警也被打得心口直疼，甚至恶心呕吐……

文哥为了帮助那个受伤的弱者讨还公道，竟然遭到了一顿野蛮毒打。然而，值得文哥欣慰的是所帮助的小刘很是上进，他不怕吃苦受累，钻研技术，最终凭着他个人的努力，硬是盖起了大瓦房，娶了一个俊模俊样的媳妇，还生下了一男一女的双胞胎，成为邻近几个村子里人们一提起来都夸奖的穷孩子榜样！后来小刘还在泰安市买了楼房。这个当年受到文哥帮助的小青年带着一双儿女和他媳妇来拜谢文哥的时候，文哥感觉到了工作的价值……

"帮人打官司，这本身就是个既讨好一方又得罪另一方的事情：受帮助的一方,有的会感恩戴德终生不忘,有的也忘恩负义,他们总认为我出了费用,是应该得到的服务。像我这种帮人打官司的情况,往往是付出得多回报少,因为我的出发点本身就是为了老百姓着想,他们来找我打官司的大多是急难、穷困人家,考虑到他们的经济困难,能让他们省钱的我绝对不让他们枉花一分钱。其实,现实中高额的代理费,普通的老百姓是负担不起的,要不然,他们怎么会选择我呢?"文哥对牡丹说道。

"是啊,你说的这种情况确实存在!正因为你的菩萨心肠和善良,才引得老百姓纷纷找你打官司啊!"牡丹频频点头。

"我曾雇请一位老律师,在我安排他去青岛帮助一个因工伤死亡讨要赔偿金的案子时,竟然要求人家给他安排高档宾馆!人家的亲人都去世了,是什么样的一种心情啊,他还在提这样过分的要求,引起了当事人的不满。人家向我反映了情况,我狠狠地批评了他,并在年底解除了雇佣关系!"

"现实生活中,确实有这种律师,本事不大,架子却不小,不顾他人死活,只顾自己的利益,一点职业道德也没有!"牡丹也愤愤不平地说。

"我再给你讲一个我代理案子在法庭上被打的故事吧!"

"还有人敢在法庭上公然行凶?"牡丹惊讶地瞪大了双眼问道。

"那是在我代理的一起母子刑事案中,发生的事情。"

"法庭上,作为原告的一方是一位六十多岁的老太太,她控告自己的二儿子两口子对她进行了虐待,请求法院判决。本来,我对这位老人的遭遇是深感同情的,而对我的当事人两口子的行为也是不齿的。从内心讲,我不愿意为这两个当事人出庭代理,但这两个当事人托一位老家老邻居找到我,要求我为他们出庭辩护,求情放宽处理。我也希望通过我的努力能给他们母子化解矛盾,让他们和好如初。毕竟是一家人,家丑不外扬,家和万事兴嘛!"

"那你怎么就挨打了呢?"牡丹问道。

"嗨,也是我太较真了,对对方律师所写的起诉状中极度夸张不实的言辞进行了回击驳证。"

"那律师的起诉状词是怎么写的?"牡丹问道。

"他是这样写的,被告夫妇拿着笤帚和铁锹追着原告殴打,逼得原告连续翻过了三道墙才逃出了魔掌……"

"呵呵,这个律师也真敢用词啊!那你是怎么辩驳的?"牡丹也不无讥讽地说。

第二部 白牡丹和秀竹

· 127 ·

"我刚刚看过了一部香港的古装电视剧《陈梦吉传奇》，反映的是讼师陈梦吉在公堂上用临场演示的办法，驳斥并还原了事实的真相。我深受启发，便也学了一回陈梦吉，当庭要求法官摆上三条凳子，让这位六十多岁的老太太现场跳跳，看她能否跳过这三条凳子。我说道，审判长，作为对方的律师在诉状中使用如此夸张且不符合实际的词句，是不是太不合适了？如果说这位律师年轻初学，那坐在他身旁的可是一位大名鼎鼎的老律师啊，难道不对徒弟的诉状进行审查把关吗？"

"好！你的回击真的高明绝妙！不愧是头脑灵活、反应敏捷的铁嘴钢牙！怪不得老百姓都找你打官司呢！"牡丹听到这里突然兴奋得拍手叫了起来。

"我的话音刚落，法庭上就一片哗然！我也沉浸在成功驳击了对方的窃喜中，还没等我回过神来，突然间，台下一个彪形大汉就蹿了过来，喊叫着'就是你能，会反驳！我叫你再伶牙俐齿！'说着便挥拳打在了我的左侧太阳穴上，把我当场就打蒙了！"

"那法庭没制止他吗？"牡丹问道。

"现场的两个法警看到这个情况，便立刻跑上前去将他拘留了！"

"唉，你干的这个事业虽然光彩，但也是个充满危险的事啊！"牡丹不无担忧地说道。

"敢于仗义执言，这是一个法律人的良心使然！人生在世，干什么工作没有危险呢？危险并不可怕，但可怕的是付出了真情，一些不明事理的当事人翻脸不认人，遭受的那种委屈啊，真的是让人心寒！"

"哦，你们为当事人尽心竭力地办案子，他们应该感激不尽才是，怎么会有这种昧良心的人呢？这也太不地道了吧！"牡丹气愤地说道。

"唉，现实生活中，也不乏其人啊！不是有一句话说'当事人当时是人，过后翻脸不认人'嘛。他们为了打赢官司，有的根本不和你说实话，隐瞒案情，一旦通过审判达不到自己的目的，他就对你不满意，对你产生抱怨，甚至诬赖你。我是老板，手下人的水平也良莠不齐，经办的案子不可能让当事人都满意。律师稍有准备不充分，就有可能打输官司，引来当事人的不满和投诉，我又是公司的老板，自然就得为他们擦屁股，甚至掏钱为他们去赔付人家的经济损失！"

"因为我在老百姓的心目中名声特别的大，他们都要求我亲自为他们把关办理。尤其我老家的七大姑八大姨有事都来找我处理，这既不能跟他们要钱，还得给他们贴上不少的钱，毕竟我所雇佣的律师，人家可都是拿钱才办案子的。要是案子没办好，惹得我里外不是人，还惹一身骚！"

"文哥，还有这种事吗？"牡丹疑惑地问道。

"那是一个煤矿拖欠修理费的案子。我们是原告，对方是被告。本来，我经过充分准备，应该是胜诉的案子。结果，对方花重金收买了一位亲戚出庭作证。由于这位与原告有利害关系的证人为被告作伪证，导致这个案子被驳回起诉。案子败诉也就败了，但是，我了解到该证人的亲哥哥与这个矿的矿长在合伙做生意，证人的母亲又是我的当事人的亲姐姐，她关系十分复杂。因为这个案子的被告势力太大了，他们对我恨之入骨，怕打输了这个官司，会引起连锁反应，他们不惜一切代价，先是收买我，动员我撤诉。我坚持原则，不信邪，谁知对方证人就以我伙同他亲舅舅收买司机在修车单上补签的字为由，将我以妨碍诉讼拘留了！我对此当然不服，找到我的那位当事人要求他出面质证他的外甥做伪证，但他说什么也不愿意！这真是亲戚有远近啊，在他的姐姐、亲外甥和我这个远房亲戚面前，他毫不犹豫地选择了前两者，真是一点良心也不讲的当事人啊！作为代理人，不过是委托人一个随手可以扔掉的工具而已！这人心真是难测啊，从此后，我对这位远房亲戚是嗤之以鼻！"

"啊？怎么能这样呢？这还有人性吗？还有公理吗！"牡丹惊讶地叹道。

"唉，我的这位当事人亲戚是个另类，他只考虑了至亲，迫不得已违背良心做事，但他也是可悲的！"文哥恨恨地说道。

"这真是可怜之人必有可恨之处啊！"牡丹也愤愤不平地说道。

"像这种可怜的人也确实大有人在啊！有的当事人，他们本身是受害者，由于愚昧无知，往往遭受别有用心人的挑拨，罔顾法律，最终咎由自取受到法律的制裁！还有的，因为法院的执行难，他们与被执行人私下和解，得了现钱也不告诉我们，我们还傻傻地协助法官从遥远的地方查扣被执行人名下的款项，结果让他到法院来领钱，他都不来。没办法，我亲自开车去请他，他才告诉我们事情的缘由，还埋怨我们办事不给力，没有早给他执行讨回钱来！搞得我们是花了钱，还得罪了人。我们真是疤瘌眼照镜子，里外不是人啊！还有比这更让人寒心的呢，明明是当事人隐瞒案情不向我们说实话，打输了官司，却赖我们，到我们的办公室里打滚撒泼，闹着我们给他赔钱！不明真相的人，还以为我们学艺不精呢！唉，你说窝囊不窝囊，气人不气人？"我感慨道。

"人怎么能这样呢？这真是林子大了什么鸟也有啊！在我们普通人的眼里，你们这些法律人是多么受人尊敬啊！想不到，你们还会受到这样的窝囊气！"

"受点窝囊气这还是轻的呢，你还没见那些当被告的小痞子是怎么威胁恐吓我的呢！"

"啊，真是秃子打伞，无法无天啊！文哥呀，你干的这一行太危险，也太吓人了呀！我劝你不要太较真了，干脆你就别干这一行了，干点别的事业，或者来帮妹妹打理公司，你做老板，我做老板娘吧！你也瞧见了我的铺面，我的事业也是很能赚钱的哟！"牡丹的话语里充满劝慰和内心早有预谋的期待。

"谢谢你的关心！没办法，文哥就是犟种！谁叫我选择了这项事业呢？既然我选择了这条路，我就要义无反顾地走到底！"我情绪激动地说着，霍一下站了起来。

"啊，文哥，你累了，也口渴了，我再给你拿一瓶苏打水解解渴吧？"牡丹起身又去给我拿来了一瓶苏打水。

"牡丹，我讲得不少了，你该听烦了吧，咱们改天再聊吧！"接过牡丹的水，我一口气咕嘟咕嘟地竟喝进去了大半瓶。

"不嘛，我要你接着讲自己的故事，我还想听！你就再给我讲一讲吧！"牡丹摇晃着我的肩膀继续央求道。

"那好吧，我就再给你讲一个法庭上斗智斗勇的故事！"

那是一件买卖合同的纠纷案件，我接受了一位远房姑夫的委托，出庭为他代理诉讼。不过，他是这个案子的被告方。

一个乡镇企业的链条厂，起诉他赔偿赊购出去的链条款，大约三十四万元。这批款，是他在链条厂受聘担任业余业务员经手卖到枣庄的一家水泥厂的。由于该厂破产了，所以该笔链条款仅以破产比例的10%回收了货款，这样就欠着三十余万元没有收回来。

链条厂就以买卖合同欠款为由起诉了他。我帮他分析了整个案情，以他系职务行为不应个人承担该笔欠款的还款义务为由为他辩护。同时，我还了解到，他本人还是农村信用社的信贷代办员，由于厂里缺乏资金，曾经找他为厂里贷了一百万元的信贷用款。这笔贷款，至今厂里也没有钱给信用社还上，由于信贷员是业务挂钩，谁放的贷就由谁负责回收，否则就由谁来承担赔偿责任。

他还向我讲道，当初是厂长让他以厂业务员的身份工作的，并且给他出具了业务手续。后来，这个厂长也被调任到乡里担任副乡长了，新厂长就把他起诉了！

这样一来，这个案情就复杂了。那不单单是一个买卖合同的问题了，还牵扯到他究竟是不是职务行为的问题，还有一个偿还银行贷款的责任问题。而厂方作为原告所写的起诉状，只是单纯地以他在出厂发货单上的签名为由就断定他为独立的个体链条贩卖经营者，要求他支付欠款。

这个案件，厂方所出具的出厂发货单的时间已经达十年之久了，这也牵扯到诉讼时效的问题。厂方为了证明他们曾经多人多次到他家中不间断催要货款，以达到诉讼时效没有间断的连续性，而申请了两男一女三个人出庭做证。

对方请的律师是我所熟悉的，而且是个官方律师。法庭上，这名律师先让一名王姓男证人出庭做证。在向证人质证发问环节，让我把这个证人问了个破绽百出。

"请问证人，你与原告是什么关系？"证人回答是厂里的销售科长。然后我又问："你什么时间去过被告的家？你去做什么？"证人回答他去过三次，去和老刘要账，催要欠厂里的链条款。我又问他："你先后都是什么时间去的？又都是和谁去过？你去的时候见过老刘吗？"他回答："我是和别人一块去的，是这几年的每年八月十五之前去的，没有见过老刘，但是见过他媳妇。"我又问他："你见过他媳妇，他媳妇长得多高？多大年纪？是胖是瘦，是长脸还是圆脸？"他愣了半天才回答道："他媳妇看上去有五十多岁，不胖不瘦，不高不矮，是个圆脸。"我立刻质证道："错，你说得不对！她瘦瘦的，矮矮的，脸也不是圆的，是个长脸，还有点尖嘴巴，而且她脸上还有个明确标志，你知道是什么吗？"他支吾了半天，拿眼望着他的律师，回答不出来了。我立刻以咄咄逼人的气势指出："你这个证人所说的话都是假的，你根本都没去过老刘家，或者你根本就没见到过老刘的媳妇，因为她脸上长着一个突出而又明显铁青的大胎记，如果你见过她，你不可能不对她脸上的胎记不产生深刻的印象！"接着我又说，"审判长，请求依法按照妨碍诉讼的条例追究该证人的伪证责任，给予拘留罚款！"还未等我的话音落下，那位证人便吓得嘴里嘟囔起来："俺说不来吧，厂里非叫俺来，这个证俺不做了！"说着便忽地站起来自己跑出了法庭。

第二个出庭的证人是个女的，她一进门就面露出怯场的神色。我问她："你说你去过老刘家要账，那么我请问你，老刘家住在村子的哪个方向？大门朝哪？"她想了想回答说："住在村子的东南方向，大门朝南吧！"哦，这个她答得蛮对，看来她提前做了功课抑或是真的去过。但是，我又采取步步紧逼的方式向她发问："你知道老刘家的大门是木头的还是铁的，是什么颜色的？"她皱了皱眉回答道："这个我还真没注意。"我没有问住她，但我不死心，又向她发出了新一轮发问攻势，我问她："你进了老刘家的大门，他家大门里头有没有圈门，影壁墙在哪？他家的天井比大门高，还是一般高，还是比大门外低？"她又寻思了半天，没答上来。我又问她："你进过老刘家的堂屋门吗？他家的堂屋客厅是几间口的？你是进去以后站着还是坐在沙发上？沙发又摆在什么位置，坐向朝哪？"她想了想回答道："我进了堂屋，堂屋是三间的大通房，也坐在了沙发上，沙发朝南吧。"她的回答与我所见的现场完全不一样，看来她是凭着农村一般人家居住房间的情况来猜测的。我断定，这又是一个假证人！我便又采取咄咄逼人的办法对法庭说道："证人所说与我见到的事实完全不符！我们要求法庭勘验现场，对原告这种利用假证人，欺瞒法庭，妨碍诉讼的行为，依法处理！"

我的话音刚落，法庭上便一片哗然，法官一敲惊堂木，宣布让证人退庭。这时，坐在一旁的原告的那位老律师急得像热锅上的蚂蚁，站起来想往外跑。我立刻看出了他的目的，他是想到法庭外去和他的另一个证人串供的。我考虑到这位律师老大哥平时和我关系挺不错的，即便是给他留足情面，但也不能损害我当事人的权益。于是，我便举手对法官也是对这位律师说道："对不起，请法官制止原告律师擅离法庭，防止串供！"

法官立刻制止住了原告律师，然后宣布继续开庭，并说："原告，请传唤你们的第三个证人出庭做证！"

原告的那位委托代理律师，立刻明智地说道："法官，我们不再申请证人出庭做证了！由于事前厂方并没有将实际案情向本律师交代清楚，根据现实情况，我们申请撤诉！"

"就这样，庭审到一半，我们就取得了这场官司的胜利！"

"哈哈，你绘声绘色地讲述，我仿佛看到了你在法庭上那种舌战群儒的雄采！棒，真的是棒极了，我的文哥！"牡丹听完了文哥的讲述，激动得眉飞色舞起来。

"牡丹，时间不早了，你也该休息了，我也该回酒店住了。"我理智地说道。

"文哥，急什么，时间还早嘛，你不是答应我要彻夜长谈的吗？你说话的语气充满男人的磁性和魅力，听你说话简直就是一种享受。"牡丹意犹未尽，缠着我不放。

"那好吧，咱们就换一个话题来聊吧。聊什么呢？哦，咱们就聊聊那男女之间相互对另一半美的认知吧！"我只好依她，继续陪她。

"那好啊，好啊！讨论这个话题，真的是太有意思啦！"牡丹拍着手欢快地说道。

"生活里，人们对美有着不同的认知和见解！美的定义，也取决于人的好恶，千差万别。比如，就人的相貌来说吧，有的男人喜欢瓜子脸，弯月眉，丹凤眼，大长腿，紧臀，瘦胸，蜂腰，林黛玉式的病态美。但也有的男人喜欢苹果式的微胖圆脸，浓眉大眼，胸脯高挺，性感丰满，给人以健康的美的感受。"我侃侃而谈，牡丹托着腮，入迷地望着我说话。

"哈哈，你知道我们女人都喜欢什么样的男人吗？"牡丹打断我的话向我问道。

"女人嘛，一般都喜欢高仓健式的男人，高大威猛，阳刚帅气且善解人意，有头脑、有事业、踏实能干、会赚钱、宠老婆，还会做家务、烧饭菜。我说得对吗？"我故意对牡丹说。

"哈哈，你只说对了一般女人的追求，但失之偏颇。知性的女人也不一定皆如此。比如说我吧，我就和别的女人有不一样的选择。"牡丹故意拿眼含情脉脉地望着我说道。

"你牡丹就不是一般的人嘛，当然你追求的理想伴侣就更趋于完美！"我投其所好地夸她说道。

"说到完美，这世上哪有完美的事啊！完美只不过是相对而言，现实中总是有着不尽如人意的缺陷。谁若追求完美，谁就是钻牛角尖，走进了象牙塔的死胡同。唯有遗憾才叫美！你没见断臂的维纳斯吗？她虽然残缺，但仍不失为人们心目中美轮美奂的女神！"牡丹向我抒发着她对美的理解。

"呵呵，你真是个与众不同的女子啊！像你文哥这样身高不过一米七，应该在你们女人的心目中就是三级残废吧？根本谈不上美男帅哥，也只能算得上是个一般男人吧！"我自谦地说道。

"你可不能自轻！在我看来，你是一位才高八斗，有头脑，有理想，正直善良，大气豪爽的男人，有着一般男人无与伦比的魅力！从你的气势上看，你不像那些个文弱疲沓的文人，你倒像个斗士。你的军人步伐，总是昂首挺胸笔直的身板，无时不在彰显着你不屈不挠、励志向上、不断进取的精神风采，真的是英气十足！"牡丹深情款款地望着我说道。然后，她又向我抛出了另一个问题：

"那么文哥，你对小妹是如何看的，我是不是你心目中所要追寻的那种人生的伴侣呢？"

"你是像牡丹花儿一样的女人，一路芬芳，芳香四溢！是我为之倾慕的类型。说心里话，当我第一次看到你，我就仿佛是穿越到了唐朝，看到了那位迷得唐玄宗神魂颠倒倾国倾城的美人杨贵妃！"

"我有你说的那么美吗？文哥的嘴是抹了蜜吗？说得我都像是吃了蜜似的酥了筋！"牡丹真的像是喝醉了酒一样伏在了我的身上。

"你真的很美！很美！"我感觉到与牡丹的交流，不知不觉中已经陷入了不能自拔的情欲漩涡。我的话语已是语无伦次了。

"牡丹，时间不早了，我真的该回去了！"我言不由衷地再次推托道。

"文哥，你不要走，不要走……与你的相识相知，是我今生最美的邂逅！自打从网上认识你以后，我就日日等、夜夜盼着能见到你。如今，你终于来到了我的身边，这是上天恩赐给我的福分，请你给我一个机会……"说罢，牡丹的香唇便突然热烈地印在了我的嘴上。

"牡丹，不，不可以这样……"我说着，却被牡丹更紧地拥住了。

"文哥，季节有四季轮回，可人没有再生轮回。我不想错过！亲，请你不要离开我，不要离开我……"从牡丹唇间模糊不清溢出来的话里，我的心境立刻荡出了阵阵温暖的涟漪，并意乱情迷……

我低头侧目，看着她那张清秀的脸庞此刻是如此的娇艳，她整个人蜷缩依偎在我的身上，肌肤白皙似雪，发丝飘散在脸侧，深邃的眼眸水汪汪的，蒙上了一缕暧昧的光雾，紧紧地盯着我，渴求的眼神是那样的迷离。

此刻的牡丹，在我的眼里不知道是多么的美丽诱人，让我情不自禁……

25

　　和煦的阳光透过帷幔，已经照进了房间，沉浸在幸福中的牡丹依然紧紧地搂着我不让起身，但，秀竹的事情还急等着要我们去办理。

　　"起来吧，工作要紧。"我附在牡丹的耳边说道。

　　"不嘛，我不。"牡丹撒娇地说。

　　"起吧，王律师和老刘他们会笑话咱们的，你的员工也会笑话的。"我只觉得脸上发烫，有些不好意思，昨……昨晚也太……听了我的话，牡丹这才不情愿地放开了我。

　　洗漱完毕，我们到楼下的快餐店简单地吃了点儿早点，就由牡丹开车去和老刘、小王律师他们下榻的酒店会合。

　　秀竹已经早早地等在了老刘和小王律师下榻的酒店房间里了。原来，她在家等不及了，先和王律师通了电话，就打的找到了这里。

　　我和牡丹一前一后走进房里，我看到老刘和小王律师那意味深长的目光了，心里那个羞愧呀。

　　"秀竹，你接着昨天的事再继续说一说吧，今天我们争取拿出个办案书面方案的雏形来。"我看了小王律师一眼，对秀竹说。小王律师很有眼色，已经打开他的笔记本了。

　　秀竹知道了吴良新和冯萍萍的事后，哭了一天一夜，把眼睛哭肿了。"杀千刀的吴良新啊，你怎么能这样对我啊，头几年你出轨的事我已经忍下了，你竟然和其他人生了儿子，好恨，好恨……"

　　秀竹苍白的脸有些狰狞，好好的女人让个负心汉给害成啥样了。哎，文哥一定要替可怜的秀竹做主，一定帮她讨回个公道来。

　　秀竹恨恨地说："我栽的树，凭什么让别人来乘凉？我打下的江山，决不允许那个叫冯萍萍的女人得到。"

　　就这样秀竹下定了一个决心，说什么也不跟吴良新离婚，不管吴良新采取什么哄骗的措施，她就是不答应，并且斩钉截铁地告诉他："想离婚，门都没有，除非你把我和妮妮害了。"

一个月后，被逼无奈的吴良新在冯萍萍的要挟下，一纸控告信交到了纪检部门和检察院。

"你是秦秀竹吗？我们是滨博市北店区人民检察院的检察官，今天，找你来调查了解一下有关你造假账、贪污公款的一些事情，请你主动交代。"一位女检察官和一位男检察官站在秀竹面前，向她出示了检察官执行公务证件。

"什么？我造假账、贪污公款？是谁这样告的我？"秀竹面对检察官一脸惊讶地问道。

"我们再向你重复一遍，你涉嫌伪造假账、贪污公款，有人控告了你。至于谁告了你，这是我们的纪律，你不需要知道。"那位女检察官严肃地说。

秀竹的办公室就这样被检察官贴封了条，罗峪镇的纪检书记和财政所长在场，他们有些不知所措，真不知秀竹会造假账，平时没看出来呀。

"根据法律规定，现在通知你，你被监视居住，请你遵守法律规定，随时接受检察官的传讯，不得私自离开本地。你应当如实地把你的情况写成材料递交到检察院，同时，你可以检举揭发他人的犯罪事实，争取立功表现，以减轻法律对你的处罚。"女检察官继续严肃地对秀竹说。

回到家中，秀竹百思不得其解，是谁检举举报她伪造假账贪污公款呢？平日里，她在单位没有得罪人啊。

呀？难道是他？对，一定是他，是他为了达到跟自己离婚的目的而采取下三烂的手段。

秀竹联想到过去吴良新拿着单子找她报销的情形，还有吴良新动员她离婚说过的那句话："离婚，必须离婚，我给你三天的考虑时间，到时候，可别怨我对不住你。"

"肯定是吴良新搞的鬼。"秀竹毫不犹豫地拿起手机，拨通了吴良新的电话。"坏了良心的东西，你真不是人啊，为了离婚，你竟采取下三烂的手段。"秀竹气得浑身哆嗦，声音也发颤了。

"嘿嘿，这是你逼我的！"手机里果然传来吴良新的无赖声音。

"你不为我想，也该为你的女儿考虑啊！"秀竹被刺激得要疯了。

"我没有女儿，我只有儿子，我吴良新有儿子，别怪我狠，谁叫你不同意离婚呢！"手机里吴良新发着狠，"识时务的话赶紧同意离婚，别等事情闹大喽。闹大喽，可不好收场！"

听到吴良新恶毒的话，秀竹气得发抖："你，你，你，我怎么就瞎了眼，跟了你这样一个不要脸的男人啊！"

放下电话，秀竹在网上一通好找，果然功夫不负有心人，竟让她找到了文哥，行，就他了，文哥。

"文哥，你可千万要帮帮我呀，为了我的女儿，我不能出事呀！"

秀竹一下子跪在了我面前，一把抱住我的腿，眼泪又掉了下来。

"太可恶了，秀竹姐，这样的男人不跟也罢，他就是个禽兽不如的东西，为了达到自己的目的，什么事儿也会干得出来。"牡丹听了秀竹的哭诉，也是气得不得了。这个吴良新他妈的也太渣了，幸亏吴良新没在跟前，若在跟前，依牡丹的泼辣劲，说不定能上前挠花他的脸。

"是啊，他都能告你，蛇蝎心肠啊！我看你还是跟他离了吧。刑事方面我们帮你辩护，离婚问题我们帮你和他争争财产，好男人有的是，不必在吴良新这棵树上吊死。"我对秀竹说。

"我也不是不想离，我就是咽不下这口气啊！"秀竹眼泪汪汪地望着我。

"他能告你，难道你就不能告他吗？"牡丹在一旁说道。

"告他？告他什么呢？"秀竹转头问牡丹，眼睛里闪过一道光。

"像他这么大的企业，难免不偷税漏税，这是一项值得我们考虑的大罪过啊。同时，他贷款购买企业，让国有资产流失，还有他重婚，这些问题，查一查他，哪一项搞起来都不会轻饶了他的。"牡丹说道。

想不到牡丹法律意识这么强，就连小王律师看着牡丹也不断地点头，美女呀，不光人长得美，头脑也清晰！

小王律师冲牡丹竖了一下大拇指。

"是啊，吴良新他不可能这么干净，你把你知道的情况向我们陈述，我们帮你调查，帮你写材料，也向检察院举报他。"我思索了一会说。

"好，文哥，你说怎么办就怎么办，我一切都听你的。"秀竹好像找到了娘家人一样有了主心骨。

就这样，我们达成了共识，便着手展开工作，幸亏牡丹和检察院的熟悉，我们的材料及时得到了回应，检察院决定立案侦查。

同时，我们也帮秦秀竹起草了向法院起诉离婚的法律文书，委托了会计师事务所对吴良新的良新集团公司的财务、账目、财产进行了逐一登记核实，并作出了价值评估报告，良新集团公司的财产评估值为三亿五千万元。

"哈哈，秀竹姐，这下离了婚，应分财产，你可是个大富婆呢。"牡丹拿着资产报告开怀大笑着和秦秀竹打趣道。

"还富婆呢，检察院还不知道要治我个什么罪呢。"秀竹一点也高兴不起来，内心很纠结。

"如果你说的是真话，根据我们掌握的法律规定，你的罪过不大，但肯定要治罪，或许能够判个缓刑，当然，这要看你的态度。另外，关于你的离婚问题，就财产分割这一块儿来说，由于吴良新采取了卑鄙的手段，也会受到法律的制裁，并判处没收和罚没部分财产的。"我对秀竹说。

"文哥，你尽你所能为我辩护，判我什么罪，我该承受的就承受。至于财产分割，我也看得不重，如果有可能判归我部分财产，我想捐献给国家，以减轻我的罪过。"秀竹十分诚恳地对我说。

"啊，你有这个想法很好，我想，加之你检举有功，你的刑事部分肯定量刑不重，判个缓刑没有问题。"我对秀竹有了新的看法，对她的胸怀感到无比钦佩。虽然，她做了一些犯法的事情，但是，她毕竟是受了丈夫的蒙蔽，仍不失为一个正直善良的好女人。

26

六个月后，秀竹的刑事案子开庭了。

"审判长，秦秀竹虽然犯了伪造账目、贪污公款的罪行，但考虑到她是受蒙蔽的，且数额较小，情节较轻，又主动退赔，坦白交代了问题，还积极检举揭发了她的丈夫偷税漏税、行贿、套取部分国有资产的重大刑事犯罪，属有重大立功表现，请法官在定罪量刑上予以考量，给予从轻处罚，判处缓刑为宜。"庭审中，我和小王律师紧紧地围绕这些问题向法庭陈述，并为秀竹辩护。

同时，秀竹所在的乡镇党委政府也出面力保她，征得了法官的同情，法官依法做出如下判决：

"秦秀竹犯伪造账目罪，判处有期徒刑一年；犯贪污公款罪，判处有期徒刑一年；数罪并罚，决定执行有期徒刑两年，缓刑三年。"

秦秀竹不但没有被收监,还保住了一份临时工作。只是,不再担任领导职务,调离了工作岗位,待刑满后重新安排工作。

面对如此判决,秦秀竹情不自禁地哭了起来:"文哥,这次多亏你啊!"

我轻轻地抚摸着她的肩膀,安慰她说:"没什么,我们的胜利才刚刚开始,有文哥在,你的好日子还在后头。"

一个月后,吴良新的案子开庭了,检察院顺藤摸瓜,又抓出了一团窝案,牵出了好几个人,银行行长也没幸免。

吴良新被判处偷税漏税罪有期徒刑七年,罚金五百万元;判处行贿罪有期徒刑四年;判处徇私舞弊低价折股、出售国有资产罪有期徒刑八年,追缴国有资产三千万元,合计执行有期徒刑十五年。

吴良新被戴上手铐收监了。

十天后,秦秀竹诉吴良新离婚一案开庭,我们将所掌握的有关吴良新重婚生子及多次出轨的证据提交法庭,并将会计师事务所的资产评估报告一并提交了法庭,最后,法庭做出了如下判决:

原告秦秀竹起诉被告吴良新离婚一案,因被告吴良新多次出轨,并发生婚外情,且生育一子,导致夫妻感情破裂,应准予离婚;被告有错在先,共同财产分割应少分份额,其共同财产折合三亿五千万元,原告应分得一亿八千万元精神损害费……

至此,秦秀竹所委托我们的事务全部结束了。我们取得了圆满的成功。

"文哥,你拿走八千万元吧,拿去发展你的事业,以便更好地为老百姓服务。我要这么多钱也没有什么用处,还是拿出一部分捐献给国家吧。"秀竹感慨地对我们说。

"不,这钱,我不能要,你还是留一部分自己用吧。"我被她感动了,眼里噙满了泪花。

"我已经看透了,钱是万恶之源,留给我没用。您是为老百姓干事儿的人,没有钱也是不行的,拿了这笔钱,你能替更多的老百姓办事。"秀竹真诚地对我说。

我看了一眼秀竹,钱啊,多少人为你梦寐以求,又有多少人为你铤而走险,可在这个女人面前,竟然看得如此地淡泊,我对她更加敬佩。

"秀竹妹子,不管怎么说,这笔钱我是不能拿的,我虽然还不是很富有,但是,我信奉《礼记》里的'不食嗟来之食',请你也理解我。"

"文哥，你的大恩大德，我秀竹无以为报。秀竹愿与文哥结拜成兄妹，永叙兄妹情深，不知文哥意下如何？"秀竹深情地望着我，眼睛里露出满是渴求。

"啊，秀竹妹妹，文哥愿意，一万个愿意。只要秀竹妹妹不嫌弃文哥，文哥愿与你兄妹相称。"

"哈哈哈哈。"大家开怀大笑了起来。

这笑，是为胜利庆贺。

这笑，是为友谊祝福。

这笑，对于牡丹来说，更是对爱情的祈祷。

……

离别了秀竹妹妹，我们一行回到了牡丹的地方。连续半年多的交往，我与牡丹也结下了深厚的情谊。平心而论，她的美貌、她的气质、她的知识、她的青春魅力，尤其是她的风情万种，教我无法忘怀。

可，我毕竟比她大了十五六岁，激情有限，往后的日子难料，人贵有自知之明啊。光那热烈似火的男女情欲，因为年龄的差异，现在还能逞勇一时，等到老了被踹下来的时候，可就无颜以对啦。哈哈，牡丹现在不考虑这些，文哥却不能不考虑后果啊。

"牡丹，文哥该走啦。"我鼓足勇气对牡丹说。

"我知道，你就会这么说。可，可为什么，为什么呢？难道我牡丹不符合你的口味？不够漂亮？学识达不到你的水准？还是我不会侍候你，不能让你销魂？"牡丹的话，句句穿透我的心，刺伤我的胃。

哎，我又何尝不愿意把她留在身边呢？我毕竟是孔子故里的人，尽管我骨子里也有许多文学人的放浪形骸，但是，要找妻子还是要找个温良贤淑的女子才感觉到踏实。

"牡丹，我承认你很优秀，既美丽又大方、又知性，你应该是一个很不错的助手，但是，你让我如何说呢？"我无法回答她的问题。又如梅子一样陷入两难的境地。

我深深地为自己当初不能把持自己而自责，这魔鬼般缠身的情欲，谁也难逃啊。

"你不用解释，解释就是掩饰。我猜得透你的心思，你不就是怕吗？感情二字，率性而为。你可能是老观念吧，人各有志，我牡丹不会强求。没什么，我们不是还可以成为好兄妹的吗？你文哥不是就爱拜小兄妹吗？来，我牡丹也成全你，打今儿起，我就是你的牡丹妹妹了。"牡丹说得坚强，却还是背过脸去，擦了擦脸上的泪花。

　　我的心一下子被扯痛了。"好啦，牡丹。文哥永远是你的文哥。我有重要的事情交给你来办，你就在这里发展我们的百姓服务事业吧，叫上那个秀竹，她被判了缓刑，一时半会儿也无心工作，难得她也对文哥心存感激，她会和你一起努力，把我们的百姓服务事业发展好的。"我郑重地对牡丹说。

　　牡丹定定地看了我一会儿，她突然站起身来，一把抓住我的手。"真的吗？文哥，好，好，我和秀竹姐，一定好好干，把文哥的精神发扬光大。"牡丹又悄悄地嘟囔了一句，"这样不就可以常见到文哥了吗？"

　　我看了一眼牡丹，这个可爱的妹子！

　　终于到了分手的时刻，其实也不算分手，我要回的总部离牡丹的距离也不过百公里路。牡丹的兰博基尼车用不了两个小时就从这头跑到那头，想见她的文哥哥还不容易吗？

　　"牡丹，文哥走了，你要多保重。"我临走掏出了一块为牡丹买来的粉红色纱巾，轻轻地给她戴到脖颈上与她道别。

　　"文哥，你也多保重吧，记得来看我啊，不然，我会去找你的。"牡丹轻轻地在我的脸颊上吻了一下，一语双关地说。

　　"好啦，再见了。"我轻轻拍了拍牡丹的肩膀，真的不敢再看她那双深潭一般乌黑的大眼睛了。

　　"好，再见文哥。"

　　"再见啦，牡丹。"我一步跨上车去，用力关上车门。"开车。"我怀着不舍，但又不得不选择离开，便吩咐老刘说。

　　车子发动，很快就开出去了好远，我回头看看，牡丹还站在那里挥舞着手里的纱巾，我们走远了，她那挥舞着的身影还在我的脑海里时时浮现……

　　哦，我心中的牡丹啊，你的芳香将永远在我心里珍藏。

第二部　白牡丹和秀竹

第三部
吴萍与净慈

1

告别牡丹，从滨博市回到了公司的总部，我似乎从一个短暂的梦境里又回到现实中来。家里的事务忙成了一团乱麻，我又开始投入到繁忙的工作当中。

刚刚回到家中，各样的应酬和工作需要我马不停蹄地去应付，当然，闲暇时我的脑海里还是会浮现梅子和牡丹离别时那不舍的眼神和可人的脸庞，不知道她们现在是否和我一样，也在挂念着远方的人？

结束了一天的工作，我终于能忙里偷闲去泡温泉。好久没这么悠闲了，老百姓的事大过天，我既然接了人家的托付，就要让人家满意。

想到这里，我想起了今天来办案的那对年轻夫妻。现在的年轻人啊，有什么不满意就闹离婚，一点也不珍惜爱护自己的婚姻。就像现在流行的一句话，"过去的人，有什么东西坏了，总想办法去修补。而现在，有什么东西坏了，都想办法换新的。"在婚姻问题上也是这样。我正想着，打开了我新买的iPad，开始浏览起我好久没有登录的网站。看看又有什么老朋友新朋友的留言。

我早先置入的《网络情缘》的歌曲，作为背景音乐，一打开电脑就又响了起来。我在背景音乐的旋律中，首先想到的是要看看那个留给我谜团的叫"净慈"的网友，看看她又有什么新的动向。果然，她又给我留了一段话：

"我看到手机上有你拨打的电话信息，我想你一定想知道我究竟是谁，而且你一定会奇怪，为什么我这个陌生的女人会关心你！我这样告诉你：在你的生命里，我曾经来过，而且是轰轰烈烈地来过。如果，你不健忘的话，你曾经有一年多的时间没有见到我，而你知道，我在这一年多里，究竟在干什么吗？写到这里，你应当明白我是谁了。但是，我还拿不准你是否还怀念过去，是否还能记得那个被你丢在烟台五龙河畔的女人？如果，你还记得这些，你还会得到一份最珍贵的礼物……我现在的情况，如果你想知道，不用我说，你应该知道该怎么办！"

哦！是她！是我二十年前的那个吴萍啊！她要给我一份最珍贵的礼物，

第三部 吴萍与净慈

· 145 ·

是什么呢？我陷入了猜测之中。

随后，我看着她那张身穿袈裟的头像，对分手之后的她，感到十分的好奇！她究竟又经历了些什么？为什么取名"净慈"？又为什么穿上了袈裟？顿时，我的思绪飘到了二十年前的胶东半岛的五龙河畔……

2

二十年前，我已经从一名法官变成了一个下海经商的"弄潮儿"。我被法院调离后到粮食部门卖面，时逢国家粮食部门改革，走向了市场，再没有了过去的"皇粮"之说。过去在人们心目中的香饽饽"商粮供"，已经变成了萧条冷落的丑小鸭。

我从一个法院秘书，一下子落魄到粮所去卖面，颜面尽失，心中的落差让我变得十分的郁闷和苦恼。尤其得知了原本调去省里一家报社工作的计划因人事变动而泡汤之后，我就被这残酷的现实给打蒙了！

由于法院工作人员离婚需要报请上级人民法院指定管辖，经调解离婚，我把财产全部留给了前妻和孩子，并借钱一次性支付给前妻七千元的现金。在那个时候，这七千元可不是一个小小的数目啊！那时的工资，我一个月加上各种补贴也只有一百二十五元呢！离婚后，我突然得到了两千元的写稿费。这是我为一家企业写的一篇名为《太阳城腾飞的凤凰》的报告文学，给我的捉笔报酬。

我没有接受粮食部门的安排，而是办理了停薪留职手续，怀揣着两千元下海经商去了。

我在法院工作的时候，社会上的人把我看成了不起的人上人。当我下海后，脱下了那身法官制服，在他们的眼里就什么也不是了。有道是"落魄的凤凰不如鸡"啊！人走茶凉，世态炎凉！

初次下海，我就被一个我在法院工作期间认识的兄弟给骗了！

"文哥，你不是想开公司吗，我原来是做煤炭生意的，我帮你！"一个叫文小弟的对我说。

"好啊，我正愁着下海要干什么呢！"我对文姓兄弟感到格外亲热。

"这样吧，你先跟我走一圈，陪我去要账，看看我外面的关系，咱再合作。"我不知道这是文小弟的阴谋诡计。

"那好吧，我就陪你去。"

黄昏时分，我和他坐上了去往他家的最后一班车，在他乡下的老家里住了下来。晚上，他为我准备了几个好菜，还让我喝了几杯酒。我们一夜畅谈，他向我吹天吹地，大谈他如何在商场上过五关斩六将，发车皮贩煤炭，一夜暴富，成了村里的万元户。那时候，万元户已经是很了不起的大户人家了，乡里镇里都要给披红戴花，奖励自行车什么的呢！

"文哥，你看我这房子，前出厦带锁皮，还有这暖气管道，谁家有啊？这就是我搞了一个车皮煤炭赚回来的！"他自吹自擂道。

是啊，看着这套在村里数一数二的大瓦房，我真的相信了他的话，心里对他佩服了起来。我心想：有这个兄弟帮助，何愁开不起公司赚不了钱呢？

第二天一早，一个五十岁左右的农村妇女敲开了他家的大门，问道："文小弟，你答应我们的事，什么时候办啊？"

"你别急，一会儿咱到村东口的五金店去，你回家拉个地排车去吧！"文小弟耸了耸肩，眨巴着三角眼答道。

我陪文小弟来到了村东口的五金店，发现那个中年妇女和一个中年汉子已经在那里等待着。

五金店的老板将两捆钢筋抬到了磅秤上，过完了秤，对文小弟说："一共两千两百五十斤，一块钱一斤，一共两千两百五十元，你付钱吧！"

"文哥，要呗，你先垫上，我去拿过汇票，再还给你！"文小弟眉头一皱，随口朝我说道。

"这，这……"我面露难色，对于垫付一事心里一点准备也没有。

"文哥，你看，咱下午就去取款，你就先帮我垫上吧！"文小弟又求道。

"是啊，你就先垫垫，俺也急等着打圈梁用呢！找来的建筑工都在那里等着呢！"那个女人也向我央求道。

"那，好吧！"我被眼前的情景弄得无可奈何，只好不情愿地把身上仅有的两千元钱掏了出来，递给了卖钢材的人。

不料，这竟成了我人生雪上加霜的最难一步。

一连几天，文小弟都没有拿钱来还我，而我一连接到了我未婚妻吴萍的三封加急电报：

萍入院，病重，速归。

"小弟，你嫂子病重住院了，你可快点把钱还我，不管你借也罢，要也罢，我得回去啊！"我急得团团转，向文小弟央求道。

"大哥，你再等等，钱快过来啦，就这几天。"文小弟还在撒谎糊弄我说。

"再等，你嫂子要是有个三长两短的，可叫我怎么办啊！你知道，我刚离了婚，又调离了法院，人家都看不起我，这时候你让我上哪儿去借钱啊！"我几乎哭着求他道。

这已经是收到电报第十五天了，我已是急得快要疯了，垂头丧气，走走逛逛，睡觉也睡不着，吃饭也吃不香，一个劲儿地唉声叹气。

"大哥啊，实话和你说了吧，你小弟他是骗你的，他根本就借不来钱，也没人欠他钱。我看你急成这个样子，就对你说实话，他以前搞火车皮，钱都是借的，我借了二百元，你就拿着走吧，快去看俺嫂子吧！"文小弟的媳妇实在看不下去了，跟我说了实在话。

天啊，我真糊涂啊，竟叫这个文小弟给骗得这么惨！

我拿上这二百元钱，匆匆坐上长途汽车，当天下午赶到了莱阳县城，先是去了吴萍的家。

"吴萍呢？"我向吴萍的母亲问道。

"你还来干什么？"吴妈妈不客气地说。

"我来看她，她的病怎么样了？"我关切地问道。

"等你来，吴萍早死啦！"吴妈妈没好气地说。

"吴妈妈，我这不是来了吗？"我把受骗的经过跟吴妈妈前前后后说了一遍，希望得到她的原谅。

"你来晚了，吴萍她伤心欲绝，再也不想见到你了。你走吧！"吴妈妈将我买来的礼品也一同扔到了大街上。

我本以为他们就这样可以把我打发走了，然而，等待我的是吴萍爸爸的威胁和恐吓！

"小子，你以为你就这么便宜地走了吗？你给我回来！"吴萍的爸爸是一个彪形大汉，他伸手就把我从大街上拽了回去。

"你要给我们写下个承诺，保证不再与吴萍联系，否则，我今天就把你放倒在这里！"吴萍的爸爸指着我的头皮恶狠狠地威胁我说。无奈的我，只好服从老人家的意愿，违心地写下了承诺书。

就这样,我无助地返回了老家。

回到老家的我,身无分文,真的是落魄到家了。离开了吴萍,我每天都在思念里煎熬。吴妈妈赶我走的那一幕让我伤心欲绝。在吴萍最需要我的时候,我没有陪在她的身边,是我对不起她。可是到底发生了什么?吴萍的病怎么样了?出院了吗?一连串的疑问在我的脑海里不停地盘旋。我多想回到她的身边,但我当时生活拮据,连路费都凑不起来啊!心里那个自卑啊,无以言表。

一年后,我突然接到了她打来的长途电话。

"文哥,你的电话,是那个小吴嫂子吧?"我的秘书宁小妹大老远喊道。

"啊,真的吗?"我连跑带跳地奔到电话机旁。

"吴萍,是,是你吗?我……我是文哥啊!"我激动得结巴了。

"你要想见我,八月十三日这天来一趟。我在中心医院医务科等你!别忘了,这是我最后一次见你!"她说完就挂断了电话。

3

那已是八月的天气,早晨的客车上,格外冷清。

我坐在靠窗的车座上,一路颠簸,赶到了烟台。由于公司生意不景气,赊出去的货款收不回来,手头也一直紧巴巴的,我只带了一颗心去见她。

一年多没见面了,吴萍变得都快让我认不出来了。她白白的脸庞比以前稍胖了那么一点,身材似乎也圆润了点,那双美丽的丹凤眼比以前更水灵了!

我们谁也没有先说话,似乎变得陌生了许多。

我禁不住上前去抱她,这一年多的相思之苦啊,真是难以言表。

她买来了我爱吃的梭子蟹、海鱼、花蛤,还特意给我买了一瓶青岛啤酒,做了一顿简单而又丰盛的午餐。她看着我吃,自己却一口也没有吃。

她拿出一个崭新的卡带收录机,在一旁反复放着一首李谷一演唱的《小花》的主题曲《妹妹找哥泪花流》:

妹妹找哥泪花流

离歌

不见哥哥心忧愁
不见哥哥心忧愁
望穿双眼盼亲人
花开花落几春秋
啊
花开花落几春秋
当年抓丁哥出走
背井离乡争自由
如今山沟得解放
盼哥回村报冤仇
啊
盼哥回村报冤仇
万语千言挂心头
妹愿随哥脚印走
赢得天下春常在
迎来家乡山河秀
啊
迎来家乡山河秀
啊
啦啦啦啦啦啦

　　听到这如泣如诉的旋律，我的眼里早已是泪花，拿筷子的手哆嗦着，嘴也嗫嚅着，不一会儿，我就"哇"的一声大哭了起来。

　　"吴萍，我的吴萍啊，这一年多，你知道我有多么的挂念你吗？"我边哭边诉说道。

　　她却似无动于衷，只用她的纤纤玉手，抚摸着我的头发，随后掏出手绢给我擦眼泪。

　　她的表现让我感到心寒，我以为她变心了，对我再没有了以前那种热恋。

　　已是下午四点钟，我对她提出了那种要求，却没料到，遭到了她的拒绝。我更加确信了我的判断：她变心了。

　　联想到这一年多她的杳无音讯，还有她母亲赶我走的情形，加之我现已落魄的现实，选择了退却！

"吴萍，我回去啦！"我对她说道。

"后天，十五，你不去我家吗？"她淡淡地问道。

"你妈妈曾赶我走，我还去干什么？"我对吴萍说。

"真不去？"吴萍又轻轻地问了一声。

"不去，我一辈子都忘不了你妈妈撵我的情形！"我生气地说。

她啥也没有说，脸上露出淡淡的忧愁。

"吴萍，我的公司刚刚起步，生意也不好，还有好多事儿等着我去忙活呢，我走啦。请你把我的记者证、获奖证书以及一些手稿寄给我吧，那些东西对你没用，对我却很重要。"我对她要求道。

"哦！你原来是来和我要这些东西的啊！它们叫我一把火给烧了！"吴萍终于动了火气。我知道，依她的脾气，这些东西她是不可能给我了。

"算啦，我就知道你会拿这些逼我！我不要了，我走啦！"我起身走出了她的单身宿舍。

落日的余晖洒满了胶东半岛，嗖嗖的东北风刮得人东倒西歪。我几步迈到大道上，迎着凛冽的寒风趔趄着向烟台长途汽车站赶去。

这是吴萍万万没有想到的结果，她没想到我真的会离开，随后就撵了上来。她从地摊上买了一袋烟台苹果和橘子递给我，就下了汽车，在车的下面站着。

我自知这次的会面没有结果，并隐隐感到这可能是我们最后一次见面。因为以前，她从没有这样拒绝过我的要求。临来见她前，一位有经验的朋友告诉我说：两个相爱久别的人，如果你向她提出那种事，她不应允你，那就意味着完结。

我趴在车上默默地流起泪来。直到夕阳的余晖散尽，傍晚的暮霭拉上帷幕，这趟从烟台通往济南的最后一班客车才缓缓地开动了起来。

"文哥，有一封短信放在你的口袋里，是我写给你的。等你到了家再看！"车下，吴萍跟在开动的车后头喊着。

我拉开车窗，抬头望去，只见吴萍早已哭成了泪人，她在跟着汽车奔跑着。汽车越开越快了，她的身影也越来越远了。

此情此景，车上的我也早已像吴萍一样哭成了泪人。

夜幕吞噬了我的视线，也吞噬了那个在车后哭喊着奔跑的吴萍的身影。

从此后，两个相爱了七年的人儿天各一方，相望无见。

吴萍的信里究竟写了什么，我急于想看明白，但夜幕漆黑一片，我什么也看不清楚。一路颠簸，昏昏沉沉，直到第二天天大亮了我才看清了吴萍写给我的短信的内容。可是，这一切都晚了，成了我终生追悔莫及的憾事！

4

想到这里，我极度懊恼。我回了回神，从这些陈年往事中回到了现实中来，我便继续浏览网上的留言。

"你好，文哥，我是烟台的吴萍，很高兴在有缘网上遇到你。我是个会计师，46岁，属猴，离异，有一子，孩子随我。如果你是我要找的那个人，就请与我联系吧。我的QQ号和手机号是……"

啊，吴萍？是我要找的那个吴萍吗？一样的名字，一样的年龄，一样的属相。这个吴萍和那个净慈，又有什么联系呢？她们为什么登记的资料如此相似？

我梦萦魂牵的吴萍，在我苦苦寻找了近二十年后终于出现了。我高兴得不知自己是在梦中还是在现实里。这真是踏破铁鞋无觅处，得来全不费工夫啊！

我欣喜若狂，立马加上了她的QQ，问道："你是吴萍？真的是吴萍？这些年你过得好吗，一切都顺心吗……"

"我就是吴萍啊，你好像跟我很熟？"对方反问道。

"吴萍，你能打开视频吗？我想看看你，我真的是太思念你了。"我迫不及待地想看到我日思夜想的那个人。

"我用的是手机，没有视频功能的。你既然这么想看到我，那就来吧！"对方发出了邀请。

"好呀，我安排一下工作，抽个时间就去一趟。"我告诉她说。

出于对我曾经在青葱岁月付出了真情的那个人的挂念，我没有多想，便决定了要去烟台。

次日一早，我安排了一下近日的事务，便坐公司的车前往吴萍那里。当然，我们顺路调查和落实了几个旧案子。真是见吴萍和工作两不误。秘书小王和律师小孟、司机老刘开着一辆宽敞的商务车，带着那十几个卷宗，我们就踏上了去烟台的旅程。

第一站，我们先是来到了黄岛。好几年没来，这座当年比较荒凉的区域已经成了青岛市最现代化的开发区域。黄岛港位于胶州湾西南的黄岛胶湾北沿，如今形成了全国最大的原油进口基地，北方最大的矿石进口中转港和我国重要的煤炭出口基地。我们路经滨海大道的唐岛湾，被风景如画的滨海公园所震撼。又去了金沙滩，在礁石上吃饭聊天的人们悠闲地打发着时光，让我到此地办案的心情添了一丝轻松。

第二站，我们跨过海底隧道，到青岛市工商局调取一个工商档案。

这个海底隧道，是我国最长的海底隧道。该隧道位于胶州湾湾口，连接青岛和黄岛两地，路面平整舒适，让人不得不感叹科技的力量。

我们又路过青岛市中心的鲁迅公园。在这里，抱着对这位伟大的革命家、思想家和文学家的崇敬，我们停下车来，入园游览了一番。

第三站，我们要到胶州去处理两个煤炭买卖合同纠纷案子。为了参观游览黄岛大桥的雄姿，我们特意绕了一段路，将车开到黄岛大桥上。

呵！水天一色，似一条银河悬挂在空中，给人一种旷世神奇的感觉。站在大桥上，我想到了毛泽东主席当年在庆祝南京长江大桥建成后抒写的《水调歌头·游泳》一首词：

才饮长沙水，又食武昌鱼。万里长江横渡，极目楚天舒。不管风吹浪打，胜似闲庭信步，今日得宽余。子在川上曰：逝者如斯夫！

风樯动，龟蛇静，起宏图。一桥飞架南北，天堑变通途。更立西江石壁，截断巫山云雨，高峡出平湖。神女应无恙，当惊世界殊。

领略了黄岛大桥的伟岸，我们驱车前往胶州，办理两个煤炭赊欠的经济案子。

这时，天色已晚，赶了一天的路，人困马乏，我们就找了一家旅馆住下来歇脚，打算明天一早再启程。

吃过晚饭，各自回到房间休息。我拿出我的 iPad，登录我的 QQ，上网打发时间。刚上线，吴萍的头像就闪烁不停。

5

"生命和爱的条件，便是勇敢和承担！文哥，你真的会来看我吗？什么时候来呢？"看得出，吴萍想见我的心也很急切。她不了解我这些年由于工作性质的原因，平日里养成了果断利索的性格，说什么就立刻做什么，从不拖泥带水；她更不知道我已经在去找她的路上。不如我就先卖个关子，到时候，给她个惊喜。

"只有一个人愿意等，另一个人才会出现。"我回答道。

"只要那个人肯出现，我会让他不虚此行！"对面的她也如此回复。

"烟台的山美，烟台的水美，常在我的梦里盘旋。"我赶紧回复。

"烟台的人更美，烟台的美女会叫你乐不思蜀！"她答道。

"哈哈，你还是个热情奔放的人啊，只有超级自信的人才这么大气！"我从她的言语猜出她一定是个性格开朗、不拘小节的人。

"我也是个热情似火的女人啊！我也渴望找一个心爱的人寄托我的情感，释放我的柔情和爱意。"她的话里透露出一个寂寞女人的心情。

"或许，不经意间，会有一个白马王子降临到你的跟前，转身你就会爱上他。"我继续卖关子说道："时间不早了，你也休息吧。让你的白马王子降临你的美梦！"

第二天一早，我们来到了第四站莫言的家乡——高密。

我们在这里办了一个煤炭经济纠纷案子。我们先是来到了高密市行政审批大厅，在工商窗口办理了工商企业注册登记档案调取手续，却发现涉案的公司早已吊销了营业执照。也就是说，这个案子麻烦了！我们告知当事人如果发现他起诉的公司资不抵债，恐怕他很难要回钱来了。这个当事人需要回去和其他当事人商量，所以，这个案子就中止了。

既然来到了作家莫言的家乡，怀揣文学梦想的我自然不会放过去看一看《红高粱》的自然人文景观，身临其境地去体会一番《红高粱》的风味情致。

我们驱车前往，却发现山东电视台正在那里拍摄《红高粱》的电视剧。为了拍好这部电视剧，打好"红高粱"牌，高密市人民政府也号召老百姓种植了上万亩红高粱。

呵,一望无际的高粱地啊,随风而动,如大海般的波浪起伏。高粱花子散发出的醇香,在空气中弥漫四溢,沁人心扉,让人陶醉。莫言的"我爷爷和我奶奶在高粱地里的故事"摇动了多少的高粱花子的梦啊!巩俐饰演的九儿一角,妩媚且风流,红红的棉袄在红高粱的映衬下,惹得姜文饰演的"土匪爷爷"余占鳌春心荡漾……从这个地界上看,也没有什么特殊的地方,却让莫言描绘得是那样的神奇!人们不能不佩服作家的力量,作家的笔下,真的是天马行空、无往不来!这个曾经名不见经传的土旮旯,在莫言的笔下熠熠生辉,成为无数人为之神往的地方。高密人英勇抗日斗争的壮举,缩影在这片无边无际的高粱地里……

我站在文学巨人家乡的土地上,也受到了深刻的启迪:开挖生活的源泉,创作艺术的浪花,编造优美的传奇,为大众塑造独特的地域人物形象!

第五站是我们在潍坊和坊子两个地区的几个买卖合同欠款纠纷。我急于去烟台找吴萍,便让孟律师和老刘小王他们由当事人带着逐一去办理。我便和老刘要过车钥匙自己开车,只身一人前往烟台。

在大姑夹河畔的福山区,我们来到了一座象征军民团结一家亲、共建精神文明家园的雕像面前。

这是一座用水泥制成的由一名解放军战士和一名女民兵携手高举火炬组成的军民共建精神文明家园的雕像。

望着这座依然保持矗立的雕像,我浮想联翩,感慨万千。人生,就是一座丰碑,只要你为人类作出贡献,不管历经年代久远,你都会矗立在那里,让人们对你顶礼膜拜!

感慨过后,我拨通了吴萍的手机:"吴萍吗?我是文哥。"

"哦,文哥啊,你好吗?"吴萍听到我的声音很高兴。

"你现在在哪儿呢?"我问她说。

"我在单位啊,你怎么想起给我打电话来了?"吴萍说。

"你不是说,只要有愿意等的人,另一个人就会出现吗?"我把吴萍的话已经牢牢记在心里了。

"你,真的来啦?"吴萍露出激动的惊喜。

"是的,我来啦!如何找到你呢?"我说道。

"你也不提前打个招呼,我好去车站接你!"吴萍说道。

"哈哈,你也太小看人了吧!"我笑着说。

"咋?你开车来的?"吴萍疑问道。

"哈哈,二十年前,我连车票都买不起。如今,我是带着一班人马来的!"我内心还抱着对二十年前的不平和怨愤。

"啊,是吗?"吴萍不解地问道。

"难道你又不想见我了吗?"我对她的不答正题感到疑问,便反问她道。

"哈哈,哪能啊。你在哪里,告诉我具体位置,我好开车去找你。"吴萍终于肯见我了。

"我在福山区中心的一座雕像前。"我告诉她道。

"我在毓璜顶社区,你的位置离我还很远呢!"她的语气中透着急切。

"这样,你就在那里等着吧,我开车去找你。"我放下电话,就直奔毓璜顶去。

透过车窗,我看到今天的烟台已经今非昔比,城市的面貌发生了翻天覆地的变化。这座有着悠久发展历史的城市,空气清新,气候宜人,奇石怪岛让人流连忘返。车子行驶在宽敞干净的街道上,各样特色的欧式建筑宁静置身于道路两侧,让人仿佛走进了童话世界。这是二十年前我在这里的时候无法比较的。

绕了好几个弯才拐到了毓璜顶,这个地方我记得,当年我和吴萍没事的时候就来逛庙会吃小吃……嗨!还想这些干吗,马上就能见到我思念已久的吴萍了,我们可以重温旧梦了。想到这些,我心里也是一阵激动,拨通了吴萍的电话:"喂,吴萍,我现在就在毓璜顶了,怎么找你啊?"

"哦?这么快啊,那你看看旁边有什么标志,我过去找你。"吴萍也难掩激动的心。

"我旁边有个医院,我开的是黑色的奔驰商务,那我就在这里等你了。"我放下了电话。照了照车里的镜子,看着自己风尘仆仆的样子,我拿出湿纸巾擦了把脸,又抹了一点欧莱雅男士护肤用品,这样看起来精神气十足。我整了整领带,下车等待吴萍的到来。

6

我刚下车，一抬眼，马路对面有一个人立即吸引了我的眼球。

这是一个大方端庄的女人，高高的个子，乌黑的头发在后脑勺绾了一个松松的发髻，一身黑色得体的职业装下是稍显丰韵的身材，脚踩古铜色三厘米的蟒纹高跟鞋，脸上挂着浅浅的笑。

咦？她是在向我走来吗？我定睛一看，这不是吴萍啊，这一看就是个职业女性，我的吴萍不是这样子的呀！我要找的吴萍苗条秀丽、温婉可人，不会是这番装扮。

这到底是怎么一回事？莫非这多年没见，生活的磨难让她改变了模样？

"文哥，这大老远的，没想到你真的来找我了。"这个吴萍上来就握住了我的手。

"你、你是吴萍？"我还有点纳闷。

"对啊，我们之前光从网上聊，今天终于见到真人啦，你比我想象中的年轻，也潇洒。"这个吴萍说道。

"你真的叫吴萍？"我望着她丰腴成熟的脸庞，狐疑地问道。

"是啊，怎么了？文哥？我不就是吴萍吗？"这个吴萍也被我的疑问弄得疑惑不解。

"哦，没什么、没什么。我想这次我来找你，真的是不虚此行啊。"我握着她的手说道。

我想，也许是我对吴萍的思念太重，导致碰见个重名的就以为是她。是啊，天底下重名重姓的人多了。是我寻找吴萍的心情太急切，以为这就是二十年前我离开的人，想想也是，二十年杳无音讯了，相见哪有这么容易！但这个吴萍也许是很有故事的人呢，我既然怀着真诚来了，就得实实在在地对待朋友。

"你下班了吗？"我问道。

"我没什么事情，我的工作说忙也忙，说不忙也不忙的，因为银行的工作有严格的分工，各负其责。我只负责管管后勤办公室什么的，平时都比较清闲。"吴萍说着，语气里透露着一股自信。

"哦，来，我们上车吧，晌午了，我请你吃午饭。"我邀请吴萍上车。

"看你说的，来到你妹妹的地盘了，哪有让你请客吃饭的道理。我做东，请文哥吃海鲜，走！"吴萍上车坐下对我说道。

在吴萍的带路下，拐了一个弯，她就让我停下了。

"文哥，咱们先吃点当地菜吧，这家餐厅非常不错。"吴萍说。

"呵呵，客随主便，相信你的品位。"我说完后下车。

下车一看，这家餐厅的名字叫"湘鄂情怀菜"。哦，这可是个别有一番情调的名字。

"文哥，这里的菜品很不错，主要是三楼有个养生馆，吃过饭我们可以上去坐坐。"吴萍考虑得很周到。

"好，那咱们就去尝尝这情怀菜的味道。"我向门口走着，吴萍随即挽起了我的胳膊。

"您好！欢迎光临！请问你们几位？"刚一进门，漂亮的迎宾小姐就问道。

"就我们两位，二楼还有雅间吗？"吴萍问。

"有的，请跟我来！"迎宾小姐把我们引到了总台二楼的"竹"厅。

这间"竹"厅真不愧为雅间，里面墙面上是清雅淡绿的竹子壁纸，大方的吊顶中间垂下的竹子形的水晶吊灯，显得整个房间清雅淡然，左边的墙面上是《梅》《兰》《竹》《菊》四幅画，给人感觉在这里更适合把酒当歌、吟诗作对。

"你们点菜还是上标准？"服务员问道。

"上标准。666的。"吴萍说道。

"好，请您稍等。"服务员退出去，房间里只剩下我和吴萍。

"文哥，跑这么远的路，也没休息就直接来找我，你还真有心。"吴萍稍显羞涩地说。

"哦，我就是这样一种人，说到一定做到。我之前没告诉你，也是想给你一个惊喜。"我说。

"你可真是给了我一个大惊喜呢，今天接到你的电话，我以为你跟我闹着玩呢，没想到你真的来了。"吴萍说。

"妹妹看文哥像是开玩笑的人吗？"我也说笑道。

"当然不是,在网上时就是你的沉稳知性深深地吸引了我,见到你本人,我更加确定我刚开始的猜测没有错。这次,我真的是选对人了。"吴萍说完低下了头。

"哦,都是缘分啊,你也是美丽大方、靓丽无比。"我也夸赞着这个吴萍。

我还能说什么呢?眼前这个女人的眼神和言语对我透露出来的好感我不是感觉不到。但……我此行的真正目的是找我二十年前我深爱的女人啊,我又不能直说,怕伤害到这个吴萍对我的一片热忱。我极尽好词形容她的美好。

"哈哈,文哥的嘴真会夸人,快把小妹都夸得飘飘然了!"吴萍也笑着哈哈说。

正巧这时候菜上来了。小米汤炖海参、干锅湘之驴、蟹粉豆腐、土鸡汤、海鲜毛血旺,最后是一个大盘,里面有六个超大个的梭子蟹。

"您的菜上齐了,这是这位女士要的法国白葡萄酒,还有本餐厅赠送的武大郎烧饼和潘金莲咸菜,请慢用!"服务员说完退出了房间,关上了房门。

"文哥,一路奔波,早就饿了吧。来,快吃吧,尝尝我们这儿的特色菜。"吴萍热情地招呼我道。

"吴萍,你看你太客气了,这么丰盛,就我们两个,有点小腐败哦!"我说道。

"看你说的,你千里迢迢来了,尽地主之谊是我的本分啊。这些菜都是海边的一些特色菜,我还怕不合你的口味呢。"说话间,吴萍就打开了那瓶葡萄酒。

"吴萍啊,别开酒了,今天司机没跟来,我得开车呢。"我说。

"没事,文哥,吃完饭咱们不走,去楼上的养生馆聊聊天。再说,这个酒店里有代驾,不会让你这个大律师酒驾的。"吴萍考虑得很周到。

"好好,那我就恭敬不如从命了。"我举起了酒杯一饮而尽。

看到盘子里的梭子蟹,我又想起了当年我走的那一天,吴萍也是给我准备的梭子蟹。从那以后,我去哪里吃饭都比较抵触这个菜,因为,每每看到,我的思绪会飘到我和吴萍分别的那天……

"文哥,吃螃蟹啊,趁热吃,凉了就腥了。"吴萍的话打断了我的心思,挑了最大的一只递到我的盘里,"这梭子蟹的肉质细嫩,要品尝它的原汁原味,就得清蒸。这梭子蟹是海生的,要吃新鲜的,就必须到我们这里来啦!"

"真的是很鲜且很美味呐!这个季节的梭子蟹正好有了膏,不蘸佐料,

第三部 吴萍与净慈

159

就这么吃最好。"我一边吃一边聊着。

"呵呵,看来文哥经常吃呢。也是啊,你成天走南闯北的,什么好东西没吃过呀!"吴萍说着,随手给我盛了一碗小米炖海参。

"嗯,没想到,这道淮扬菜火候很到位啊。"我尝了一点,对吴萍说道。

"是吗?那就多吃一点,这个驴肉也不错,这里做的口味是最正宗的……"吴萍说着,不停地给我夹菜。

我俩边吃边聊,不一会儿就酒足饭饱。

"文哥,你喝酒了,也不能开车,咱们去楼上的养生馆去坐坐,休息下吧。"吴萍邀请道。

"好,那我们就上楼吧。"说罢,我跟随吴萍坐电梯来到了三楼。

一出电梯口,一个装修古香古色的门匾映入我的眼帘,上面写着四个大字:天颐锦园。这个名字可够大气!再往里走,有个简单整洁的前台,其后是装修风格古朴又透露着文化韵味的大厅,一边是男士VIP客户专门的房间,而另一边则是女士区域。

"这边主要是经络养生,包括推拿、针灸之类的,女士在这里也可以做美容护肤,是我们这个地区比较全面的养生馆。平时来了如果不做保养,也可以邀上几个朋友在自己的房间里喝点茶谈心。"吴萍对我说。

这时,一个穿着中式服装的女孩朝我们走了过来,说:"吴姐来啦,有日子没见到你了,今天需要什么服务?"

"哦,小胡,今天来了贵客,我不按摩也不美容,就是约他来这里喝茶聊天,这里清净嘛。"吴萍说。

"好的,那我这就给你们泡茶去,今天喝点什么?"这个小胡扭头问道。

"文哥,你喜欢喝什么茶?"吴萍问我。

"先来杯姜茶吧,我们刚吃了蟹子,停一会儿再喝茶,要不对身体不好。"我答道。

"对呀!吴姐,你看我们俩还都不如这个大哥会养生呢!我在养生馆里上班,真是惭愧啊。我这就给你们做去。"这个小胡很活泼,说完蹦蹦跳跳地就跑向了后面的茶室。

"文哥,你考虑得真是周到,我都没想到这一点呢。走,到我的房间去。"吴萍说完,看我的眼神里多了一丝暧昧。

原来,这里是每个客户办了VIP卡后就会有个固定的房间,用来按摩、刮痧理疗、推拿的，女士还有护肤美体套餐。平日里闲散的客户都在一个大房间里，我看那个大房间里面得有二十几张床，收拾得很整洁，就像医院的大病房一样。

吴萍打开她的房间，里面的空间算是宽敞，有一张窄窄的小床用来平时按摩，这会儿不用就被盖上了干净的粉红色床单。旁边是两个镂空藤条座椅，中间是同样材质的茶几，真的是一个非常适合休闲的好地方。

"坐吧，文哥，这里就是地方小点。"吴萍招呼道。

"挺好的，我们反正就是聊天嘛！"我说着坐了下来。

这时候，小胡敲门进来，给我们端上了两杯热气腾腾的红糖姜茶，说：

"吴姐，你还是第一次领朋友来呢！一看就不是我们本地人哦。"

"是呀，你猜他是哪里人？做什么的？"吴萍问小胡道。

"听口音就知道是我们山东本地的，穿着这么有派头，应该是济南的吧？这个大哥一定是个大老板！"小胡说。

"哈哈哈哈！小胡，你还真有眼光，你这个大哥确实是大老板哦，只不过他的生意不光赚钱，更赚的是良心，还会写书呢，他是泰安的。"吴萍对小胡笑嘻嘻地说道，显然我的到来让她十分地骄傲。

"哦！还是个作家啊，怪不得看上去这么不简单呢！你们聊吧，我出去了，有事叫我啊。"小胡甩着她的马尾辫走出了房间。

"文哥，趁热喝，咱们边喝边聊。"吴萍递给我姜茶，端起自己的那杯，优雅地轻吹着热气喝了起来。

"嗯，这个养生馆可真不错呢，我准备回去后在我们那里投资办一个，只是时间太紧了。"我打量着房间说。

"文哥，你不光进取心强，还很有商业头脑哦！"吴萍说。

"唉！现在我在总部的生意涉及面就太广了，有时候都忙得顾不过来，就跟我经营饭店一样，用时间精力确实有限，所以就暂时租给别人了。"我无奈地说道。

"你自己一个人管理那么多的事务，身边也没有个贤内助，当然会力不从心了。如果你不嫌弃，走的时候就带着我吧……"吴萍说完，羞涩地低下头去。

"哦，吴萍，我这一趟来……"话还没说完，就被她打断了。

"文哥，我早就想跟你说说心里话，谈谈我的经历，这些年不论发生什么我都自己扛,别人眼里看我是女强人,但我的心里也有说不出来的痛。自从在网上认识了你,我就有很特别的感觉,我觉得你就是那个可以让我敞开心扉的人,你来了,我更加坚信这一点……"吴萍激动地对我说。

"哦,是啊。你的资料我详细地看过,也是有特殊的感觉,要不然也不会放下手头上的业务立马来见你了。我当然想听听你的故事和经历,这可以让我们彼此更了解。"面对吴萍真诚的眼神,我说道。

"我的这半辈子,过得可真是窝囊啊……"吴萍喃喃着,开始了她的故事。

7

二十五年前,吴萍高中毕业后,以高分被当地有名的烟台大学录取。

那时候的吴萍,正值女人一生中最好的青春年华。因为家就在海边,吴萍在每天的落日黄昏时分都去海边玩耍。

每天那个时间段去海边放松的人,都会看到一个靓丽的身影:高高的个子,苗条的身段,圆圆的两颊似蜜桃一样绯红而饱满,水汪汪的大眼睛上面长长的睫毛忽闪忽闪着,高挺的鼻梁,加上天生一张樱桃小口,像是一个洋娃娃。乌黑靓丽的秀发被妈妈每天都梳成两根利落有型的麻花辫,惹得路人每每看到吴萍,都会对这个女孩注目。因为从小就长在海边,吴萍到现在都是个游泳健将呢!

正是年轻好玩的时候,又是假期,吴萍每天都会叫上自己大院里的小伙伴去海边游泳、堆沙堡,要么就是晚上在海边点篝火跟小伙伴们讲故事。有时候那些淘气的男孩子偏偏在晚上讲《聊斋志异》,吓得吴萍和别的几个女孩子都抱在一起,惹得那些男孩子哈哈大笑……

吴萍的父母都在银行工作,自幼家境就比较殷实,她又是独生女,且成绩好,还是学校的"校花"。当然,从初中开始,给吴萍递情书的人就不断,更别说上到大学了。但吴萍从来不在乎这些儿女情长,受家庭氛围的影响,她从小就立志要好好学习,长大要像爸爸妈妈那样从事金融工作。

"呀!吴萍,隔壁班的那个大帅哥给你写信啦!写的什么,让我们看看呗！"吴萍的一帮同学拿着一个心形的信封，在吴萍的面前比画道。

"你们想看打开看就是了，别耽误我的工夫，这道题我现在还没解开呢！"吴萍说完就把头埋到了书本里。

"友谊是画中最美妙的色彩，它似一抹彩虹，渲染着我们的生活。学习上的难题，一起琢磨；生活中的趣事，共同分享。教室里，有我们团结协作的背影；赛场上，有我们取得胜利的一刻；校园中，有我们共同玩乐的缩影。那一刻，那一瞬间，你会感受到，生活会因为友谊而变得精彩！我可以跟你做知心朋友吗？王明明。"吴萍的同学把这封信读了出来。

"这是谁托你送来的？你再给他送回去吧！"吴萍眼皮也不抬，继续看着书本。

"哎呀，我的吴大小姐，这可是咱们班的王明明给你的，是咱们班里最帅的男生哎！你就不想和他做朋友吗？"同学们继续起哄。

"哎！你们都很闲吗？功课都做完了吗？现在是高二最需要努力的时候，我没有这种心情看这个，你们谁爱跟他交朋友谁去，我的函数还没做完呢！"吴萍终于抬起眼皮，对这些同学说道。

"吴萍，你学习这么好，还有这么多人追你，我们可羡慕呢！"同学们一下围着吴萍，都你一言我一语地说道。

"我们现在学习的知识也许以后走向社会用不到，但是你在学习时总结的一些学习方法、思维角度等都会伴随我们一生，不管走出校门后遇到什么问题，我们可以利用现在的经验很快总结出解决问题的方法。所以，我现在很负责地告诉大家：现在不是交朋友、谈恋爱的时候，如果因为这些懵懂的爱情干扰了我们的学业，是对自己非常不负责任的行为。"吴萍一字一句地说道。

"吴萍，你真成熟，可以想得这么远。以后你肯定是咱们班里混得最好的。好了，咱们都别瞎起哄了，回去做我们的作业吧。"同学听完吴萍的话，都乖乖地散去并回到了自己的座位上。

其实，吴萍不是不知道自己自小到大在班里有多出色，处在情窦初开年纪的她也不是没有自己的心上人。从进入高中的那天起，她就开始留意自己班里那个个子最高但学习不怎么样的男同学夏光亮。

那是刚入校的那天，吴萍刚刚进入自己的新教室，刚刚坐下，就有一个高大的身影走到了她的身边。

"哎！同学，你叫什么名字？"这个高个子的男同学问道。

吴萍抬起头来，给了他个白眼，没有搭腔。谁知这个同学拿起吴萍的课本，看了一眼，就到了教室最后面一排。

随后，就听到了后面一排男同学叽叽喳喳地吵起来。

"吴萍，原来她叫吴萍啊。"刚才问她的那个男同学对其他同学说。

"好，我们说好的，等下节课下课，我们请你去吃冷饮。"旁边一个同学说。

原来，都是刚刚新入校的同学，还不知道彼此的姓名。班里最后一排的学生都是学习成绩不怎么样的，他们几个男同学第一天聚在一起，就开始对自己班的女同学品头论足起来。吴萍也没有像别的女同学一样穿老土的校服，而是穿了一条牛仔裤配了一件绿色的T恤，在同学中间显得格外扎眼，因为入学成绩最好被安排在了第二排。那几个男同学在一起打赌，看谁先去找吴萍说话，就请谁吃冷饮，夏光亮鼓起勇气先问了吴萍，就出现开头的那一幕。

从此，这个个子高高长相帅气、爱打篮球但学习成绩不怎么样的夏光亮就走进了吴萍的内心。吴萍知道，这个夏光亮在整个年级甚至整个学校都是非常出众的男孩，平日里外班的同学给他递信的也不少。爱开玩笑的同学说本校的"校花""校草"就是吴萍和夏光亮，与他俩在同一个班是大幸。但吴萍不敢想早恋的事，只是从心里偷偷地关注他，也算是暗恋吧。

吴萍的家教自小很严格，虽然是家里的掌上明珠，但自小妈妈就教育她：只有好好学习，遵守纪律，才能成为一个优秀的人。爷爷奶奶也都是退休干部，不然吴萍的思想境界也不会跟别的同学差别这么大。只是命运有时候就是这样，越是富有的东西，越是让你曲折。后来吴萍的遭遇就是她难逃的宿命。

8

考入烟台大学后，吴萍的学业就不像高中时那么紧张了。吴萍的成绩也一直是名列前茅。吴萍的心终于有空间可以腾出来想别的事情了。

大学校园中到处都是谈情说爱的情侣，吴萍的追求者也一直不断，但吴萍的心还是想着自己的那个高中同学夏光亮。高中毕业后，吴萍考上了本地的大学，不知道自己暗恋的夏光亮去了哪里，她发现自己对他的思念愈发加深起来。终于，大二暑假里一次同学聚会，吴萍见到了夏光亮。

两年不见，他比起上学时候更加壮硕，小麦色的油亮皮肤，浓浓剑眉下是一双清澈明亮的眼睛，高高的鼻梁下是薄薄的嘴唇，嘴唇上泛青的胡须、脖颈上突出的喉结是他日渐成熟的标志。看到他，吴萍羞涩地低下头，生怕被别人看出来。

"来来来，为我们的相聚干杯！"一伙同学都举起杯来。

喝过几杯啤酒后，吴萍鼓起勇气，走到了夏光亮跟前。夏光亮也看到走过来的吴萍，拿起玻璃杯准备和吴萍碰一下手中的啤酒。

"夏光亮，你考到哪里了？"吴萍红着脸问道。

"我、我没考大学，家里给我安排了工作，毕业后我直接上班了。"显然，夏光亮对吴萍主动跟自己交谈显得很激动。

"啊，没上大学？那能找到好工作吗？你在哪里上班？"吴萍对高中毕业就参加工作的夏光亮很不理解。

"我又不像你，成绩那么好，我就算上大学成绩也跟不上。我家里盘算了一下，就给我找了找关系，把我安排在工具厂了。"夏光亮回答。

"工具厂啊，在那里做什么？"吴萍继续问道。

"在后勤处，我表舅在那里是个主任，给我调到那里的，工作很轻松。"夏光亮说。

"哦，你看，你都上班拿工资了，我还在上学花父母的钱，跟你比起来，我就是个寄生虫嘛！"吴萍一听夏光亮上班了，觉得夏光亮越发高大起来。

"哎，可别这么说，还是上学好啊！你不知道刚刚上班，事可多了，在我们那个办公室里，数我最小，里面的人欺负我年龄小什么活都让我干。每当这时候，我就特别想念咱们班的同学，还是学校生活好啊。还有，我才多大啊，单位里的大姐还有给我找对象的呢！"夏光亮继续说。

"啊！现在就有给你找对象的？你愿意找吗？"吴萍一听这个，心里有点不自在了。

"嗨！找什么呀？我才多大啊，再说，我又不是没有心上人……"他说到这里，吴萍立刻打断了他："谁啊？是谁啊？"

"哎呀，吴萍，你问这么多干什么啊？跟你说这么多，我可能有点醉了。"提到这个，夏光亮搓着手支支吾吾起来。

"不说算了，当你是老同学，这点信任都没有！"吴萍有点生气，她不是气夏光亮不相信她，而是气他竟然有心上人了。

"吴萍，你、你、你别生气啊，我、我怎么说啊……"夏光亮看吴萍生气了，有点慌。

"生气？我为什么要生气？你有你的心上人是你的自由，关我什么事？"吴萍继续说道，语气中还是透露着不悦。

"你看你就是生气了，我的心上人……就是你！从进高中第一天我就喜欢你了，可你那时候高高在上，又有那么多人追你，我不敢给你说，也不敢给你递纸条，怕你笑话我……今天，同学聚会，我趁着酒劲就……"说着，夏光亮低下了头。

吴萍"扑哧"一声笑了出来，不仅是因为这个五大三粗的男子汉在自己面前，脸红得像熟透了的西红柿，还因为他的心上人竟然是自己。吴萍高兴得心里像有小鹿乱撞一样。

"真的吗？你怎么不早说，我也有心上人！你猜猜会是谁？"吴萍调皮地说。

"啊？那、那、那他肯定很优秀吧！你长得这么漂亮，学习又好，你的眼光肯定错不了……"夏光亮脸上的表情非常失落。

"优秀是肯定优秀！而且这个人——远在天边，近在眼前……"吴萍接着说。

话说到这里，夏光亮猛一抬头，两眼惊喜，不敢相信的目光看着吴萍。

"吴萍，真的？我不是做梦吧？你说的是真的？"夏光亮问道。

"夏光亮，我在学校里你不是不知道，别班的同学给我递情书、写信，我之所以不跟他们来往，就是因为你早就住在我心里了。"吴萍说完也害羞地低下了头。

"那……我以后就给你写信吧，你在学校里好好学习。我也好好工作，咱俩别断了联系。"夏光亮说。

"好，你给我你的地址，我们俩通信联系。"吴萍随手把自己的地址给了夏光亮。

就这样，吴萍和夏光亮开始了甜蜜的书信来往。

"呀！吴萍，这个人给你写信写得很勤嘛，你们俩什么关系啊？"吴萍的好朋友丽丽问她。

"这是我高中同学，他现在上班。"吴萍很诚实地说。

"上班了？吆喝，怪不得咱们同学给你的情书你都爱理不理的，原来你有个上班的男朋友啊！长什么样啊？"丽丽调皮地问。

一提起夏光亮，吴萍的心里就泛起了甜甜的涟漪。自从上次同学会上和夏光亮彼此表白心声后，夏光亮就没有忘掉两人的约定，几乎每天都会写信给自己，只是当时的邮政事业还不那么发达，就算在本市的信件也得两天才能收到。

"是个大帅哥，咱们学校还没有比得过的呢。"吴萍的脸上一丝自豪。

"是吗？有照片吗？"丽丽问。

"你看，就是他。"吴萍把每天都夹在笔记本里夏光亮的照片拿出来给丽丽。

"哇！好帅啊！好像明星一样哎！他长得好像《东京爱情故事》里的织田裕二，真的是美男子啊。"丽丽说着把照片放在自己的胸口。

"哎哎哎。我的照片哎，你拿着往胸口放什么呀！"吴萍抢过自己心爱的照片说。

"嗨，我不就是看看吗，你吃什么醋啊？！"丽丽白眼道。

9

一天，适逢周末，夏光亮休息，他骑着自己的自行车到吴萍的学校。因为他们在信里说好了，吴萍这个周末在宿舍等他。

"吴萍、吴萍，楼下有人找你，是你那个帅同学，天哪！他好高哦，比照片上还帅！"丽丽推开门，上气不接下气地说。

"哦，他来了！"吴萍高兴地放下手中的书，跑到了楼下。

就是那天，夏光亮第一次牵起了吴萍的手，两个人来到了海边，静静地坐着。海风吹起的时候，阵阵凉意来袭，夏光亮脱下自己的外套，体贴地披在了吴萍的肩上。这对热恋中的年轻人都向对方献出了自己的初吻。

从那以后，烟台大学里的学生都知道本校的校花吴萍名花有主了，都在猜测这个高大俊秀的男子是什么学历，什么家庭出身，怎能够俘虏本校最漂亮女孩的心？这样郎才女貌的一对也真是般配，那些对吴萍暗恋已久的同学此后也都对她望而却步。

转眼间，毕业的日子来临了。三年的大学同学即将各奔东西，在依依不舍中走向各自的工作岗位。吴萍也不例外，被自己的爸爸妈妈托关系安排到银行实习。工作了，自然不像以前上大学时那样松散，也不能经常跟自己心爱的人见面了。而她和夏光亮的事，吴萍想找个机会给爸爸妈妈谈谈。

10

"妈妈，今天我下厨，给你和爸爸做顿好吃的。"吴萍为了自己的婚姻大事主动对母亲说。

"哦？我的女儿上班后懂事了，知道孝敬妈妈了。妈妈就是盼着这一天呢！"吴萍的妈妈高兴地说。

"嗯，我下班后专门跑到海鲜市场买的鲈鱼，还活着呢！还有海蛎子，都是新鲜的。我学着做给你们吃。"吴萍说。

"好！你操刀，妈妈在一旁指点你。你大了，也该找婆家了，到时候什么也不会，人家也会嫌你的。"吴萍的妈妈顺手给吴萍戴上了围裙。

"好，那我们开始吧！"

吴妈妈教女儿先是将鲈鱼宰好，除去内脏，洗干净，然后将准备好的盐、生姜丝、花生油浇入鲈鱼肚内，又用葱二三段放在碟底，把鲈鱼放在葱上，然后，又把准备好的猪肉丝、冬菇丝、姜丝和热盐、酱油、地栗粉搅匀并均匀地涂在鱼身上。隔水猛火蒸了十几分钟，然后将鱼从锅里取出，又在熟鱼身上浇上一层原汁，原汁里还放了生葱丝及胡椒粉，最后将滚烫的猪油浇在鱼身上，并且加了一勺酱酒。就这样，一道清蒸鲈鱼香喷喷地端上了菜桌……

吴萍就是这样在妈妈的指点下，做了满满一桌子的菜，有清蒸鲈鱼、家常香酥海蛎子、麻婆豆腐，还有一个西红柿鸡蛋汤。刚刚端上餐桌，爸爸就回来了。

"哟，你妈今天有兴致啊，做了这么多菜！"吴萍爸爸说。

"爸，这都是我做的，今天让你尝尝你女儿的手艺。"吴萍解下身上的围裙，接过爸爸的包，还体贴地给爸爸拿过了拖鞋。

"是吗？这真是我女儿亲手做的？不错嘛！把我的酒拿来，今天爸爸好好品尝一下我女儿的手艺！"吴爸爸很高兴地说。

三人都落座后，吴萍乖乖地给爸爸倒满了酒，还给妈妈和自己也倒了一杯啤酒，说：

"爸爸、妈妈，来，干杯！"吴萍举着手中的啤酒搞怪地说。

吴萍的爸妈也高兴地举起了手中的杯子。他们想，自己的乖女儿今天亲自下厨，又是第一次，真的是长大了。

"爸，吃鱼，尝尝怎么样。"吴萍把一大块鱼脊肉夹到了爸爸的碗里，又夹起了一块递给了妈妈。

"妈，你也多吃点，今天我才知道，原来下厨做菜这么麻烦，光是做这条鱼，就花了那么多工夫，妈整天做饭，真是太辛苦了！我现在上班了，以后我每天下了班就帮您做饭！"

"哎哟，萍萍真是懂事了！想想看，你就是想帮妈妈做，也做不了几年了。你都参加工作了，差不多该找对象了，要是合适，这两年不就得出嫁呀，只要你能给我找一个称心如意的女婿，我就满足了。"吴妈妈边吃边说。

"是啊，在你上大学的时候，咱银行的宋主任，还跟我提起过，说他们家的大公子认识你，跟你一个学校，但比你高两级，他的意思我不是不明白，我当时怕耽误你的学业，就没跟你说。现在你毕业也工作了，我跟你妈商量过，也该给你透透了。他家的大公子在税务局工作，小伙子自小在我跟前长大，如果你没什么意见，就抽个时间见见面吧。你长大了，也该考虑谈婚论嫁的问题了。"吴爸爸的话刚一说完，吴萍的脸色就立刻变了。

"什么税务局啊，税务局的人条件就好吗？我不见！"吴萍放下碗筷，赌气地说。

吴爸爸和吴妈妈哪里知道，自己的女儿早就有心上人了。今天，吴萍又是买菜又是讨爸妈欢心的，就是想跟爸妈说开，好让夏光亮早点来家里跟爸妈见个面，也好确定下关系。她都见过夏光亮的父母好几次了，每次去他的家里，他家就像迎接贵宾一样，虽说他家条件跟自己家里是天壤之别，但看他的父母都是忠厚老实人，对自己也是实心实意的，值得托付。

"呵呵，我宝贝女儿的眼光很高嘛！随你，你要觉得这个条件不好，还有你刘伯伯家里的二公子呢，那可是市委办公室里的秘书啊，前途无量啊！"

第三部 吴萍与净慈

吴爸爸接着说。

"哦，你说刘哥家的老二啊，我见过。小伙子也不错，非常勤奋，是咱们市委书记跟前的红人啊。人家可上进了，萍萍，要不你抽个时间都见见，你们年轻人也该交朋友，互相认识一下啊。"吴妈妈也附和着说。显然，她在对萍萍对象的选择上要求也很高。

天哪，爸爸这是给自己找了几个呀，不行，得赶紧跟爸妈说清楚，要不到时候，自己怎么对夏光亮解释。

终于，吴萍喝了一口汤后，鼓起勇气对自己的爸妈说："爸妈，以后人家要再提给我找对象什么的，你们就推了吧，我有男朋友了！"

"是吗？他是哪里人？什么学历？在哪里工作？"吴爸爸还没问完，就被吴妈妈打断了："他父母是做什么工作的？家里几口人？家住在哪里？"

"哎呀，你们是查户口的吗？我慢慢跟你们说嘛！"吴萍红着脸撒娇说。

吴爸爸和吴妈妈这时都放下了手中的碗筷，目不转睛地盯着自己的女儿，想知道宝贝女儿的这个男朋友是何方神圣，自己的女儿从小到大可是出名的优秀。

"他叫夏光亮，是我的高中同学，他高中毕业后没上大学，就直接去工具厂上班了。"

"工具厂？没上大学？"吴妈妈听到这里，神色一下子黯淡了，"那他家里呢，父母也是工具厂的？"

"这，他家在门楼镇，父母都是农民……"吴萍的话还没说完，妈妈就着急地打断了她：

"萍萍啊，这样的条件跟咱们家怎么能般配呢？你看刚才我和你爸给你提的那两个，哪一个不比他强一万倍啊！你，你，你应该是很有眼光的，怎么能找这种条件的人呢？"妈妈说着说着，哭腔都出来了。

"哎呀，妈，你是没见过他，见了他，你肯定不会管这些世俗的东西的，再说我们都谈了三年了，他是个非常帅气且非常实在的人。"吴萍看妈妈很激动，赶紧替夏光亮辩护道。

"萍萍啊，你自小就温顺懂事，一直很单纯。在婚姻大事上，你可不要让爸爸妈妈失望啊！"放下碗筷后一直不作声的爸爸语重心长地说。

"爸爸，我不会让你们失望的，光亮这个人也许家庭没有什么背景，还是农村的，但是他人好，品行也端正，我相信我相中的人，你们也一定会喜欢的。"萍萍继续为夏光亮说好话。

"那好，你说你们都谈了三年，怎么一直没跟我们提过？我单位的你那些叔叔伯伯还一心想跟我们攀亲家呢，你看现在就有两个，你让我怎么跟人家交代？"吴爸爸说着就生起气来。

"爸，再有提亲的，你就说我有对象了，我一个也不见！"吴萍坚定地说。

"那好，你既然这么坚决，我和你妈妈也不是那种老古板，你让你这个同学来家里一趟吧，我们见见他。"吴爸爸退了一步，说道。

"真的？爸，你肯让光亮来咱们家？"吴萍惊喜地说。

"这小子竟和我女儿搞地下工作相恋三年了，我们都不知道。我们倒要看看是何方神圣把我的宝贝女儿迷住呢。后天是周末，让他来，让我们看看他长了几个眼啊！"吴爸爸说。

"好的，爸，我明天就跟他说。"吴萍听到爸爸希望让夏光亮来家里了，高兴极了。

旁边的吴妈妈也不再作声，吴萍乐呵呵地赶紧帮妈妈收拾碗筷，抢着洗碗。她边洗边心里想：明天一定要一大早就往光亮的单位打电话，告诉他这个好消息。

11

隔了一天就是周末，一大早，夏光亮就一手提着沉沉的编织袋来到了吴萍家的巷子口。

"你拿了些什么呀！这么大一个袋子？"吴萍没见过这么大的袋子，不解地问。

"哦，都是家里地里出的一些地瓜、花生、毛芋头，我娘让我带来的，说这是自家种的，鲜亮好吃。"夏光亮从下公共汽车就一路走来，现在已是满头大汗。

"哎呀，你拿这些干什么呀，买点水果不就是吗？"吴萍说。

"我一早就坐车来了，卖水果的还没出摊呢！拿这些你爸妈会嫌弃吗？"夏光亮问。

"嗨！你都拿来了，走吧。"吴萍说着，就带夏光亮往家里走。

"你家里住楼啊，这里真干净！"夏光亮边走边打量吴萍家里住的这片银行宿舍区。

是啊，那个年代，楼房很少，这还是吴萍上大一时妈妈单位分的住房。夏光亮是农村人，还是第一次见到这样宽敞明亮的楼房呢。

"嗯，这样的楼房很少见吧！我都住好几年了。"吴萍说。

转了个弯，就到了吴萍的家。因为吴萍父母都在银行工作，他们家分到的是一层，除了住房面积，还比楼上的住房多出了一个小院。吴萍带夏光亮走的楼道里的门，门虚掩着没有关，是在随时等待着他们的到来。

"爸、妈，这是光亮。"吴萍进门就对早已等候的爸妈介绍说。

"叔叔阿姨好。"夏光亮进门后，就对吴萍的爸爸妈妈问好。

吴萍家里收拾得干净利落，宽敞的客厅，阳光洒在屋子里，客厅里一幅大大的牡丹图显得整个家都洋溢着富贵祥和。吴萍的爸妈此时都站了起来，夏光亮面对这一切，显得有些拘谨。

"哦，你就是夏光亮吧？坐吧。"吴妈妈看着这个高大俊猛的小伙子，倒是不反感。

"吴阿姨，我爸妈让我给您带些土特产，这都是我们地里自己出的，新鲜好吃。"夏光亮木讷地说。

"啊，好好好！"吴妈妈迎着笑脸说，但心里有些不屑。

"小伙子，你咋没上大学啊？多可惜啊！"吴爸爸问道。

"我家是农村的，兄弟们多，经济条件又差，爹娘让我早早地工作，好给家里挣钱。"夏光亮回答道。

……

一场"面试"就这样结束了。平心而论，夏光亮的形象给吴爸爸和吴妈妈留下了不错的印象，但对他的家庭、学历和工作感到不满意。但女儿的选择，尤其是就这一个任性的宝贝女儿，吴爸爸和吴妈妈也无可奈何了！

转瞬，一晃两年过去了，到了谈婚论嫁的时刻，吴爸爸和吴妈妈就让吴萍把夏光亮叫到了家里。

"光亮啊，你和吴萍的事儿也已经好几年了，该是登记结婚的时候了。虽然，我们对你俩的亲事不是很满意，但只要你们两个真心相爱，将来好好过日子，我们做老人的也只好依你们了。不过，这结婚可是人生的大事，你得回家跟你的父母讲明白，吴萍是不能到你们家去，我们就这一个宝贝女儿，你得让你的父母在烟台市里买一套大房子，家具嘛，由我们出。"吴妈妈对夏光亮说。

"这，我父母可能办不到，多少能给我点钱，买个小房子还可以。"夏光亮为难地说。

"这样吧，你家出一半，我们出一半，买个80平方米左右的房子总可以吧？"吴爸爸接过话题说。

谈妥了双方结婚的条件，夏光亮便回到了乡下老家，找他的父母要钱，准备结婚事宜。

"亮啊，咱家哪有那么多钱啊，给你凑个一万两万还可以，要凑这五万元，可是难上加难啊！"夏光亮的父亲露出了无奈的神色。

"五万元，咱砸锅卖铁，也得办！咱儿子好赖找了个城里的媳妇，又是个高门槛人家的闺女，不能让咱儿子丢人现眼，我去借！"夏光亮的母亲痛快地对儿子说。

有了房子，结婚的事情也就定了下来。在一个阳光明媚的良辰吉日，吴萍和夏光亮举行了人生中最璀璨的婚礼。

12

那场婚礼，办得十分热闹，双方的亲朋好友欢聚一堂，见证了这对新人的良缘缔结过程。

大厅里，婚礼策划师安排得特别温馨。

吴萍穿着一身洁白的婚纱，经过化妆师的精心打扮，像一株出水芙蓉亭亭玉立，散发着姣人的妩媚。夏光亮穿着一身深蓝色的西装，打着一条鲜红的领带，真像童话里的白马王子。帅气、高挑的他和吴萍站在一块儿，真的是天生的一对佳偶绝配。来宾们无不为这对新人热烈鼓掌庆贺。

"请问新郎夏光亮先生，你愿意娶身边的新娘吴萍为妻吗？无论今后疾病健康、贫穷富贵，一生一世直到永远吗？"司仪问道。

"我愿意！"夏光亮满意地答道。

"请问新娘吴萍,你愿意嫁给你身边的这位夏光亮先生做他的妻子,无论今后疾病健康、贫穷富贵,一生一世直到永远吗?"司仪转向吴萍,又问道。

"我愿意!"吴萍激动地答道。

紧接着,司仪主持举行了交换戒指仪式:

"心与心的交换,爱与爱的交融,交织出今天这么一个美好的誓言。为了永远记住这一天,铭记爱情花朵绽放的这一刻,我们两位新人将互换婚戒,以表示他们对爱情的忠贞不渝。好,请伴娘端上婚戒。"

一对新人给对方郑重地戴上了戒指。

又经过三拜九鞠躬之后,新娘新郎改口的时刻到了。

新郎新娘分别向双方的父母改口,双方父母分别给这对新人发了红包。

最后,司仪主持道:"下面我们请伴娘端上香槟美酒两杯。"随着司仪的喊声,美丽的伴娘端着两杯香槟酒走上前来,递到吴萍和夏光亮的面前。一对新人接过了象征他们爱情的香槟酒。

"这满满的交杯酒是我们两位新人用他们的情和他们的爱酿造的美酒,也是只有真心相爱的人才能喝的美酒,有请——"

一对新人举起酒杯,仰脖喝下了美酒。

"喝了这杯酒,今生今世不分手,喝了这杯酒,萍萍跟着光亮走。"司仪接着朗声说。

"新郎新娘的婚宴仪式现在先告一段落,最后我代表两位新人再次对各位嘉宾的到来表示感谢,并真诚地祝愿大家一帆风顺、两全其美、三阳开泰、四季平安、五福临门、六六大顺、七星高照、八面聚财、九九(久久)安康、十全十美、百事可乐、千事吉祥、万事如意,宴席开始,请大家开怀畅饮,吃好喝好。"

整个结婚典礼仪式举行完毕,大厅里放起了李光羲演唱的《祝酒歌》:

美酒飘香歌声飞,朋友啊请你干一杯,请你干一杯。

胜利的时刻永难忘,杯中洒满幸福泪……

一对新人陶醉在新婚的祝福里,陶醉在悠扬的旋律里,他们相拥着露出会心的笑!

伴随着美妙的歌声,来宾们纷纷举杯畅饮,尽情地享受着一顿丰盛的美酒佳肴……

174

13

　　新婚宴尔，一对小夫妻恩恩爱爱，让人无不羡慕。可是，幸福的背后，往往隐藏着悲剧。

　　夏光亮作为一个农村出身的小工人，虽然长着比别人俊朗的外貌，但他骨子里永远也摆脱不掉他的小农意识和自卑心理。因此，他对从小就生长在城市里的吴萍，尤其是吴萍这种学历比他高、工作比他好且相貌美艳的女子，更是一万个不放心。

　　"你今天怎么这么晚了才回来？"夏光亮对下班回家晚了的吴萍问道。

　　"哦，在路上遇到个同学，聊了一会儿。耽误了这么半个小时，你就不放心了？"吴萍也没有在意夏光亮的问话。

　　又过了很久，吴萍加班，被同事们叫着去馆子里吃了一顿，没有回家给夏光亮做饭，因为那时候通信工具还不发达，还不像现在这样有手机，所以吴萍也无法告诉夏光亮不能回家的原因。

　　"我看你是越来越野了，不把我放在心上，是不是和哪个男人约会去了？"夏光亮望着吴萍没头没脸地就来了这么一通数落。

　　"我确实是加班，你不信去问我们单位的小刘，我们就在小餐馆里吃了碗拉面！"吴萍解释说。

　　"谁信啊！你莫以为我啥都不知道，你肯定和哪个小白脸约会了！"夏光亮毫无道理地指责吴萍说。

　　"夏光亮，我什么人你不知道吗？你这是在侮辱我的人格，你是典型的小农意识在作祟！"吴萍也没好气地指着夏光亮的鼻子大声嚷嚷道。

　　"我小农意识？怎么着，你嫌我小农意识，当初不跟我呀！"夏光亮无赖地说道。

　　"你，你，你，你真是个不讲理的东西，自私、多疑，我怎么当时就让鬼捂了眼呢！"吴萍气得哭了起来。

　　一夜无语。

　　两个人和衣而眠，谁也没有理谁。就这样冷战了一个星期，最后耐不住寂寞的夏光亮开始向吴萍求饶道：

"萍萍，都怪我不好，惹你生气了，还不是因为我太在意你太爱你了嘛！"

吴萍还是没有理他。

"萍萍呀，你大人不计小人过，就别和我一般见识嘛，来，我来给你洗洗脚！"夏光亮赔着笑脸讨好道。

"谁让你洗啊，我又不是七老八十！"吴萍终于被夏光亮又哄笑了。是啊，夏光亮这是在爱我呀，我回来晚了，没给他打招呼，我也有错，他因挂念我，太在意我才多疑的啊。想到这些，吴萍原谅了他。

日子就像女人头上的线绳，一天一天地拉长过着。吴萍和夏光亮的婚姻也走过了春夏秋冬，迎来了一个小生命的呱呱坠地。

"哇——"随着一声啼哭，吴萍和夏光亮的儿子出生了，为了纪念他们的爱情，他们给这个孩子取了个有意义的名字：夏五一。

小五一的出生，给他们带来了生活的希望和快乐，让他们的爱情增加了新的乐趣。起初的那段日子，他们过得和和睦睦，无风无雨。可是，好景不长，随着吴萍工作的升职，他们两个的战争又开始了。

14

由于吴萍在银行的工作表现十分出色，加之她的学历高，又有几分姿色，她被升职为银行信贷部副主任。

"吴萍，今天晚上咱们行存储和信贷两部全体员工集体参加一个年度联欢晚会，主要邀请一些企业存储信贷大户来进行沟通业务关系，起到稳定老客户、发展新客户的作用。你作为刚刚提升的信贷部主任，可要好好组织安排好这个聚会啊！"银行的行长把这个组织联欢的活动任务交给了吴萍。

"好吧，行长，我保证完成任务！"吴萍向行长保证道。

接受了行里交给的工作任务，吴萍便马不停蹄地跑来跑去，布置会场，安排人员，准备联欢会一切工作。

晚上，接到通知的企业老总一个个携秘书和业务财会人员准时赴约。

举行了隆重的茶话会后，行里还安排了一场晚宴。几个企业的老总喝高了，非要吴萍陪他们喝几杯不可。吴萍很是为难，但行长发话了：

"吴萍啊，难得这几个老总看得起你啊，你就陪他们喝几杯嘛，这可是咱们行的财神啊！你可给我陪好咯！"

很明显，行长这是在给她下命令呢。吴萍不是不明白行长的话外音啊：今天这个场合，喝也得喝，不喝也得喝啊！

"那好吧，各位老板。今天晚上承蒙大家看得起我吴萍，我吴萍在此谢过各位了，来，干！"吴萍端起一杯啤酒，一仰脖，只听"咕咚咕咚"几口，就把一杯啤酒喝干了。

"好，吴主任，真是个女中豪杰啊！这往后啊，我们的业务就冲吴主任的爽快敲定了！"几个大老板都站起来附和着说。

"好啊，咱们银企一家，好好合作共赢。往后啊，你们有什么困难，就找我们美丽漂亮能干的吴萍副主任给你们解决。相信，吴副主任也会陪各位多喝几杯的，哈哈！"行长开着玩笑大声说道。

受到大家的鼓舞，吴萍的酒劲儿大起来，不一会儿就把几个老板给喝趴下啦。

从此以后，吴萍成了行里的酒花，常陪行长接待来宾。自然，吴萍回家的时间就会越来越晚，本来就多疑的夏光亮越来越愤怒，两人的争吵越来越激烈，甚至发展到动起手来干起架了。

吴萍不能不干这个主任，而夏光亮又不能不要这个老婆和这个家。

后来，小夏五一已经长成大孩子，考上高中了。可夏光亮因企业破产下岗了。这时的吴萍也已经升任了信贷部主任，开会、应酬自然就更多了。

吴萍的工资待遇不用说是相当的高了，而夏光亮并没有因吴萍的职务升高和待遇的提高而改变他的自私和狭隘，他对吴萍的怀疑也就更大了。吴萍为了孩子，也更为了名声，一个人默默地承受着。

你不会想到，一个堂堂的掌握实权的银行的信贷部主任在她光鲜的背后会有多少难耐的痛苦吧。吴萍的痛苦岂止是精神上的，夏光亮自从下了岗在家天天借酒浇愁，一喝得酩酊大醉，必耍酒疯，每疯必打吴萍，这吴萍被打得浑身是伤。不了解情况的人还以为吴萍真的就像她丈夫说的那样是个在外不正经的女人呢。反正，在夏光亮的眼睛里，会当官的女人就没几个不和上司睡觉的。这可真冤枉了吴萍啊。但不管吴萍怎么解释，他都是不信的。吴萍也就懒得再理他，任他胡思乱想去，反正她身正不怕影子歪。

15

又熬过了几年,好歹熬到儿子考上了省城的一所重点大学,吴萍才想起解决自己的大事来。

"老夏啊,孩子考上大学了,咱们的事也该有个了结了!"吴萍对夏光亮说。

"你想干啥?"夏光亮假装迷糊地问道。

"我说得还不够明白吗?"吴萍说道。

"我不明白!"夏光亮生气地大声说道。

"你装什么装!这些年,你可没少折磨我,为了孩子,我一再地忍让你,你却把我的忍让当作是软弱好欺!你觉得咱俩还能过得下去吗?"吴萍数落夏光亮道。

"你想和我离婚?没门。我就不和你离!"夏光亮生气地说。

原本吴萍是想和夏光亮好说好散的,孰料遭到了夏光亮的强烈反对。

吴萍想离婚的事,已经在单位和亲戚朋友间闹得沸沸扬扬了。这主要是那个夏光亮搞的鬼,他到处去散布"吴萍职位高了,看不上他了,在外有人啦"之类的话,企图借舆论打败吴萍。

面对夏光亮的小人之举,吴萍更是看透了他的本质,离婚的决心愈发坚定。

"萍啊,为了孩子,这个婚,我看就别离了吧!"吴妈妈劝女儿道。

"妈,正是因为这个孩子,我才耽搁到现在的。这些年,你不知道女儿是怎么过来的呀,女儿是打了牙往肚子里咽啊!"吴萍对妈妈诉苦道。

"萍萍啊,这就叫不听老人言,吃亏在眼前啊!当初我和你妈怎么反对你都不听啊,现在知道后悔了?可是已经晚了!你有了孩子,而且孩子都上大学了,你们也是四十好几的人了,眼看也像我们一样老了,还离个啥婚啊!就凑合着过吧。这人啊,怎么不都是一辈子啊!"吴爸爸教育女儿道。

"是啊,你爸爸说得对啊,要知今日何必当初啊!既然已经这样了,还闹腾个啥啊!你自己选的,你就认命吧!"吴妈妈接着劝女儿说。

"妈妈,我不要你和爸离婚!就算你们为了我,也不应该离婚!"儿子夏五一从大学放暑假回来央求吴萍说。

为了达到不离婚的目的,夏光亮动员了所有能为他说上话的人。无奈之下,吴萍只好退下阵来,暂时打消了离婚的念头。

两个人的战争得到了暂时的缓冲,生活也在无滋无味地继续着。吴萍一如从前那般忙忙碌碌地工作着。夏光亮终于走出了家门,到一个企业当保安,一月混上了不足两千元的工资,变得不再那么消极了。

假如生活照此发展下去,或许吴萍和夏光亮的婚姻还能凑合着过下去。但是,人的想法往往与现实截然相反。

夏光亮在平平稳稳地干了三个月的保安工作后,又好了伤疤忘了痛。一次,夏光亮在上班时喝醉了酒,倒头大睡,被厂长发现,逮了个正着,自然就被开除了。

按说,夏光亮被开除后老老实实地在家收拾一下家务,也没有什么。但是,人的天性真是江山易改禀性难移啊!夏光亮虽知道自己没有什么本事,一辈子也没有什么出息,但他不思进取,整天看什么也不顺眼。由于他无所事事,便整天借酒浇愁,喝得东倒西歪,有时喝醉了还动手打人。

有人说,这夏光亮心里有病,他明明自己看不起自己,就怀疑别人也看不起他,因此才变得这般自私多疑!

面对如此老公,吴萍这个在银行担任信贷部主任的体面女人,颜面失尽,那心里的滋味是说不出的难受!她常常想:我怎么这么命苦啊,竟然摊上了这样一个不争气的男人啊!她越想越觉得窝囊,尤其是一想到夏光亮的多疑和对她的侮辱,她便咬紧了牙关,鼓足了离婚的勇气!

"老夏啊,我实在不能容忍你这样下去了,咱俩不是一路人,还是赶紧离了吧!"吴萍对夏光亮心平气和地说道。

"你还想离啊?"夏光亮狐疑地问道。

"与其咱俩这样难过,还不如早早地离了,免得你过得不顺心,我也不开心,再这样怄下去,有什么意思呢?"吴萍继续劝夏光亮道。

"难过?你说我难过,这还不是你看不起我!我不离,就不离!你不让我好过,我也不让你好过!"夏光亮梗着脖子说道。

"老夏,你说我看不起你?我要看不起你,当初我就不会嫁你!是你这些年不思进取,才造成了我们的现状!谁愿意离婚啊!要不是你一而再再而三地故伎重演，我会向你提出离婚吗？我原谅你几次了，你心里没数吗？"吴萍对夏光亮说道。

夏光亮低头不语。

"咱好说好散，只要你肯答应离婚，这财产问题，我可以让步，儿子也可以归你抚养。如果你再坚持不松口，那我们也只好法庭上见了！"吴萍对夏光亮采取了软硬兼施的办法说道。

"我不管，反正我就不和你离婚！"夏光亮再次表明了他的态度。

"那好吧，我对你已是仁至义尽！你固执，我也没有办法，咱到法庭去说吧！"吴萍向夏光亮也发出了最后的通牒。

16

一纸法院的离婚开庭传票递到了夏光亮的手中，望着诉状和传票的内容，夏光亮顿时傻了眼。

"臭娘儿们，你还真和我离啊！"夏光亮气急败坏。

"被告，请你如实向法庭禀报你的姓名、出生年月、身份证号码和详细住址！"主审法官按照程序宣称道。

夏光亮愣了一愣，啥也没有说，嘴里只嗫嚅着嘟囔了几句谁也没听明白的话。

"被告，刚才让你讲明你的姓名、出生年月、身份证号码和家庭详细住址，你没有听明白吗？"主审法官重新问道。

"审判长，我代我的当事人向法庭回答刚才的问题……"夏光亮的代理律师替夏光亮回答了法官的提问。

法庭通过一个半小时的审理，结束了庭审过程，进入最后的调解阶段。

"下面，进入诉讼调解程序。请问你们双方当事人是否同意调解？"主审法官问道。

"审判长，我们原告同意调解！"吴萍的代理律师首先答道。

轮到被告表态，夏光亮忽地站起来大声说："我不同意离婚！死了也不离！"看得出，夏光亮的情绪十分激动。

"被告，你少安毋躁！你不同意离婚，你就得好好地表现自己，征得原告的谅解！如果不改初衷，原告还会提起离婚诉讼。到那时，你再想争取让原告在财产上让步，恐怕是不可能的了！我劝你还是坐下来，冷静地考虑考虑！"主审法官说道。

"审判长，请允许我和我的当事人做做工作，商量一下。"夏光亮的代理律师向主审法官请求道。

"好吧，给你五分钟的时间！"主审法官说道。

"原告，你们也抓紧时间商量一下，拿出个具体的意见，既然想离婚，那就做出点让步！"主审法官转身又对原告说道。

五分钟过后，双方当事人又坐回到了法庭上。最后在法官的主持调解下双方达成了离婚协议：

一、原告、被告自愿离婚，依法准予离婚；

二、婚生儿子夏五一由被告抚养，原告每月支付抚养费800元；

三、共同财产房产一处，留给儿子夏五一，允许被告居住。

四、诉讼费150元由原告承担。

吴萍几乎是净身出户，但婚总算是离了。虽然在财产上有许多不舍，但毕竟换取了自由之身，摆脱了这多年来的折磨。想想这些，吴萍的心里涌起了许多的酸楚和感慨：青春啊，已经悄然离去，岁月的痕迹已经爬满了额角，美好的爱情啊，已经成了苦涩的回忆。到头来，也只换得了身老色衰一腔愁悲！

吴萍离婚后，感到浑身轻松了许多。但是，随之而来的压力更让她喘不过气来。

17

过了一年平静的生活，再成个家的烦恼又来了。

吴爸爸和吴妈妈已经是七十多岁的老人了，他们刚刚为女儿放下的那颗悬挂的心又提到了嗓子眼上，女儿总不能老在娘家居住着吧，老单身也不是个事啊！万一哪天老两口一口气喘不上来，这女儿没有找到个好的归宿，当父母的咋能合得上眼啊！不行，得给女儿找个婆家！

"萍啊，你也别挑三拣四了，赶紧找个男人再嫁了吧，也好让爸妈死了能合上眼啊！"吴爸爸和吴妈妈常在吴萍的耳边念念叨叨。

眼看着自己已是四十五岁的人啦，吴萍的心里也慢慢着急了起来。她倒不是为自己，而是为了年迈的爸爸妈妈啊！可银行的信贷工作实在是太忙太让人操心了啊！而且，这个信贷工作又是个高危职业，整天和需要贷款的人打交道，实在是太烦了。考虑再三，她向领导打了提前内退的报告。由于信贷部主任这个角色是个有油水可捞的职位，好多人都等着抢她这个位子呢，领导便痛快地答应了吴萍的请求，并答应吴萍按照病保提前离岗，工资照发。这样，吴萍的心愿得到了满足。

提前离岗后的吴萍，由于前些年与一些企业有业务上的往来，很快，就被几家大企业聘去做兼职会计。这样吴萍每月收入有6000元，一家企业还给她专门配了一辆车，加上她的原岗位工资收入，可算得上是一个高级白领啊！

吴萍的清净和收入的增高，并没有给她带来婚姻上的第二春，反而使她更加焦虑。她根本看不上那些贪图她的收入和美貌的人，更看不上那些对她动手动脚的，反正，就是没有找到一个能谈得来的……

吴萍的故事真的算不上传奇，但留给我深刻的思考，我忍不住感慨：

"爱情啊，我们究竟需要什么样的爱情？爱是分享，是付出，是忠诚，是包容。年轻时，我们不懂爱情，我们以为风花雪月的浪漫就够了，以为有倾国倾城的美貌就好了，却忘了柴米油盐的琐碎生活也是爱情的一部分，生活的本质就是必须消解爱情婚姻上的虚幻光环。人性是复杂的，处于爱情中的男女更是复杂。有时候，爱情就是这个世界上最多情的悲剧。"

"呵呵，文哥啊，你真不愧是个作家，这番话一针见血啊！"吴萍对我刚才对爱情的一番解说佩服得五体投地，眼里迸发出喜悦的光。她神情专注地望着我，似乎看到了她人生中从没有过的奇遇。

"吴妹，此刻的你真的像我的那个吴萍啊，你们都一样迷人。"我握住了吴萍的手，浑身有一股似曾相识却又说不出的异样的愉悦。

虽然只有握手，却能听到彼此的心跳声。

过了很久，吴萍抽回双手，望着我轻轻地说道：

"文哥，把你和那个吴萍的故事讲给我听听好吗？"

"哦，你真的愿意听吗？"我无法拒绝她诚恳的眼神。

"嗯，哥！你讲吧！"吴萍深情地望着我轻轻地说道。

沉静片刻，我的神情凝重，陷入了对苦涩往事的回忆中……

18

二十七年前，我正值青春激荡的年华。那时的我是一个闻名全民的新闻工作者。

当时我被安排到当地的一家军队医院休养。因我文笔较好，这所医院的领导，要求我给他们医院写写报道，便破格把我安排到特殊病房。

这是一个比较宽敞的单间，里面除了一张席梦思双人床，还有沙发和浴室。每天都有护士从厨房打来特殊的饭菜，而且还配有牛奶、糕点和时令水果。与其说是在住院治疗，不如说是在此疗养。

我其实并没有大的毛病，只是我的腰部时常感到隐隐地作痛。院长给我安排了最好的军医调治，给我打了封闭针，做了理疗，并开了药。

一天，我在医务室里跟医生和护士聊天，一个身材高挑的女护士映入了我的眼帘。我被她那清秀的面庞和那双忽闪忽闪的丹凤眼迷住了，不由自主地多看了她几眼。她抬起头来，拿余光扫了我一眼，然后问我道：

"你是来陪床的吗？"

"哈哈，我是来住院的！"我笑着回答。

"住院？住在几号病区，咋跑到高干病房来了？"她狐疑地问道。

"啊，我来介绍一下，这是我们驻军的文干事，是个写作高手，还是一家省报的特约记者。文干事正好腰部有伤，在我们医院高干病房3床疗养。也是我们院长请来的客人。"医务处的处长向那位女护士介绍我说。

"啊，文干事，久闻大名啊，您的大作我们常从报纸上看到。"这位女护士眼里立刻放出光来。

"哪里，哪里啊，我只不过是个小兵而已！"我自谦地说道。

"这位是我们医院最漂亮的吴护士！"医务处处长向我介绍她道。

"啊，幸会，幸会啊吴护士！"我激动地向吴护士伸出了热情的手。于是，吴护士也热情地把手伸向了我。我们两个不相识的人，就这样有了第一次握手。

不知是医院的有意安排，还是上天的特别垂青，抑或是我和吴萍之间命里的冥冥巧合。几天后，吴萍调到了高干病房。

19

"咦，吴护士，你怎么调到我这里来啦？"这天，给我量体温打针的女护士突然换成了吴护士，我惊讶地问道。

"我也不知道啊！怎么？你不欢迎我？那我找院长把我调回去就是啦！"吴护士不高兴地说。

"哈哈，欢迎，欢迎啊！"我赶紧换成笑脸，伸出热情的手，对她说。

"3床，来，量体温。"吴护士拿出了体温计递给我，让我夹在腋窝处。然后她给我兑上药，在我的屁股上打了一小针，完了又给我几片药剂，让我服下，就走了出去。

一连几天，我们似乎并不认识，没有什么特殊的交流。

有一天，我在为医院赶写一篇报告文学，反映这个医院抢救了一名驻地老百姓的女儿的事迹。讲的是这个医院的院长亲自为这个小女孩做的心瓣缝合手术，取得了圆满成功，让这个小女孩重新插上了理想的翅膀。这个故事，我听了以后十分感动，它反映了我们人民子弟兵来自人民、爱护人民、军民一家亲的高尚品德。于是，我连夜赶写了一篇《小燕春华》的报告文学。稿件写成了，但我需要有人抄写几份，也好多发几个新闻单位。那时候，科技并不发达，我们都是手写文稿，并没有像现在这样用电脑打字。于是，我到值班室喊来了吴护士，让她帮忙给抄写几份文稿。她欣然同意，便来到了3号病房。

夜已经很深了，吴护士抄写的文稿还没有完成，我有点儿困了，便不知不觉中倒头睡去。已是深夜两点，我忽然醒了过来，发现吴护士还在台灯下聚精会神地替我抄写文稿。我被她的这种无私奉献精神所感动了，便翻身起来，走上前去，说道："哦，吴护士，真的辛苦你了！"

"没什么，能为你这大才子效劳,我感到无上的荣幸！"吴护士谦虚地说。

"要不算了吧，明天再抄写吧！"我心疼起她来。

"一会儿就抄完了，抄完了你不就可以明天寄出去了吗！"吴护士很坚持。

一夜的劳作，天放亮了，邻近的公鸡"咯咯咯"地叫了起来。

房间里还没有通暖气，那时候更没有空调，空气中十分的寒冷，我关心地把我的大衣披在了吴护士的身上。吴护士终于抄写完了文稿，她站起身来，伸了伸懒腰，打了个呵欠对我说："文干事，好了，全抄写完了，给你抄写了两份，你看满意吗？"

"哦，抄得真好，想不到你的钢笔字这么娟秀！"我望着吴护士抄写得工工整整的文章，真的是欣赏她的字迹，难得有这样好字的女子呀！我伸出手去，激动地握住了吴护士的手，久久没有放下。

"文干事，以后有什么需要我抄写的文稿就叫我，反正我也没有别的事情。"吴护士大大方方地说。

"哦，好好好，真的十分感谢你。等文章发表了，我用稿费请你去旅游！"我对吴护士说。

"好的，好的，咱们抽个星期天去青岛栈桥吧，我当兵两年了还没有去过呢！"吴护士高兴地说道。

半个月后，我的报告文学《小燕春华》在《山东青年报》整版刊发了，紧接着，又在原济南军区《前卫报》上以《小燕翩飞》的题目整版刊发了。《前卫报》的副刊编辑部主任刘灿校老师把我的题目稍稍做了修改，但内容依然保持原样，并且还给我配发了插图，显得我的文章更有立体感，让人身临其境，读来更有韵味。

这篇报告文学的发表，立刻引起了这家军队医院的高度重视，院领导设宴款待了我。席间，他们对我的写作才能大加赞赏了一番。我趁机向院领导说出了我内心的感激话。

"这篇文章的产生和发表，首先归功于你们院的事迹感人，其次归功于你们的吴萍护士，是她连夜为我抄写了两份文稿！"我借机也把对吴萍护士的感激之情反映给了她的领导，以期院方给她嘉奖。

果然，我的话起了作用，吴萍因为帮助我通宵抄写稿件，受到了院方的嘉奖。

该是我兑现承诺的时候了。这个星期天，吴护士请了假，我们一同去了青岛，让她看栈桥的风景，领略大海的浩渺无垠，感受青岛都市的风采。在海边上，她捡拾贝壳，还请摄影师为我们拍了一张合影照。

吴护士这个情窦未开的女孩，那年才刚满十九岁，而我二十七岁，并且有家室了。我不知道这个女孩将来会给我的人生带来多少麻烦，以至于我偏离了事业的航道。

20

自从那次出游回来，吴萍的倩影就深深地在我心里扎了根。自此以后，我每当写完一篇作品，都让吴萍帮忙抄写文稿。在她的抄写下，我先后又发表了几篇报告文学。

一个医院的女护士叫张国华，她学雷锋做好事都给老百姓留下名字，而且向领导打报告要到男兵连去任职，这在部队引起了很大的争议。她说自己做好事告诉人家名字，让人知道有什么不好？如果人人都干好事留名字，不是更能带动大家去学雷锋做好事吗？我瞬间抓住了这个典型，与军队里的摄影干事周朝荣同志去采写了她。

我根据她的事迹写成了一篇报告文学《想到男兵连任职的女兵》，这篇报告文学刊发在 1986 年的《山东青年》杂志第 6 期上。

我和黄群文根据一位部队老兵培育蘑菇的故事，又写成了《军营蘑菇王》的报告文学，刊发在《前卫报》和《人民日报》上。

我还接受省里一家报社的任务，去当时的黄县采写了一个为村民鞠躬尽瘁死而后已的大队党支部书记高建厚的事迹。

高建厚是一位从抗美援朝走下战场的战士，他响应号召回到家乡担任羊岚乡西羔玉大队党支部书记。他和他的战友张克侠组成了改变家乡面貌、根治海口风沙战天斗地的班子，经过几十年的艰苦奋斗，终于建起了几十里的防护林带，并带领全村人向康庄大道奋勇前进……最后，他累倒在那片防护林里。出殡的时候，全村老少都披麻戴孝，哭着为他送终，把他埋在了他生前日夜操劳战斗过的那片防护林带里，并在他的坟头栽下了一棵碗口粗的芙蓉树。他的老战友张克侠老泪纵横地向我讲述了高书记的事迹，村里的二傻子也在我跟前哭着找高书记……一个农村党支部书记，能让村民如此地爱戴能有几人？我被深深地感染了，脑海中立刻矗立起一个高大的农村党支部书记的形象。啊，林中，那棵芙蓉树！我便以《林中那棵芙蓉树》为题目，奋笔疾书了一篇报告文学。高建厚的事迹，在当年轰动一时。

随着几篇文章的发表，吴萍护士对我更认可了，每天只要有点空闲，就来找我。

她除了帮我抄写些稿件外，也常同我一块学习研究朗诵写作诗歌。

我们动情地朗诵着马雅可夫斯基的《青春的秘密》：

不，那些人不是"青年"，
他们迷上了草地和小舟，
又开始喧嚣和胡闹用烧酒灌漱咽喉。
不，那些人不是"青年"，
他们在春天的良夜里
装模作样摆弄时装让喇叭形的裙子拖曳在林荫道上。
不，那些人不是"青年"，
他们感到血液里发痒但在爱情里浪费着朝阳一般生命的火光。难道这是青春？
绝不是！光是十八岁还很不够。
那些人——才算得青年，他们能代表所有的孩子对年老稀疏的战斗队伍说："我们要改造地上的生活！"
青年——这是一个称号，
献给那些加入战斗的青年共产国际的人，献给那些为了把劳动日变得愉快、轻松而战斗着的人！

朗诵着郭小川的《春天的后面不是秋》：

春天的后面不是秋，
何必为年龄发愁？
只要在秋霜里结好你的果子，
又何必在春花面前害羞？

离歌

有时候我也着急，
那是因为工作的不顺利。
有时候我也发愁，
那是因为我的祖国还很落后。
我曾踏遍人生的领土，
最后才知道，
这是人生唯一正确的道路——
人民的事业与世长久。
谁的生命与它结合，
白发就上不了他的头。
我不再有别的什么希望，
只希望人民不要再受苦难。
我不再有什么别的要求，
我的要求就在大家的要求里头。
啊！朋友，
春天的后面不是秋。
何必为年龄发愁？

还有匈牙利诗人裴多菲的那首"生命诚可贵，爱情价更高。若为自由故，二者皆可抛"的名诗。

我们俩合作学写了不少的诗歌，一首对爱情追问的《爱情啊，你究竟姓什么》的诗作竟然在报刊上发表了。

我们踏遍人生的领地，
寻遍生活的角角落落，
追问着这样一道命题：
爱情啊，你究竟姓什么？
……

诗歌的韵律和力量把我们的心靠得更紧，我们似乎都被对方所吸引了，到了一日不见如隔三秋的地步。我知道，我被她的美貌和青春靓丽所吸引，她也为我的才华和帅气所倾慕，这似乎就是人们所说的爱吧！我们之间，有了一种青春的莫可名状的喜悦和悸动。

21

六月的一个星期天，吴萍护士邀请我到她的老家莱阳五龙河畔的一个乡下的村庄去做客。我和院方打了招呼，早早地赶上了去往她老家的客车。

一到吴萍的家，我就被吴萍一家的热情所包围了。

"早就听吴萍来信夸你说，你文章写得好，人又年轻俊秀，果然一表人才啊！"吴萍的妈妈夸赞我道。

"文干事真的是年轻有为啊！"吴萍的爸爸也夸我说。

"文哥哥真帅气！"吴萍的妹妹更是羡慕地看着我说。

"你的大盖帽和肩章真好看，这身军装可真威武！"吴萍的小弟要过我的军帽欢喜地戴在头上。

寒暄了一阵过后，吴萍要带我去五龙河里捞海蛎子。我欣然同意，就跟吴萍下了河。

她的老家有一条通海的河叉子，河两边的人常到河里去抓鱼捞海蛎子。我和吴萍拿了一条尼龙袋子，从河沙里捞了满满一袋子海蛎子回到吴萍家。

吴萍的爸爸、妹妹和小弟都围在炕头上等着我和吴萍呢。他们做了满满的一桌子菜。

见我们抬了一大袋子海蛎子来家，吴萍的妈妈赶紧下炕去洗海蛎子，吴萍的爸爸也忙去添水烧火。

吴萍的妈妈把淘洗好的海蛎子放到大锅里蒸熟了，放上佐料，端上餐桌，我们美美地吃了一顿。

"吴妈妈，您做的海蛎子可真好吃啊！"我夸赞吴萍妈妈的做饭手艺道。

"那，你就和吴萍常来家，让大妈做给你吃好了。"吴妈妈笑着说。

"文干事，这鸡可是我爸亲手为你杀的芦花大豹子呢。"吴萍在回来的路上告诉我说。

"啊，你们全家对我可太好了！"我感激地对吴萍说。

"你知道就好！"吴萍拿眼望着我嗔怪道。

"我看得出，你们一家，都挺喜欢我啊。"我对吴萍说。

"那还有假啊，他们都把你当新女婿看待呢！"吴萍扮个鬼脸吐了吐舌头说道。

"新女婿？"我神情有些诧异地看着吴萍问道。

"是啊，难道你一点也看不出来吗？"吴萍神情专注地望着我说。

"哦，我说你爸妈和小妹小弟他们咋那么热情呢！"我一拍脑门说道。

"咋啦？你不乐意啊？"吴萍急切地问道。

"嗨，我哪里配得上你啊！"我哪里敢向吴萍交代我已成婚且生有一子的事实呀。

"那，你为啥不愿意啊？"吴萍瞪着一双迷惑不解的眼睛问道。

"我，我，我已经失去了享有爱情的权利！"我低头支支吾吾地答道，不敢看吴萍那双闪烁着爱情的眼睛。

"那是为什么呢？"吴萍依然不明白我的话里的含义，她还想打破砂锅问到底。

"反正，我是不能和你谈情说爱的！"我对吴萍说。

"为什么呀？"吴萍紧追不舍地问。

"唉——"我长叹了一口气，没有直接回答吴萍的问题。我知道，吴萍作为一个刚满十九岁的女孩，正是对爱情充满神秘向往的年龄，她还不懂爱情的含义不仅有甜蜜还有苦涩与悲凄！我不忍心打破她的美梦，因此一再委婉地拒绝她对我的追求。

"文哥，听你的口气，如此叹息，难道你有什么难言之隐吗？说出来，让小妹听听，或许小妹能帮你分解忧愁！"吴萍善解人意地说道。

"你想听听我的故事吗？"我望着吴萍对她说道。

"不管你的故事怎样，我都想听！"吴萍鼓励我说道。

"我的故事，你听了以后，可不要难过啊！"我对吴萍说道。

"你的故事与我有关吗，我为什么难过？"吴萍更不解地望着我问道。

"不管与你有关无关，我不希望你难过。因为你是个天真无邪的好姑娘，我都不愿意伤害到你！"我接着开始向吴萍讲述了我的不幸的婚姻。

22

那是在我刚刚当兵第二年的夏天,我突然接到了老家打来的电报:

祖母病重住院,见电速归!

当连队的指导员郭长民拿着电报告诉我时,我不知所措。好心的郭指导员问我:"小文,你祖母病重住院,你认为是真的吗?我以为可能是你的父母想用这个办法诓你回家,给你找媳妇吧!这,我们是有经验的,连队以往常有这种情况的。"

"我也不知道啊!不过,我奶奶最疼我了,要是她真病了,想见见我,我是该回去的!"我对郭指导员说。

"小文啊,不管怎样,连队都准你假,给你5天的时间,你回去看看。要是你奶奶病了,看看就回来,别超了假期。如果是你父母给你找媳妇,你可要看好了,不然会影响军民关系的。"郭指导员嘱咐我道。

我明白,郭指导员对我格外关心照顾。因为我是连队的"秀才",平时写个黑板报,向报社投个稿什么的,为连队争了荣誉。我自踏进部队那一天起,我就为自己定下了目标:

我要像雷锋同志那样,做一个好兵,争取早一天入党提干!为我爷爷争光!

所以,我每天做到第一个早起,点火炉,打扫卫生,帮大家打洗脸水,一有空就为同志们洗衣服,教文化低的同志写信;最后一个睡,替一些患病身体不适的同志站岗放哨;学文化,常常是熄灯号吹过了好久,我还在打着手电筒蒙在被窝里看书学写新闻报道。我还向军区的《前卫报》和省广播电台投稿,竟也发表了七八篇文章,受到了部队的奖励,给我记了三等功。

这一年,也许是我与生俱来的文学天赋,由我根据自然来稿素材,重新编写的一篇散文通讯《庄稼人》在省台播发后,得一片好评。该文章被评为了建台三十年来优质稿件,还被原作者原文照搬以《后爹》为题在省和国家级的许多报刊上重复刊登发表。时隔多年,至今我还记得我那优美的文字叙述……

这一年，我胸前佩戴着亮闪闪的军功章，回到了家乡。

"奶奶，我奶奶呢？"我喊着进了家门。

"啊，大孙子啊，是小文回来了啊！"屋里传来奶奶的声音。

"咦，奶奶没病啊，咋骗我说住院了呢？"我纳闷地问道。

"呵呵，你爹妈是骗你的。知道你最孝敬奶奶，才想了这个法子把你给骗回来。不然，你咋回来啊？"奶奶高兴地说道。

"娘啊，你咋这么糊涂啊！你不知道部队可不是在家里，请假不好，会影响我进步的！"我责怪母亲道。

"都怨你爹，他非让你回来，就想了这个法子把你诓回来！"娘说道。

"我爹也真是的，叫我回来干什么呀？"我不高兴地说道。

"这不是给你说了个媳妇吗，叫你回家来相亲。你兄弟们多，你又是老大，不给你先说个媳妇，咋给你的弟弟们找啊！"娘说道。

"说什么媳妇啊，我不要！"我执拗地说道。

"你都当兵两年了，到现在，也没见你入个党提个干什么的，还不得回来当你的民办老师吗？"爹听到我的话正好进门，劈头盖脸地就数落起我来。

"你也真是的，找媳妇也得先给我写个信说明情况啊，咋用我奶奶生病骗我？"我没好气地对爹说。

"给你说媳妇，爹还有罪啊？"爹振振有词地说道。

我真的服了我爹的气了！

"既然我奶奶没病，那我就提前回部队吧！"我对我爹说。

"你敢？叫你回来，就是让你相亲的。你不给我定下这门亲事，就休想回部队！你相也得相，不相也得相。这门亲事我早看了，那个女孩挺好的，我问过你大姑啦，人能干，长得也不丑。"爹固执地说道。

无可奈何，我只好答应了爹的要求，去相了这门亲事。

那是一个不算太高，稍微有点敦实，圆脸膛，红腮帮的农家姑娘。她只有小学文化，说话挺爱笑的。如果，嫁给一个老实本分的庄稼汉，应当是一桩不错的姻缘。但是，对于我来说，她不是理想对象。我喜欢有文化的，身材苗条，皮肤白皙，眼睛会说话的女人。

相过亲，临走，她二姐拉着我的手夸赞我一番，一个劲儿地让我应诺这门亲事。我出于对女方的尊重，对她说："我回家给我娘说说，再给你回话吧！"

我的推辞，那个姑娘看出了我的心思，对她二姐说："二姐，人家不愿意，你别难为人家了！"

"小文这孩子就是懂事啊，知道听他娘的话！"她二姐和我同村，对我从小的表现一清二楚，知道我的品行，一心要把妹妹说给我当媳妇。

相过亲，我悻悻地回到了家。

"咋样啊？相中了没？"奶奶问我道。

"没有！"我回答奶奶说。

"是人家看不上你，还是你没看上人家啊？"奶奶继续问道。

"我没看上她！"我回答道。

"咋啊？她长得不俊吗？"奶奶又问道。

"嗨，就是个南瓜啊！"我没好气地回答。

站在一旁的爹娘一句话也没有说，显然，他们对这个结果很失望。

不一会儿，她的二姐风风火火地找上门来。

"相中了，相中了！"她二姐一进门就先声夺人地大声嚷嚷着。这时，我二婶听说了我相亲的事，也火急火燎地赶到了我家。"谁相中了？你咋这样说话呢！"我不高兴地对她的二姐说。

"你相中了啊！要不，你咋和我妹聊了半天呢？"她二姐喷我道。

"我那是给你们留脸面，总不能一见面扭头就走吧？"我对她二姐解释说。

"哪有你这样的！你要相不中，你就别和她拉呱啊！这门亲事，你应也得应，不应也得应，今天我就在你家不走啦！"她二姐说着耍起了赖，双脚一跳，一屁股坐到了炕沿上，双腿一盘，真不走了。

"孩子不愿意，你就不要硬压鹅脖子，这强扭的瓜不甜呐！"我二婶实在看不下去了，就批评她二姐说。

"哎哟哎，天哎，小文相中了我妹，都拉手亲嘴了，可让她怎么活啊！"她二姐听完我二婶的话便撒起泼来，一骨碌从炕上爬起来趴到屋当门，长伸着腿，用手捋着，哭闹起来。

我被她二姐的做法逼哭了。

我二婶见我难为得哭了，便生气地拉起她二姐就发了威："你可别在这里闹，我大侄儿可是我们家的宝贝疙瘩，别说你妹妹相中了，相中我侄儿的姑娘可多了去了！"

我娘在一旁一个劲地陪侍她，更加助长了她二姐的闹腾气焰。

"哎哟哎，文他爹哎，不是你让我说的吗？我大包大揽地说了这门亲，小文他不愿意了，叫我可怎么回娘门说啊！"她二姐转身扑向我爹，撕住我爹的衣领不撒手，非要逼着我爹做主答应这门亲事不可。

"行了，你也别闹了。这回我不依着文儿。你回话吧，我做主了，要是文儿不答应这门亲事，我就不让他回部队了！"我爹一根筋，生生地应下了这门亲事。

23

部队给了我五天的探亲假，还有两天就到期。在家的这三天时间里，我心情简直是糟透了！就好像一头不想喝水的牛，被人活生生地按在了水塘里，强行灌进了一桶肮脏的水。那种憋屈、窝囊和沮丧，时不时地涌上心头冲出眼眶……

这个家，我实在是不想再待了！逃避现实的唯一办法就是提前归队！于是，我收拾了一下行李，便踏上了返回部队的客车。

汽车颠簸着从我的老家往泰安行驶。我依窗而坐，窗外的景致也无心留意，一路绷着个脸回到了部队。

郭指导员关切地问我道："小文啊，咋时间不到就回来了，到底怎么回事啊？"

"没什么，就是我奶奶想我啦，叫我回家看看。"我对指导员说。

"哦，那就好。好好工作吧，家也回啦，再没什么挂心事了。"指导员鼓励我说。

其实，我没有和指导员说实话的。这窝囊的亲事，搞得我头都快炸了。我也不知道自己是怎么就稀里糊涂地依了父亲。

就在我回到部队的当天晚上，军营的熄灯号已经吹过了三遍，连队宿舍的灯都已经关上了。我趴在被窝里，打着手电筒照着给她写信：

秋菊同志你好。十分抱歉，咱俩的婚事是你二姐和我父亲逼我的。我想，你应该明白我写这封信的目的了。6.1.再见。

第二天，我就从军人小卖部买来了一个信封，写好了邮寄地址和名字，将信封好，通过邮局，把这封"分手"的信寄了出去。

分手信寄出去了很久，也没有见她的回音。我以为就这样算完了。我就给我父母写信说我和她的亲事"吹啦"，并顺便告诉我父母说我和一个女民办老师好上啦，就请他们不要再为我的亲事操心啦。

春节到了，我突又接到了一封她写来的信。望着她那像螃蟹爬过一样的字迹和那读不成句子的话语，我顿感她的无知。

"我没有多少文化，也不会写个信。就是问你个安好。咱俩定了亲，就是夫妻了。你也不要给我写那些我不懂的信。我就喜欢你这种文化人，我会等你的。好了，求你别胡思乱想。想你的菊。"

天哪，我不是早就给她写信了吗？不是早就告诉了你咱俩6.1吗？她连这个也不懂吗？想想要和这样的人在一块生活一辈子，那不是活受罪吗？有意思吗？我可是个从小心性很高的文学青年啊！

我无奈地又给她写了一封信，明明白白地告诉她尽管她是个好姑娘，但我不喜欢她，劝她另行打算自己的婚姻大事。我还告诉她，我有心上人啦，是我过去当老师的同事，一个女民办教师。

这个民办老师早在我当兵之前就暗自喜欢上了我，只是我没有察觉她的多次暗示。我当兵走了，她以为我在部队会提干而不敢向我表明心迹。就在我回家相亲的时候，她本来打算向我表白的，不料我爹逼我与秋菊成了亲。当我把自己的事告诉我的老师的时候，她才得知了情况，便给我写了一封情书……

春节过后，还没有过完十五，秋菊就在她的二哥陪同下，由我的父亲和二叔领着找到了部队上。

24

真要命啊！

我的父亲和我玩起了装疯卖傻捉迷藏的游戏，动不动就往铁路上跑，还动不动在我们军营住宿的楼梯上打滚，企图让我怕丢人现眼而屈就他。

二叔更是棋高一着,他也是一哭二叫三吓唬,再不就用"庄稼人家三件宝,丑妻薄地破棉袄"之类的话来教育我,希望我顺从他们。

不管我怎样说,他们就是不听,认准了一条死理:就是非得结这个婚。面对父亲的疯疯癫癫,我真的怕丢人现眼啊!二叔更是哭着对我说:"你看你爹急得都疯了,你要是再不答应,可真不好说会闹出个什么好歹来啊!"

那个她和她的二哥啥也不说,只管哄着我爹和我二叔,为他们撑腰。

我心中那个气啊,就朝着她撒。我对她说:"兔丝附蓬麻,引蔓顾不长。你缠着我也没有用,我的心不在你这里,光一个空壳,有什么用呢?你有什么幸福可言!"

"我就是相中你了,我才不管那么多呢!"她只是咧着嘴笑,也不生气,真拿她没办法。

就这样"熬"过了三天时间,我终于崩溃了。我天真地想,得让他们回去,不能老赖在部队,这样对我的影响不好。

"这样,你们回去吧,这门亲事暂时不散了。"我对他们说。

"什么叫暂时不散了,你当是糊弄三岁小孩呢!你二叔我过的桥比你走的路还多。你别想和我们打马虎眼,糊弄我们回去,后脚就再写信散亲啊!"二叔真是老谋深算啊!

这时候,父亲又装疯卖傻地往铁路上跑,往火车底下钻。

"唉!罢罢罢,你们走吧,这门亲事,我认命了!"我眼里含着泪,心却在滴着血。

立刻,他们个个都有了笑脸。转而,二叔竟向我赔起不是来了,一个劲儿地让我理解当老人的好心好意,不要怪罪于他。

一夜辗转反侧,我夜不成寐,仰望苍穹,向着星星和月亮默默地诉说衷肠。当黎明时分,起床的军号嘹亮,我发现头下的枕巾竟被泪水打湿了……

吃过了早饭,我心想,你们可该回去了吧!哪承想,他们不但不走,反而从连队指导员那里开出了准许我登记结婚的介绍信,我二叔早已经准备好了从公社和大队开来的结婚证明信,二叔把这些信件往桌子上一摊,走吧,结婚去吧!

此情此景,已将我置于万难的境地。我欲哭无泪,心中的怨恨就像一块巨石压在我的胸口让我喘不上气来。我无可奈何,好像一个任人操纵的木偶一样,办理了结婚登记手续。那位负责的女同志,大约四十岁,她望了一眼我们，问道："结婚是你自愿的吗？"

她赶忙回答："我自愿的，我自愿的！"她一连说了两个"我自愿的"。

那个女民政又转脸问我道："结婚是你自愿的吗？"

我支支吾吾地没有说出来。那个女同志立刻拿眼瞪着我，再次向我重复问道："结婚是你自愿的吗？"

"我，我，我……"我又支支吾吾地没有说出来。这时，站在一旁的二叔急得直跺脚，他狠狠地用手使劲拧了我的耳朵一把。

"这可不行！你看，他是不愿意的，是你们逼的。我国《婚姻法》明文规定婚姻自主不能强迫，结婚登记要个人自愿，他这种情况我们不能给他办理结婚登记手续。"那个女同志负责任地说道。

25

我和秋菊的故事，我讲到这里就打住了话头。因为，我的心情很是沉重，实在是讲不下去了。我需要调整一下情绪。

"那，你们最后结婚了吗？"吴萍焦急地等待着我和秋菊的结局，她急切地问道。我没有直接告诉她，而是向她卖了个关子。

"我和她结不结婚，这已经没有必要了。反正，我告诉你我已经失去了爱的权利。你我之间，也只好做个朋友！"

"你的那个她，实在是太不知趣啦。你的话都说到这种份儿上了，她还这么死皮赖脸地干什么啊！要叫我，我才不那么没脸没皮的呢！"吴萍见我情绪低沉，就上前一把拉住我的手，用她的另一只手温柔地抚摸着我的头发，向我传递爱的力量。

自从我向吴萍讲述了我和秋菊的那半个故事，我就疏远起她来。

一连几天，我都没有理她。吴萍似乎也感觉到我对她的疏远是有意的。她像往常一样进进出出我的病房，显得是那样平静。但是，随着时间的加深，我一直板着脸，让吴萍受不了了。终于有一天，她拉着我的手哭了起来。

"为什么？你为什么不和我说话？"吴萍盯着我的眼睛逼问我。

"为什么？我也不知道这是为什么！"我不敢看她，无奈地回答她。

"我知道，你是喜欢我的！我从你的眼神里读懂了。可是，你为什么不敢勇敢地去面对？"吴萍连珠炮似的问我道。

"我也想过和她离婚，但是这不是一件容易的事情啊！"我叹了一口气说道。

"文哥，你也看得出来，我是真心喜欢你的。如果你也真的喜欢我，那你就和她离吧，我会等着你的！"吴萍俯身依偎在我的怀里温情地说道。

"唉——"我长长地吁了一口气，痛苦的思绪又飞回到了那年逼我登记结婚的情景。

26

登记手续没有办成，秋菊悻悻地独自一个人跑了。

我二叔两巴掌打得我两眼直冒金星，两腮也麻得没有了感觉。

秋菊的二哥对我的父亲和二叔大发雷霆，逼着我们去找她的妹妹。

"什么也别说，先找到我妹妹再说。要是我妹妹有个三长两短，我叫你们吃不了兜着走！"她二哥咄咄逼人地说。

我没有办法，只好把情况向连首长作了汇报。

"你啊你，我早就料到，你回家就是这个事。既然事情已经发生了，那就面对吧！反正你也答应了人家不散亲了，而且结婚证明信也都开好了，那就跟人家结婚吧！"一向关心我的指导员点着我的额头说道。

于是，全连集合，去寻找跑了的秋菊。结果，她自己又一个人跑回来了。

望着她那可怜兮兮的样子，我的心头是又气又恼，狠狠地瞪了她一眼。

事已闹到如此境地，再也没有了退路。被逼无奈，我只好又去办理了结婚登记手续。

新婚之夜，对于一对年轻人来说是人生中多么幸福的事情啊！可对于我来说，就像掉进了刺骨的冰窟窿，走进了恐怖的黑森林，陷进了吃人的沼泽地……

连队的战友为我们举办了热闹的结婚典礼，可我像一个木偶被摆弄着入了洞房。

战友们散去了，屋子里只剩下我和秋菊。昏暗的灯光，斑驳陆离，就像我的心情一样灰暗。

床沿上，她坐在那里露出了胜利的笑容，而我流出了失望的泪水。我咬着牙对她狠狠地说："你甭笑，咱俩早晚要离婚！"

"哼，过一天算一天！你发狠也没有用，反正咱俩结婚了！"秋菊那得意的话和狰狞的笑，让我感到我人生的噩梦开始了！

27

人说时间是磨炼人的石头，也是缝合创伤的良药。尽管，我和她没有感情，但是毕竟已经结为夫妻，任何的反抗和不满，都已经无济于事。那个暗恋了我多年的女民办老师在苦苦等了两年之后，也无奈地与他人结了婚。

这期间，因为爱得无望，激发了我写作的欲望，渐渐地，我也就不再一味地去追问我的爱情到底是什么了。

由于我写作才能的突出表现，我被军区司令部选中参加了报道员学习班。紧接着，军区司令部又批准我到山东人民广播电台新闻部《今日山东》节目组学习。

两次学习的机会，使我的写作水平提高了很多，也发表了不少的新闻通讯、散文等文章，成为原济南军区最出名的一位战地报道员。一时间，我的名字随着报刊电台的传播，响遍了齐鲁大地。

那时候，虽然在部队入党提干很难，但在写作领域的突出贡献，使我有了发展的希望。我的前途也灿烂了起来。

这个时候，我和她也有了一个儿子。望着儿子那甜甜可爱的笑脸，在老人的多次劝导下，我放弃了与她离婚的念头。

平心而论，她也不是一无是处。

她能干，地里的庄稼活不在话下，为人处世也挺得体，养儿持家，尊老爱幼，无人不夸。

可，我为什么就看不上她呢？

看来，是文化品位的差异。她，作为一个没有多少文化的农村妇女，又哪懂得什么爱呀情呀的。她能做的，就是实实在在地对你好啊。她会为了自己心爱的人儿，付出一切。哪怕你让她为你天天洗脚，她都会乐此不疲。

有时候，我也萌生出些许对她的爱怜和同情。于是乎，我也曾将心比心、设身处地地考虑问题。

女人啊，只要她相中了你，可真的是无怨无悔。

作为男人，面对这样的女人，你还有什么不知足的呢？无非，她的长相相比较而言不是那么漂亮。可，漂亮能当饭吃吗？漂亮，也只能是精神上的愉悦而已。或许，漂亮也会当成是一种负累。君不见，多少红颜祸水啊！

有那么一段时间，我也对她是出于理解的态度，这使得她是那么的感激。可是，想想又是那么的酸楚。这种复杂的心理下，产生的也只能是一种悲哀。

28

以后的日子里，我又到了青年报社去学习并帮助工作。在那里，我一干就是两年半。我和新闻部高老师采写过许多人物专访。我还采写了一篇原济南军区通信总站的一个吴姓将军的女儿的故事，把她写成了报告文学《将军的女儿》。记得在军区通信总站女兵八连采访的过程中，我带的几个战士报道员和女兵们同吃住的情形，那些个女兵就像是女儿国里的公主，围着我们瞧稀罕，看得几个男兵饭都不好意思吃，脸红得就像是五月的鲜桃。那个很有些男子汉气魄的女兵连长看着我们窘迫的神情哈哈大笑了起来。

"哈哈，你们也像唐僧进了女儿国那样好笑啊！"女兵连长开着玩笑说道。

那个叫冷玉化的副指导员握着我的手说："欢迎你常来我们女兵八连采访啊！"这个女指导员温情柔弱的身影给我留下了很美好的记忆。

还记得在刚当兵学兵连队的时候，战士们都去看黄河，而唯独我不去。我当时犯忌在那句不见黄河不死心上。我仅是一个小战士，见了黄河不就死心了吗？我不见，就不死心。我还会回来的，而且是光彩地回来再去看黄河。

此时的我，已跃上了人生新台阶的辉煌，我便豪气地去过了一把见见黄河的瘾，真真切切地领略了一番"黄河之水天际来，奔腾到海不复还"的壮景。

后来，我又被派到老山前线，做战地记者，采写了许多战地报道和英雄的故事……

我的回忆讲述，让吴萍听得是那样忘情。她的眼里饱含泪花，晶莹剔透。

"文哥，你的婚姻听了着实让人替你难受，但你的才华和英雄主义情怀，也着实让人感动和激情荡漾啊！"吴萍拉着我的手深情地望着我的眼睛说。

吴萍的话，让我顿时感觉到从未有过的心灵慰藉。我也忘情地把她搂在了怀里……

29

回忆到这里，我停止了讲述。这个吴萍焦急地从我的怀里抬起头来，也眼含热泪地望着我问道：

"文哥，你和那个吴萍最后到底怎么样啦？"

"哦，还能怎么样啊，等我找到她再说吧！"我若有所思地说。

"文哥，看来，你对你的那个吴萍至今都念念不忘啊。你放心，你这个吴萍妹子不是那种小气的人，我一定帮你在烟台找到她！"这个吴萍又说道。

"哦，你的心胸如此开阔，让我十分地感动！那，就多谢你了！"我对这个吴萍说。

接下来，吴萍和我进入了寻找我的那个吴萍的活动中。我们先是通过网络查询，又通过电话查找详细地址，几番周折，终于查到了吴萍的手机登记地址是烟台市的莱州区域。这个吴萍，通过她的一个在移动通信公司的老同学从内部查找到这个手机号的注册名字是吴嫚。

"文哥，这个手机号不是你要找的那个吴萍的，而是吴嫚！"这个吴萍告诉我说。

"哦，吴嫚啊，是吴萍的妹妹，她是以她妹妹的名义注册登记的手机号啊！"我恍然大悟。

"既然能找到她的妹妹，那你的吴萍不就好找了吗？"这个吴萍说道。

"也是，咱们先去找吴嫚吧！"我决定道。

于是，这个吴萍带着我驱车赶往了远在烟台西北方向的莱州湾畔。

我们在一家叫"望海楼"的海边星级宾馆入住下榻了。我们挑选了一间内外套间豪华套房，然后，赶紧打开我随身带的手提电脑，上网与那个网上的"净慈"联系。

"净慈，你好吗？你的那个千里之外的文哥找你来了，就下榻在颐和园宾馆606房，请你上网后速与我联系，文哥。"

这个吴萍替我打上了上面的这段话，然后，她又向我要过吴嫚的手机号码，开始与吴嫚联系。

"吴嫚你好，你的文哥哥不远千里来找你和你姐了！现在就住在颐和园宾馆606房。请你见到短信速联系。"这个吴萍在给吴嫚打了几次电话没通的情况下，灵机一动，便给吴嫚发了上面的这条信息。

一切都在等待中，我和这个吴萍一同到楼下的餐厅去吃晚宴。

吃过了晚宴，我们又回到了606房，耐心地看着电视等待着。

30

"文哥，给我讲一讲你的那些打官司的有趣故事呗！"看完了电视新闻，我和吴萍议论了一番，吴萍又缠着我要我给她讲述我办案的故事。

"你要想听，那我就给你讲讲呗！"我就删繁就简地给她讲述了一些我以前没有对人讲过的故事。

曾经身为经委系统下属的化轻公司业务科科长的老万头不甘平庸，抱着发财梦，义无反顾地加入了经商做买卖的行列，开始倒腾煤炭生意。不承想，八年下来，债台高筑，赊出去的煤款遍布胶东好几个市县就是要不上账来，已经到了穷困潦倒的地步。加之他已年近七旬，娶了个比他小二十岁的年轻漂亮的媳妇，折腾得他是身空气虚，连走路也晃晃悠悠的了。

"文哥啊，你就帮我打打官司吧，我可是分文没有呢！"万老头颤颤巍巍地找到文哥的办公室，一屁股坐在沙发上，上气不接下气地说。

"啊，老万哥，怎么是你啊？"我抬头惊讶地发现，坐在他跟前的是曾经轰动一时的大煤商老万，我曾和在一块吃过几回饭。

"哈哈，山不转水转，我老万头又求着你了，只不过那会儿是给公家干事，现在求你帮忙打官司要债来了！想不到你小兄弟还能认识我！"老万头用手拭了把眼角说道。

"咋不认识你啊。谁不知道你是响当当的万大款啊，怎么赊出去的煤炭要不来钱啦？"我打趣地说道。

"唉，好汉不提当年勇啦！这会儿你老万哥我是垮了号，不瞒你老弟笑话，我都养不起你小嫂子啦，这不哭着闹着要和我拜拜呢！"老万头打着哈哈说。

"呵呵，你老万头老牛吃嫩草，今天知道厉害了吧？当年我劝你不要和嫂子离婚，你就是不听，非要我给你写状子闹离婚，休了大的没饭吃了吧？"我给老万哥开玩笑说。

"咱俩谁也别说谁！席上滚到地下，一个球样！你要是不和弟妹闹离婚，不也是响当当的法院大人物吗！"老万头反唇相讥道。

"唉，要知今日何必当初啊！夫妻还是从小的啊，我也真后悔，因为离婚把个乌纱帽都离掉了，现在想想真不值得啊！不过，好歹我还年轻，年轻就是本钱嘛！"我叹了一口气说道。

"说正经的吧，老万哥，你把你的煤炭账务摆出来让我看看，咱先挑挑哪几个是好要的，我帮你催一下，先要上部分钱来当本钱，你也好打发小嫂子欢喜！"我转过语气说道。

"你看看，这一把都是咱泰和周围的，他们拉了我的媒，不给我钱，都打了欠条。"老万头把一大把花花绿绿的条子从提包里掏出来放在了我面前。

"哦，这都是咱泰和的，有几个我也认识，他们也不给你钱吗？"我看了几张条子抬头转向老万头说道。

"他妈的恶儿赖！当初拉我媒的时候，恨不得叫我爹，向他们要账了我倒成了孙子了，一推再推，这不一下子推过去了七八年，光他娘的利息钱也儿子比娘大了！"老万头气呼呼地说。

"胶州的、诸城的、五莲的，还有莒县的，这些条子可是路途太远了，光时间和路费也不少啊！"我翻了一下另一叠条子对老万头说道。

"我这不是没钱嘛，再说我这身体，别说乘车出远门了，就是到你这里来，我都是歇息了好几次呢！一走路就喘，憋得难受啊！因为要不上钱来，咱也欠人家的钱，人家找上门来天天闹，这不把你嫂子给闹得回了娘家不归

· 203 ·

了！仰仗老弟帮我想想办法，把钱要来，有你老哥花的，也有你老弟花的！"老万头平和地说道。

"那好吧，我安排一下时间，先垫上点车费和你跑跑咱泰和城周围的几户，帮你要回那几笔债，实在不行的话我帮你打官司！"我真诚地说道。

"我这把老骨头，还禁得住车颠路晃吗？你还是帮我先去把你的小嫂子叫来吧，她都知道路，也摸得准门，这些年，都是她拿着条子去要的！"老万头咳嗽了一阵说。

无奈，我只好当了一回说客，自己花钱，买了水果，拉上老万头，去了老万的丈人家……

这是一个地处太平山林场附近的一个小山村，车开到了半山腰，再也不能往前开了。老万头丈人家就在一个小山包上，上山的路是一条蜿蜒不平的小山道，走过了几道沟，便来到了一个小土屋跟前。推开虚掩的老木屋门，昏暗的房间里，摆放着一张古老的八仙桌子和一堆陈旧的老式椅子。坐在炉子旁的老太太知道了一行人的来意，便劈头盖脸地朝老万头数落起来："看看你，让个小你二十来岁的闺女如何跟着你过活啊？说句不中听的话，如果哪天你倒下了，还不坑了俺闺女啊！"

"这不，我找来了曾在法院干过的文兄弟来帮咱要账，要回钱来咱日子不就好过了吗？万一哪天我死了，这要回的钱不就是你闺女的？"老万头心平气和地说。

老太太再没说话。

"小文兄弟，你当真能帮万哥去要债吗？"坐在一旁的老万头媳妇向我问道。

"当真！要不我咋能开着车来叫你呢！嫂子，你放心，有我帮你，你就甭用愁了！"我拍着胸脯向老万头的小媳妇表态。

"那太好啦！"老万头的媳妇眉毛一挑，眼中立刻放出了欣喜的亮光，她上前一把抓住了我的手，抓得我很不好意思起来……

叫回了老万头的媳妇，一切就按部就班地开展了起来，要账的工作进展得很顺利。也许是由于对我是律师，泰和的那几个欠债户，都给了几分面子，或多或少地还了一部分钱，剩下的都达成了还款协议。

初战告捷。有了这笔活动资金，老万头和他的小媳妇心情也愉快了起来，他们又恢复了以往的欢乐。但，撒在胶东半岛上的煤款数目有上百万，这才是他们家的压箱底钱，如果不能把这几笔款要回来，他们还是无法摆脱困境，过不上舒心的日子。

"乘胜追击，咱再接再厉！小文兄弟，我把你小嫂子托付给你，让她带你到胶东去要账。你们爱吃就吃爱喝就喝，兄弟，放心，我想得开，你们爱咋的就咋的，只要把钱要回来些，我也好买药保命多活一天。你们就搭伴搁伙的去吧！"老万头三杯酒下肚，说起了胡话。

"看你说的，人家小文兄弟不是你想象的那种人，再说就是我愿意人家还不愿意呢！"坐在一旁的老万头的小媳妇剜了一眼丈夫说道。

"老哥、小嫂子，开个玩笑可以，但小弟可不敢干昧着良心的事儿啊！"我说着举起一杯酒喝了下去。

"哈哈，哈哈……"席间一阵哈哈大笑声。

经过了几天的准备工作，我们踏上了去往胶东半岛要账的旅程。第一站，在诸城的一个经贸公司遇到了阻力，这家经贸公司总共欠下老万头煤款三十八万七千余元。

"你们还敢来要钱！老万发给我们的煤，含硫量太大，把人家的锅炉烧焦，损失可大了，我们没找你们要损失就不错了！"那家经贸公司的老板蛮横无理地说。

"你们的煤场，进煤的渠道不只我们一家吧？我听说光我们泰和给你送煤的就有十二家，你把煤炭赊购进来都堆放在你的煤场里，你还从淄博、烟台、枣庄、肥城购进一批煤炭或煤渣子，再用装载机呼噜呼噜地一掺，你怎么证实这批熄了炉的煤炭就是我们老万发的呢？"我不卑不亢地和那位老板讲起道理来。

"这，这……"那位老板被问得哑然，无话可说了。

"我们有你出具的收货凭证，有咱们双方签订的购销合同，你既然拿不出证据证实是我们的煤炭有问题，那你就得按照合同付给我们拖欠的煤款。按照合同的约定，你还要向我们支付下欠总煤款百分之三十的违约金以及催收这笔煤款所需用的路费！"我有理有据地对那位老板说道。

经过几个回合的较量，这个老板终于口气软了："你不愧是法律顾问，要不咱俩合作一把，你帮我往这儿发煤？"

"哈哈，我给你发了煤来，你要用含硫量过高熄了锅的理由不给我钱啊！"我揶揄他道。

"哪能啊，糊弄谁也糊弄不了你啊！这样吧，为了表示我的诚意，你们也让一让步，咱打半折价，我给你们一次清了吧！"那位老板表态道。

"你也忒抠了吧！老万这可是三十八万元啊，你给他三十万还差不多！"我据理力争道。

"文兄弟，我这是看在你是个能办大事的人的情面上，才这么痛快答应给你们一半钱的。你问问老万，他在发给我的煤炭里，掺杂使假，不占一半煤矸石碴子和煤泥才怪呢！"那位老板也为自己据理力争。

"既然你给了我面子，我们兄弟可以合作，我会给你往这调运煤炭，但条件是你给老万二十八万元，咱就全清了。只要你按这个数现在就付给我们，我一个电话打回去，保证立马给你调过十车煤来！"我打着包票对那位老板说。

"我相信你的，你有这个能力。就凭这几天我和你的接触，我就知道你不是一般的人物。虽然你不在法院干了，但是你的人脉还在。我诚心诚意地和你交个朋友，就按你说的我给老万头二十八万元。你等着，我让财务立马给你准备款项，最迟明天上午让你们拿到钱！走！我请客，我请你和嫂夫人到海天大酒店去吃吃海鲜，嗨嗨歌！"那位老板大气地说。

次日上午九时，那位老板如约把二十八万元交到了我的手上，并与我签下了每月供销煤炭五百吨的合同⋯⋯

此次诸城之行，我是收获多多，既收获了名誉，又收获了财富，还收获了朋友。

下一站，去往五莲讨债。五莲这家企业欠下老万头的煤款达三十万元。这次五莲之行，表面上看是比较顺利的，但折腾了一周，才发现这个老板是滑头，采取了光说好话不办事、一推再推的拖延战术。

"呃呃，你们来了！看又叫你们跑一趟了，财务上暂时没有钱，让你们久等了，实在对不起！"那位老板表现得十分热情和谦恭。

"走，咱先吃饭去，钱的事，别着急。你看，我这生意，还差你们这点钱吗？一旦周转过来，我们就会即刻给你们付款。"这位老板安排得十分周到。

可是，一周过去了，突然不见了这位老板。原来，他有一笔贷款业务，银行正在考察他的企业，他怕我们给他搅黄了，便采取了缓兵之计。待他把款从银行贷出来，便携款外出，采购煤炭去了⋯⋯

我发觉上当受骗，气得跺了跺脚，发狠地说："小嫂子，反正咱手头刚要来一笔款，不怕这小子和咱耍滑使奸。咱这会儿就和他来个狠的，采取诉讼保全的措施，看他还敢糊弄咱不！"

"文兄弟，嫂子全听你的，你说咋着就咋着，反正钱是你要回来的，嫂子一个妇道人家，法律上的事是一窍不通，你就看着办吧！"老万头的媳妇豪爽地对我表态道。

说做就做，我连夜写好了诉状，整理好证据资料，第二天一上班，就早早地赶到了五莲县法院，办理了立案诉讼保全手续。

一般来说，立上案后，按照程序要等上七八天才能办理诉讼保全送达手续。没想到，这个法院的工作人员是那样认真负责，闻听我也是从法院出来的人，既亲切又热情。

"文同志，考虑到你们是大老远来的，让你们回去等着，来回折腾也不容易，我们庭长说了，立马给你们办理保全送达手续！"那位法官热情地说。

于是，五莲法院的工作人员开着车，带着我们一行三人，到五莲县的银行查了一圈，结果在工行查到了这个欠款商刚刚收进一笔五十万元的贷款，这样，连同诉讼费保全费及利息算下来也基本达到五十万元的数字了，就把这笔款全部查扣了。

我为了表达对五莲县法院工作人员的谢意，中午安排他们吃个便饭，但被他们拒绝了。

他们说："文同志，你也是从法院出来的，应该知道咱们法院干警的规矩，不能吃请接受当事人的好处。查住了钱，让你们满意，也是我们的职责所在！"

"文兄弟，老万哥要是早请你帮忙，何至于红红火火的一摊子生意就垮了呀！"老万头的媳妇眼里闪烁着激动的泪花。

是啊，自从我接手了他们的煤炭债务，从泰和到诸城，又从诸城到五莲，哪一站不是办得利利索索的！这一桩桩，老万头的媳妇可都是跟随在侧、历历在目！这位年轻女人能不佩服眼前的这位比她大不了几岁的"文兄弟"吗？

毫无疑问，五莲的这笔货款，他们分文不少地拿到了手，取得了超乎寻常的胜利！

"文哥，听了你的故事，我好感动啊！你真是个有着菩萨心肠的大好人啊！谁碰到你算是遇到福星了！来，你说了这么多，累了吧？喝杯咖啡提提精神吧！"吴萍听完了我讲的故事，便打开咖啡机，为我煮开了咖啡。

"那好，就有劳妹子了！咱们边喝咖啡，边等吴嫚她们上网联系我们吧！"我对吴萍感激地说道。

"文哥，来，咖啡煮好了，咱们一人一杯！不过，咖啡可是有些苦啊，你要不要加一点糖？"吴萍转过头来温柔地说。

"我不要加糖，我喜欢咖啡的苦涩，因为人生本来就是像咖啡一样的味道嘛！你们女人都喜欢甜点，喜欢过甜蜜幸福的生活，那你就为你自己加一点糖吧！"我对吴萍充满情意地说道。

"呵呵，文哥到底是作家啊，喝杯咖啡都喝出情调了，说出来的话都是那么地充满诗意，听着真让人心生欢喜。糖还没加，我就感觉到了甜蜜！"吴萍欢快地说道。

我接过了吴萍递给我的咖啡，慢慢地品尝着，神情又沉浸在往事的回忆里……

"文哥，吴嫚上网了！你快看啊，她给你留言啦！"突然，吴萍"啪"一下放下咖啡杯，指着电脑屏幕向我喊道。她这一惊一乍的表现，一下子就把我从回忆的思绪中拉回了现实。

"啥？吴嫚给我留言了？说啥？"我放下手中的咖啡，也急忙凑到吴萍电脑屏幕跟前。

"她说会来找你，并带一个重要的客人来见你。"吴萍告诉我说。

"你问她啥时候来？"我对吴萍说。

"她说明天上午10点钟，让你在房间等她，她准时来找你。"

"哦，那我们就在这里等她明天来吧！"

"文哥，置身莱州湾畔，你不想趁着这夜色饱览一下大海的风景吗？"吴萍从电脑桌前站起，走到我的跟前问道。

"哦，夜色中的莱州湾一定会是别有一番美景吧？"我若有所思地说道。

"走，到阳台上看看去！"吴萍说着上来一把就把我拉了起来。

阳台上，夜晚的海风飕飕地吹，空气里弥漫着海咸的鱼腥味。远处的海面上，看不到了打鱼的船帆，只有渔火点点。遥远的灯塔闪亮着光芒，为夜航的船只指引着方向。

近处，海浪的起伏和退潮的声音哗啦啦呼噜噜，使这寂静的夜晚充满了喧哗。偶尔，传来的汽笛声，悠远深长……

"文哥，这夜色美吧？"这个吴萍挽着我的臂膀说道。

"哦，好美！就像是安徒生的童话，置身于海边的女儿。"我意味深长地说。

"那，文哥何不留下来，留在我们烟台，书写你胸中的诗意故事！"这个吴萍不知什么时候已经把头靠在了我的肩上。

"哦，明天，不是还要等吴嫚来吗？外面的海风太大啦，我们还是回房间吧！"我岔开了这个吴萍的话题。

"文哥，那好吧，我们回房，你旅途劳顿，去休息吧。"这个吴萍善解人意地说道。

"那好吧。你为我跑前跑后的，累了一整天了，你也赶紧休息吧。"

我起身走进了水雾弥漫的浴室。

温热的池水，浸泡着我的身体，我感到格外舒坦。我足足泡了半个多小时，一天的劳累，也在这浸泡中消失得无影无踪。

31

天刚微明，窗外，院子里高高的白杨树上，一窝喜鹊在"喳喳""喳喳"地不停地叫着。

我被这喜鹊的叫声惊醒了。我睁开睡意蒙眬的眼睛，起身推开窗户，朝窗外望去，一轮红日正从东海边上冉冉升起，和风习习，天气晴朗。我知道，今天是个喜气临门的好日子，就连天公也来作美，喜鹊也来奏乐。

上午10点整，我着意打扮了一番，头上还喷了定型的发胶，重新打了一下领带，努力使自己变得让人看去显得是那样年轻潇洒而富有朝气。

为了避嫌，我把陪我而来的人支了出去。房间里只剩下我一个人在静静地等待着吴嫚他们的到来。

"咚咚咚！"门外传来了敲门声。

我激动地走上前去，把门打开。只见，一个稍胖而富有神韵的中年妇女领着一个年轻帅气高大的小伙子站在了我的面前。

"啊，你是吴嫚？"我惊讶地望着她打量着问道。

"大哥，是你吗？我是老二吴嫚啊！"那个中年妇女也惊讶地望着我问道。

"啊，快二十年不见了，想不到，我们是在这样的一个地方见面！这些年，你们都还挺好吧？"我寒暄道。

"哦，挺好的。你这些年，也不错吧？"吴嫚也寒暄地说道。

"不错！只是，这些年我们没有音信，一晃快二十年过去了，我们日渐也快老了。"我感叹道。

"是啊，我们的头发都快白了！"吴嫚也感叹地说。

"来，小伙子，快屋里坐！"我对站在一步门里一步门外高我一头的那个小伙子说道。

"哦，我忘了介绍。他叫念文，今年已经十九岁了，正在读大学一年级，是山东大学的高才生呢！"吴嫚拉过那个小伙子的手说道。

"呵，小伙子真是一表人才，高大英俊，帅气十足啊！"我打量着眼前的这个小伙子由衷地夸赞道。

小伙子露出了羞涩的微笑，他被我夸得不好意思起来。

"念文，这就是我常给你说起的那个文伯伯。快，见过你文伯伯！"吴嫚把念文推到我的跟前说道。

"文伯伯好！"念文礼貌地向我行了一个礼。

"哦，念文好！"我亲热地拥抱了一下这个叫念文的小伙子。

我们落座，边喝水边拉起了家常。

"吴嫚，你姐姐吴萍呢？她过得好吗？"我向吴嫚打听道。

"唉，我姐她可真的是命苦啊！"吴嫚哀叹了一声，便向我讲述了她姐姐吴萍的故事。

32

"十九年前，我大姐怀孕了。但，那个时候，你和我大姐还没有结婚。

眼看着一天天大起来的肚子，我姐她急啊。可你就是不离婚，她已经等你七年了。这七年里，她为你流了多少泪，吃了多少苦啊！还有，她为你流了多少次产，这，你应该是知道的吧？

这次，我姐她是实在熬不住了，怀着你的孩子，快要生了，突然动了胎气有流产迹象，我姐为了保住她肚子里的孩子，连命都差点搭上了。我们全家都拗不过她，也只好依她。于是，我姐就让我给你拍了好几封电报催你回来。可你是泥牛入海，一点消息也没有啊！

我姐她牵挂着你，也生你的气。爸妈对你的气啊，就甭提啦。

妈说，这个小贼，准是抛弃了你姐，吓得不敢来啦。咱也指望不上他，就当他死啦，你姐就算是被他骗了吧。

我们东拼西凑地凑齐了一大笔住院医疗费，给我姐办理了住院手续，好歹帮她保住了孩子。

妈不让我给你拍电报，我姐也伤了心，是我偷偷又给你拍了第三封电报啊。可，你还是没有回来，连个音信也没有啊。别说他们生你的气了，就连你这个最亲你的二妹都快把肺给气炸了。还有小波弟弟，非要去泰安找你拼命啊。是我们拦着，他才没有去成的。

过了七八天，随着一声'哇哇'的婴儿的啼哭，孩子来到了这个世界上。哦，是个男孩。望着孩子那长得极像你的模样，我姐她忘却了怨恨，终于有了笑脸……

后来，我听说你来了趟家，被妈赶了出去。可你，你也太不理解老人了。你让她伤透了心，怎么就不跪下来求求她啊！你就那么有志气，受不得委屈吗？我问过妈，妈说你要是再求求她，她是不忍心再赶你走的。

我对妈大发脾气，说她不该赶你走，不该不让你进门。可妈也是为她可怜的女儿着想啊！老人是势利了些，可她是怕我姐跟着你吃苦受难啊！我知道，那时候，你已经调到粮局卖面了。后来又听说你下海了，又办了个印刷厂，还贩煤炭，替人打官司……就连你结婚的事儿，我们都知道。"

吴嫚讲到这里，我已是哭成了泪人儿。我打断了吴嫚的话，埋怨她说道："这些，我是一点也不知道啊。我以为又是你姐为了骗我快离婚，而像以前那样给我拍假电报的。再说，我也是被人给骗了身上仅有的两千元钱，连个路费也没有呀！这些，我当时可是都给吴妈妈解释了的，可她就是不听啊！非得把我赶出门来，连东西都给我扔了出来。我的自尊心受到了极大的伤害。我是个男人呀！我就一咬牙，跺了跺脚就走啦！"

"你的自尊受到伤害你就受不了啦，你就一跺脚走啦，可你知道我姐为了你受了多大的委屈吗？又为你受了多大的伤害吗？她一个未婚妈妈自己一人带个孩子顶着社会上的多大压力吗？"吴嫚也声色俱厉地质问我道。

"那，你们后来，又是如何知道我的一些情况，你们还关心着我啊？"我又反问吴嫚道。

"今天，我就当着念文的面，详细再和你讲讲你走后我姐的经历吧！"吴嫚喝了一口茶，清了清嗓子，拉着念文的手，又向我娓娓讲起了她姐吴萍的故事。

33

"自从你被妈赶出了家门，妈妈的心里也不好受。她越想越不对劲，就偷偷地把你来家的事告诉了我，我责怪妈好糊涂。就在你走的一个月后，我悄悄地告诉了我姐，我姐听了啥也没有说，只是亲着孩子直掉泪。我就劝姐说，这已经说明我姐夫他的心里还是有你的，你千万不要难过，不然，他是不会来家的，都怪妈把他赶了出去。

一年后的农历八月十二，我姐给你打了一个长途电话，还找你住过的宾馆，没想到，你的公司就开在了这家宾馆里。当宾馆的服务人员告诉我姐说你就在这里办公的时候，她甭提有多高兴了。

她告诉你让你在八月十三来一趟，她说这是最后一次见你。其实，我姐就是这样的人，往往嘴上说的和她心里想的不一样。这，你和她相识了七年你都不了解她啊？你可真笨啊！

你来的那天明明是她的生日，她以为你能记得，可你一句话也没有啊。你光知道和她要你的记者证、作品、获奖证书什么的，你叫她怎么想啊？你也不问问她这一年是怎么过来的？她在干什么？当时她让你去我家，这本来是她和你和好的机会，就这样被你给搞砸啦。"吴嫚讲到这里，突然又停顿了下来。她望了一眼面前的念文，欲言又止。

"你姐要是想和我和好，咋那样对我呢？"我问吴嫚道。

"你个傻瓜啊，她大老远叫你去是干什么啊？她要是不想和你和好，还会给你买来你爱吃的梭子蟹？你在那里哭，她给你擦眼泪啊。她一再地问你去不去我家，你难道就感觉不到她的用意吗？你知道她本来想告诉你的是什么吗？"说到这里，吴嫚欲言又止。

"她要告诉我什么呢？她生下的那个孩子呢？"我急切地问道。

34

"你走后，我姐她追着汽车在后头哭着跑着，她内心里是多想把你留下来啊。可你视而不见，你的大男子主义作祟，你但凡看到她是那般哭着追撵你的情景，你们俩也不会有现在的结局啊！可是，你也太绝情了，为什么这些年就不来找找我姐呢？"吴嫚突然盯着我。

我似乎听到的都是她对我的审判啊！她如泣如诉的陈述，她对我的质问，句句都像一把重锤敲打在我的心上。她的话里满含着对我的指责，可她只知道其表，哪知道事实啊！而我所遭受的委屈，她哪里能知道呢？现在，是时候向她挑明我所饱受的委屈了。我把当时如何被她父母赶出家门，她的父母如何让我写下承诺书发誓不再与他们女儿联系的事如实向吴嫚讲了。吴嫚接着前面的话茬又讲述了起来：

"一年以后，伤心欲绝的我姐嫁了人。不过，在她决定要嫁人之前，她还要我陪着她去你的老家找你。当我们找到你的时候，你正在和别人举办婚礼。我当时那个气啊，恨不得上去撕了你。可我姐她不让。我们就远远地听着那结婚喜庆的鞭炮，一声声炸响在我和我姐的心里。你们两岁的儿子还天真地在我姐的怀里拍着小手高兴地喊着妈妈他要炮仗。此情此景，你知道我姐的心里是个什么滋味吗？"吴嫚讲着讲着都哭得讲不下去了。

"我们就这样阴差阳错地回到了莱阳的老家五龙河畔。你说你早不结婚晚不结婚的，偏偏在我们带着你的儿子来找你的时候结婚，世上哪有这么巧合的事啊！也许，这就是天意。

后来，我姐就对你彻底地死了心，也就乖乖地听爸妈的话，跟一个她不爱的男人结了婚。"

"那，你姐带着孩子嫁的？"我打断她的话问道。

"没有。我姐与你未婚先孕又生下孩子的事情，我们一直瞒着外人。所以，才为我姐的婚事埋下了悲剧的种子。"

"后来，你姐怎么样了？"我担心地问道。

35

"那是一个家在烟台市快三十岁了的男人,人长得也挺帅气的,是一家医院干外科大夫。

我姐和这个外科大夫匆匆地结了婚。那时,我们为了我姐好,就没有让我姐告诉人家她未婚生育了一个孩子的事。

我姐长得漂亮,那人也没有看出个什么,对我姐是特别好。可两个人在一块生活长了,一些隐藏的东西也就暴露了出来。

也怪我姐啊,她想孩子,常常是夜里说梦话,引起了那个男人的怀疑。

一天晚上,我姐半夜呼唤着孩子的名字惊醒了,莽莽撞撞地到处找她的孩子。我姐的反常表现,让那个男人猜出了几分。他一把扳过我姐的脸恼怒地质问道:

'吴萍,你究竟向我隐瞒了什么?'

'没,没什么啊!'我姐慌乱地说。

'不,你一定向我隐藏了一些不可告人的秘密。而且,凭我的直觉,我感到在我之前,你肯定有过男人,并且你与这个男人还有过一段非同寻常的感情纠葛!'那个男人咄咄逼人地向我姐问道。

我姐知道事再也隐瞒不过去了,只好和盘托出了你和她相互苦恋了七年,并且还有了一个孩子的事情。

那个男人知道了缘由,便对我姐不再那么珍惜了,动不动就打骂我姐,渐渐地,把我姐折磨得精神抑郁了。不久,他俩就离婚了。

我姐离婚后,就办了病休,在家治疗她的抑郁症。我和我妈到处去打听能治愈我姐的秘方。可我姐吃了不知多少服药,就是不见好转啊!

我们是什么法子都使了呀,没办法,我们就请了个神婆婆来家。这个神婆婆说心病还要心药医。这句话的意思,我和妈是很明白的。在我姐的心底,还埋藏着对你深深的眷恋啊!可现实呢,我又不是不知道,你已经结婚,这已经是无法改变的事实了呀!

忽然有一天,我们家来了一个老尼姑。她叫空了师太,是五台山云游来的老师父。

那个空了师父一进我家的门就拱手作揖道：'罪过，罪过。小女子因爱生疑，因情所累，吃药是没有用的。'

我和我妈赶紧迎了上去，对那个老师父好生侍候。

'这位师父是打哪里来啊？'我妈问道。

'贫尼乃胶东蓬莱人氏，自愿削发为尼已有三十五载。现为山西五台山静庵寺住持，法号'空了'。今回乡省亲途经此地，闻听爱女因情所困，得了抑郁症，前来探望。阿弥陀佛，善哉善哉。'那个叫空了的佛家师父自我介绍道。

听到这个师父的一番话，一向封闭不愿见人的我姐突然从内屋走了出来。她一脸惊喜地喊着'师父'，似乎和这个师父相识了多年。

自从空了师父来家以后，我姐变得不像从前那样郁郁寡欢了，开始有说有笑了。空了师父走了后，她整天捧着空了师父留给她的那几本佛家语典念个不停。她还时常和远在山西的空了师父通信联系。

半年后，我姐就去了五台山，是她的师父空了亲自来把她接走的。她的师父给她起了个法号叫'净慈'。

从此后，我姐就再也没有回家。我们每年都去看她，不管怎样劝她，她都不为所动啊。

唉，我姐她了却了红尘，遁入空门，孤灯青影，长伴终生了。"吴嫚说到这里已是泪流满面，我也是听得泪水涟涟泣不成声了。

"吴萍啊，吴萍，我的吴萍，你这是为哪般啊？难道人世间就没有了值得你留恋的东西吗？难道你连你亲生的儿子都不顾了吗？"我在内心里这样呼喊着。

"那，我和吴萍的儿子呢？"我急切地向吴嫚问道。

"正是因为你们的儿子，我才抱着试试看的心理，以我姐的名义上网搜寻你的。恰巧，我就在网上找到了你！"吴嫚告诉我说道。

"那，你该告诉我，我和你姐的那个儿子的下落了吧？"我着急地向吴嫚问道。

"哦，你还知道要你的儿子啊？那，你就去问我姐吧，她会告诉你的！"吴嫚向我卖起了关子。我知道，她既然能来找我，就一定会知道我和吴萍的儿子的下落。她在看我是否真心去寻找她姐吴萍啊！

· 215 ·

"那好，我们这就启程，叫上我的司机和在潍坊办案的那几个工作人员，咱们一同去五台山，把你姐找回来吧！"我对吴嫚说道。

36

去往山西五台山的路途是十分遥远难走的，一路颠簸很是劳累，我的心里却是那样轻松愉快，一向压抑的情怀这下放松了许多。我知道，皆是因为我打听到了我的吴萍的下落，尤其是她还为我生养了一个儿子，这使我异常兴奋。我决定无论如何也要把她找回来，请求她的原谅，重拾我们隔离了二十年的情缘，让我们彼此的心不再滴血，让我们的爱情伤痕愈合，让我们的儿子有一个完整的家，让这个缺失了十九年父爱的孩子得到更好的照顾，把我的事业完完全全地交给他，并帮助他发展壮大。而我，也好静下心来写我的书了。

一路想着我们见面的情景，这么多年不见，吴萍她现在会是个什么样子呢？是不是也老了？她穿着袈裟还是那么漂亮吗？她见了我还能认得出我吗？她会跟我下山脱离空门还俗凡尘吗？我们的儿子长得像她还是像我呢……

经过了一个下午和一个夜晚的奔波，我们终于在天亮时分从莱州穿过济南德州石家庄来到了山西太原，再过三个小时的路程，我们就会赶到五台山了。

我们的商务车，在老刘司机和小王律师的轮班驾驶下，一路长途狂奔，除了中途稍事歇息、吃饭喝水以及加油方便外，几乎是没有多少停留。

出了太原城，我们继续前行。这时，天已是大亮了起来。初冬的季节，山西的天气要比我们山东的气候冷了许多。但车室里由于打开了空调还是比较温暖的。

我看到坐在后面的念文披着我给他穿上的大衣仍然熟睡，我便叫醒了他。

"念文，醒醒，看看山西的窑洞和路边的风景吧。"

念文睁开了眼睛，伸了下懒腰，就朝车窗外看去。

窗外，远处的田野村庄、山坡全是黄的，天空灰蒙，看不到一丝蓝色。

树株也没有我们山东的茂密，沟壑特别多，土地是那样的贫瘠单薄，河流也很少见到。据说山西的年降水量也只有400毫米，是个久旱少雨的省份。一孔孔旧的窑洞从车窗面前划过，新起的建筑群落也错落有致地矗立在山坡或谷底的平地上。

三个小时后，我们便来到了五台山风景区。我的法律事务秘书小王摆弄着手机导航仪计算着里程。"文总，我们的车已经驶入了五台山风景区的入口，距离最负盛名的普寿寺寺庙还有半个小时的车程。"

"五台山普寿寺，是全国尼众寺庙之一，也是全国最大的尼众佛学院所在地，还有南山寺和集福寺，俗称五郎庙，是中国四大佛教圣山之一。

五台山普寿寺，也就是尼姑庵坐落于山西省五台山市台怀镇东庄村南端，位于台怀镇东北侧中心地带，于五峰怀抱之中。北倚北台顶也叫叶斗峰，南近大白塔，从菩萨顶俯观其形，状如莲花。山门朝南，左傍黛螺顶右临菩萨顶，俯视台怀镇，蔚为壮观。"

我的这个法律事务秘书，虽是个女孩子，却有男孩子的潜质。或许是家中就她一个女孩的缘故吧，家人把她当男孩来教养。她特懂事，工作很细心，总是会提前把我想要的资料放到我的案头。常常是我要吸烟，她就知道给我拿过烟灰缸；我忙一阵子工作，她就赶紧沏上一杯茶端到我的跟前。什么事情都由她给我打理，我就省心多了。

"这里还是著名女歌手李娜出家削发为尼的地方。李娜的那曲《青藏高原》，曾经惊骇世俗。然而，她在声名赞誉达到极致时隐入了五台山出家为尼了。李娜潜心研究佛学，法名释昌圣。"小王秘书侃侃介绍着说。

"哦，听李娜的歌可真的是一种享受啊！"我随之说道。

"想听李娜的歌吗？我早就为你准备了李娜出家后灌录的十二首歌，放一放你听听吧，保你有一种醍醐灌顶的感觉！"小王放上了早已准备好的李娜的梵音佛歌光碟说道，"我们先听一首《红尘爱河》吧！"

红尘淹没痴情者
痴情换来求不得
婆婆爱河千尺浪
哪有永恒不变情
问世间情为何物

第三部 吴萍与净慈

离歌

红烛枷锁伴泪流
看人间悲欢离合
只因情牵命丧爱河

红尘淹没痴情者
痴情换来求不得
娑婆爱河千尺浪
哪有永恒不变情
爱悠悠来恨悠悠
枷锁缠缚几时休

红尘淹没痴情者
痴情换来求不得
娑婆爱河千尺浪
哪有永恒不变情
问世间情为何物
让人愁肠苦泪流
看人间悲欢离合
只因情牵命丧爱河

爱悠悠来恨悠悠
劝君早将枷锁脱
看破放下出爱河

听到这久违了李娜演唱的歌,我的心灵犹如被水洗过了一样清净。她那空灵脱俗的嗓音,再次震撼了我。

"算啦,还是别放李娜的歌了,换一首别的吧。"我对小王说。

"那好,放一首《我在红尘中等你》男女二重唱吧,这首符合你的心情。"小王换上了另一盘车载碟片。

女:如果你看见天空闪烁的两颗星

男：那一定是你我今生最美的相遇
合：我在红尘中等你

女：我在红尘中等你
　　等你在春天相遇
男：我会永远等着你
　　等你来与我相依
女：我在红尘中等你
　　等你在今生今世
男：我会永远等着你
　　等你来与我相恋
女：如果你看见天空闪烁的两颗星
男：那一定是你我今生最美的相遇
合：我在红尘中等你
合：我在红尘中等你

听着小王特意准备放的歌曲，不一会儿，我们就来到了五台山普寿寺的停车场。停放好车辆，我们便赶紧去体验佛国盛宴享受斋饭。

37

正是吃早餐的时候，人来人往的善男信女和游客挤满了大厅。

大厅里人头攒动，舞台上四名身披上黄下褐色袈裟的尼姑在吹奏着乐器。笙歌幽幽，佛音袅袅。

我们要了斋饭，很快就吃完了。早斋是十分简单的，就是一碗粥和一碟咸菜、一碟热菜。用斋时不能讲话，要多少只能用筷子表示。如果要半碗，就用筷子在碗中部划一横；要稀的，就用筷子在碗里晃一晃；要稠的，就将筷子直立在碗中。

依照进入佛家净地的要求，我们又下到二楼去接受戒沐。听师傅讲经诵佛，我们也跟着师傅双手合十，默念祷告六字真言。

出了戒沐厅，我们在吴嫚的带领下去吴萍也就是净慈修行的尼姑庵寻她。

我们边走边看，只见远处苍松翠柏清新可见，遥望五座台顶，云岚缭绕，众多寺宇散布其中，殿堂楼塔古朴多姿。那一座座古老的佛塔，塔顶的风铃在清风中清脆摇曳，仿佛在向来朝拜的善男信女述说着佛祖舍利的珍贵。

近处《大悲咒》的佛音不绝于耳……

听着《大悲咒》，置身意境，我也仿佛灵魂出窍了。

佛曰物随心转，境由心造，烦恼皆由心生。

我们继续往前，文殊阁的楹联又映入眼帘：微笑拈花，佛说两般世界；拨观照影，我怀一片冰心。

我站在高处的台阶上回首四望，只见远处来的路上有个不断匍匐跪拜前行的人影在拾级而上。她双手手心朝上，手背贴地，一步一拜，一步一磕头，匍匐行礼，我对她的这种虔诚产生了好奇，便不忍离去，站在原地等待她的到来。随着她亦步亦趋地反复跪拜前行的身影的临近，我看清了她的容貌：

这是一个穿着打扮时髦的女子，穿着黑色的T恤，蓝色的牛仔裤，灰色的短风衣用两个袖子绾成结围在了她那纤细的腰间；脚穿一双白色带红线的女士旅游鞋，头戴一顶插着一个五颜六色的羽毛翎的帽子。她清秀的脸庞，白里透着红润，黑黑的眼睛透着些许的忧郁，长长的睫毛给人以妩媚无比的感觉。在她那抬头举目间，我看到她那光滑的额头上渗着一层不时滚动的汗珠，我还看到了沾在她身上的那层尘土！

哦，这是一个匍匐跪拜了很远而又很久的女子！她的美丽，让我心动！她如此虔诚，让我顿生万般猜测：她为何这般苦行？是遭受了人世间的某种磨难，还是拜求菩萨让她的恋人回心转意？或者她已经灰心到了极点，像吴萍那样萌生遁入空门之念？

我抬眼向高处望去，哇！前面还有一百零八级台阶啊，那是去往菩萨顶的必经之路！这位女子难道还要如此虔诚地一步一拜一步一磕头，匍匐行礼地攀缘这一百零八级台阶前行吗？若此，那该有多大的毅力啊！如果她踏过这一百零八级台阶，她就能把世上的种种烦恼都踩在脚下抛到九霄云外了吗？她内心的痛苦和伤痕就无影无踪了吗？女子啊，你也太天真了！

时间不允许我在此只顾那位攀缘石阶的女子，内心的愿望还在召唤着我前行的脚步。我不再浮想联翩，只顾着向我们的目的地赶去。

在菩萨顶的寺院廊檐下，我也像其他的善男信女一样虔诚地转动着经筒，不经意间想起一首诗：

> 那一日
> 我闭目在经殿的香雾中
> 蓦然听见你诵经的真言
> 那一月
> 我摇动所有的经筒，不为超度
> 只为触摸你的指尖
> 那一年
> 磕长头匍匐在山路，不为觐见
> 只为贴着你的温暖
> 那一世
> 转山转水转佛塔，不为修来世
> 只为途中与你相见
> 那一刻
> 我升起风马，不为祈福
> 只为守候你的到来
> 那一天
> 垒起玛尼堆，不为修德
> 只为投下你心湖的石子
> ……

此刻，在一片紫气含黛的烟火清香和缭绕的梵音丝竹中，忘却了一切的烦恼，陶醉在了诗情意境里……

"施主，你是来还愿的还是来上香的？请跟贫尼而来！"一个比丘尼彬彬有礼地走到我的跟前说道。

我似有所悟地抬起头来看着她，哦，好清秀的一个女尼啊，身穿褐色的袈裟，剃着青许许的光头，但仍遮不住她那美丽的容颜。

"啊，师父，我是来找人的！"我对那个小尼说道。

"找人？找谁？是你走失了同伴，还是这里有你的亲人？"小尼疑惑地问道。

"我们是来找我姐姐净慈的！"好久没说话的吴嫚抢先一步答道。

"找我师父。贫尼昌明带你们去，师父正在普寿寺做功课。"那个叫昌明的小尼平静地说道。

我们便在这个叫昌明的比丘尼的带领下，往五台山普寿寺的道场走去。

38

在普寿寺的道场里，一群身穿褐色袈裟的尼众和身着海青的居士神情肃然。她们排着长长的队伍，蜿蜒而行，只听得细碎的脚步声沙沙作响。不一会儿，她们就整齐地站在了道场的舞台上。

佛堂上，香桌供奉，音乐响起，香烟袅袅绕绕。旁边，围观的善男信女和游客人山人海。

我循声搜寻着我的那个吴萍的身影，但见她们一个个穿着一样的袈裟，一样的表情。面对这数百个几乎一模一样的尼众，叫我如何认得！就连我身边的吴嫚，吴萍的亲妹妹，她甚至每年七月十五来一趟，仍没有认出她的姐姐来呀！

还是那个小比丘尼的眼光锐利，她一眼就认出了她的师父。她指着最后一排站在中间的那个有些发福的中年尼姑对我说道：

"瞧见了吗，那个站在最后一排中间位置演唱得最动情的师父，就是你要找的人，也就是我的师父净慈。"

啊，净慈，吴萍，我日夜思念的人啊，这多年来，生活的磨难，人事的变故，竟叫你变成了这等模样！我简直不敢相信我的眼睛，这就是我要找的那个几乎让我要舍弃一切追寻的爱人吗？

她们的演唱还没有结束，按照她们的说法这叫做功课。近在咫尺，我却不能走上前去与她相见。我们只有默默地等待着她们把功课做完。

她们的演唱结束了，又分排成四行整齐的队伍，手心朝上，吟唱着我听不懂的佛语，缓缓地走下台来，径直返回到她们的寺院住处。我们只好尾随着她们的队伍，跟进了她们居住的地方。等她们解散，那个小比丘尼跑进去通传了我们的来意。

"施主，请你们稍等，我师父她马上就来！"那个小比丘尼出来告诉我们说。

稍事片刻，那个小比丘尼就引领着她的净慈师父从容地走了出来，在一个蒲团上打坐了下来。

"请问施主，你是从哪里来？找贫尼何事？"净慈双手合十，闭目养神，轻轻地问道。

"姐姐，我是吴嫚啊！"吴嫚急切地答道。

"啊，吴嫚，不年不节的，你咋来了？不是说好每年的七月十五喜相会的日子才可相见吗？"净慈的眼神稍露惊喜。

"姐姐，我这次来，是带着你生命中最想见的两个人来的！"吴嫚回答道。

"我生命中最想见的两个人？他们在哪儿？"净慈的眼里露出了几许惊喜的光芒。

"吴萍啊，我是你的文哥呀！"我禁不住感情的闸门，几乎是哭着喊出了吴萍的名字。

"文哥？啊，施主，这里没有吴萍，只有净慈。"她的眉宇间露出了几分惊喜，但这惊喜在她的脸上稍纵即逝了。

"怎么？你连我都记不起来了？难道佛海无边，回头是岸的道理你不懂吗？"我质问她。

"施主，我出家，不理尘缘。阿弥陀佛，善哉善哉！"她双手合十平静地答道。转而，她又向吴嫚问道："女施主，你说的那另一个人呢？"

"他就在你的眼前啊！快，念文，磕头！"吴嫚又急切地喊过念文说道。

念文不知所措，"扑通"一声跪了下来。

"啊，念文！多好的小施主啊！快快请起，到我跟前，让我给你斋戒祈福，愿菩萨保佑你一生平安！"她起身向前，一步就把跪在地上的念文拉了起来，上下打量了一番，并为念文洒下佛雨圣水。

我掏出当年她在烟台长途汽车站塞到我口袋里的那封短信、递到她的面前，求她原谅我。

"还记得这个吗？这可是你当年在车站塞给我的那封短信啊！这多年来，快二十年了，我可是一直把它揣在怀里，想你的时候，我就拿出来看上几眼啊!"我泪流满面地对她说道。

"施主,世间情事自古难全。我既已在此出家,就已四大皆空,不问前生,只为来世了。"她淡然地说道。

"那,我们的那个儿子呢?你也不管了吗?"我进一步追问她道。

"哦,这位小施主已经长大成人,起名念文,不就是你的儿子吗?"她突然指着站在她身旁的念文回答道。

"什么?念文是我们的儿子?既然有儿子,那你为什么不去养他?为什么就狠心地把他抛在凡尘,自己却躲进这清凉的寺院,你不觉得自己太自私了吗?"我咄咄逼人地问她。

"妈妈,这是怎么回事?我不是你的儿子吗?不是你从小一手把我拉扯养大的吗?"念文愣怔了片刻后,拽着他的吴嫚妈妈不解地问道。

"孩子,你听姨妈给你解释,你是大姨也就是现在的净慈妈妈和文爸爸的孩子。你妈生下你的时候给你起名念文,就是纪念你的文爸爸才给你起了念文的名字。你妈妈不得已,把你交给了我抚养。为了找到你爸,我才在网上以你妈的口气发出帖子寻找你爸的。没承想,还真就找到了你的爸爸。这真是上天开眼垂怜我们,让你们一家在这里团聚啊!"吴嫚解开了我和念文的谜团。

"妈妈!"念文突然叫了一声妈妈,就扑通一声跪在了净慈的面前,抱住了净慈的双腿哭了起来。

"罪过,罪过!这正是贫尼在凡尘所不能释怀的最后一个心愿。今日得愿圆满,贫尼了无遗憾。从今往后,隔绝尘缘,一了百了,施主你可带上念文回家,让他认祖归宗了。这样,你也算圆满了。"她平静说道。

"那,你就脱下这布衣长衫,跟我们爷俩回家吧。我们也好颐养天年,看护着我们的儿子念文好好念书成才!"我对净慈说道。

"是啊,净慈师傅,我们老板天天都在想你,你快跟他回去吧,我们正缺一个老板娘呢!"我身边的秘书小王和司机老刘也向她求说道。

"姐姐,文哥他是真心来请你下山的,你就看在念文的份儿上,脱了这身袈裟,咱们回去吧!"吴嫚也在一旁一个劲地劝她的姐姐。

"妈妈,你跟我们回去吧!我和爸爸不是都来求你了吗?"念文摇晃着她妈妈净慈哭求着。

"阿弥陀佛,善哉善哉!我佛慈悲,终成正果。施主,你们请回吧!贫尼入寺时已经发了愿。回首来时挚心愿，忘情路上恋菩提。既已在此扬帆，同愿共祝至彼岸。"净慈平和地说完，用那温和的眼神望着我们。

"佛家讲的是因果，你种下的什么种子，就要采摘什么果子。我，你可以不顾，但念文你不能只顾生不知养吧？我承认我过去昏，可那是因为穷困，怕给不了你幸福。而今，我已然成功，我们还有个这么可爱帅气的儿子，你为什么就这么固执不跟我们回去呢？"我痛苦得肝肠欲断。

"施主，在家虽有富贵力，不如出家功德胜，七月十五欢喜日，我们来报三宝恩。"净慈依然如二十年前那样平静地向我说道。我无论怎么向她讲道理，她都不为所动。我的内心不得不服这佛家的力量有多大了。

我在此无意于亵渎神明的佛家，但我唤不回我的吴萍，我不得不向佛发问，是佛让我和她分隔两重天啊！自然，佛会对我说是人心，是因果。但我啥也不信，只信我自己；自己的命，靠天靠地靠谁也是瞎子点灯白费蜡，只有自己才是自己命运的主宰。

净慈似乎看穿了我内心的傲气，她又平静地对我说道："你是个不服输的人，从不理解别人的感受。这，或许是你的长处，抑或是你的短处。唯愿念文别和你一样，能够知道进退，好自为之吧！"

我被她说到了痛处，她对我的了解真的是比我自己还清楚啊！她是怕念文重蹈覆辙，再受情爱的伤害啊！

"吴萍，我向你发誓，我会永远爱你和咱们的儿子念文，只要你跟我回去。我带你去周游世界，弥补我对你的亏欠。请你再给我一次这个爱你的机会好吗？"我说着扑通一声给她跪了下来，祈求她能回去。

"妈妈，爸都说到这份儿上了，求你跟我和爸回去吧！"念文和我都跪在她的面前求她。

"施主，吴萍已逝，这里只有净慈。你们请回吧。记得，七月十五欢喜日，我们来报三宝恩。阿弥陀佛，善哉善哉。"说到这里，净慈起身站了起来，轻轻地擦拭了一下眼角，手持佛珠，口念佛语，转身走入了佛堂。任由我和念文如何呼唤，她都没有再回过头来……

此刻，我望着净慈那决绝的背影，心里陡然想起了弘一法师说过的那句话："这辈子你最爱的人，就是上辈子最爱你的人，来的都是债，要还，还要还得干干净净，离开就是还清了，即使错是别人的，业障也是自己的。前世不欠，今生不见，若是相见，定是亏欠。"

39

　　我和吴萍，哦，净慈的故事可能还要继续，因为净慈临别也留下了一句耐人寻味的话：记得，七月十五欢喜日，我们来报三宝恩。我感觉到，她这是一种暗示。她这是还要再考验我对她爱的真心程度吧！但，人心难测，世事难料。眼下的事情都把握不了，又有谁知道以后要发生的事呢？

　　也罢，我没有找回我的旧爱，但我找回了意想不到的儿子。而且，这个念文又是那么优秀，长得是那么帅气喜人，简直就是我和她妈妈的翻版。人生，得一爱子足矣。我像得了一件宝贝那样，不，比得了宝贝还要高兴。我忘情地搂着我和吴萍的儿子，心中的一切不快都被冲淡了。

　　我们的车在司机老刘的驾驶下，比来时跑得更欢快了。这，也许是因为我找回个儿子的缘故吧，汽车也就像人的心情一样有了灵性。

　　"老板，这下可好了，我们又有了一位少老板，这个可不比你以前的儿子差多少，长得可是够帅气，咱们的百姓服务事业不愁接班人啦！"律师小王打趣地说道。

　　"是啊，儿子真的是好标致啊，赶回去我给他说个媳妇！"司机老刘说道。

　　"哎，不急，可不能让他早恋，免得误了学业和前程！"吴嫚在一旁赶忙岔开话茬说道。

　　"二妹，可真的要好好感谢你啊！要不是你抚养了念文，我上哪去找这么好的儿子呀。你说，你要大哥怎么报答你吧，只要大哥能办得到的，大哥都会去努力争取！"我对吴嫚表态说道。

　　"你二妹我别无所愿，也不要你的报答，我只要你和念文求我姐让她能够早日回到你们身旁。这样，我们也都了却一桩心事！哦，对了，你的那些个记者证、获奖证书，还有你发表的那些个作品和手稿，我姐都交给了我保管。等你和念文把我姐从空门里求回来，我就会如数交给你。"吴嫚对我和念文说道。

　　"这是你姐的意思？"我不解地问道。

　　"哦，不，这是我的意思，与我姐无关。"吴嫚赶忙解释道。

"老板，放个歌你听听吧！"我的秘书小王似乎猜透了我此时的心情，有意打破沉闷的气氛。

她拿出一盘碟放进了车载播放器里，不一会儿，车载喇叭里就响起了一首很贴合我此时心情的歌曲：

舍下吧 舍下

天上的行云啊一生都没有家

行路匆匆追赶着晚霞

修佛的人们啊都把那苦难磨

得到真谛同时意味着要舍下

舍下吧 舍下吧

舍下你对亲人对故乡的牵挂

天上的行云啊一生都没有家

行路匆匆追赶着晚霞

修佛的人们啊都把那苦难磨

得到真谛同时意味着要舍下

舍下吧 舍下吧

舍下你对名利对迷茫的执著

舍下吧 舍下吧

舍下你对名利对迷茫的执着～～

这首李娜演唱的《修行者之歌》，她的声音是那么空灵，摄人心魄。

"小王，换首《梅花烙》的主题曲听听，别老放那些佛歌，听起来怪让人伤感的。"我对秘书小王说道。

"好的，老板！"小王很听话地换上了碟片。很快，车载喇叭里响起了姜育恒演唱的那首脍炙人口的《梅花三弄》：

红尘自有痴情者

莫笑痴情太痴狂

若非一番寒彻骨

那得梅花扑鼻香

第三部　吴萍与净慈

· 227 ·

离歌

> 问世间情为何物
> 直教人生死相许
> 看人间多少故事
> 最销魂梅花三弄
> ……

唉,又是一首让人悲情的歌曲!看来,我们的这部故事注定是要以悲情结束了。

算了,喜剧也罢,悲剧也罢,都来自命啊!命运对于任何人来说,都摆脱不了悲欢离合的结局。